ブラック・コール
行動心理捜査官・楯岡絵麻

佐藤青南

目次

ブラック・コール　行動心理捜査官・楯岡絵麻

第一話

イヤよイヤよも隙のうち

1

地下室には規則的な寝息だけが響いていた。

久我春奈《くがはるな》はベッドに身体《からだ》を横たえたまま、薄目を開ける。無機質なコンクリートの天井が見えた。これまで八年もの間、救いを求める声が外に漏れるのを防いできた、頑丈で、忌まわしい天井だ。

視線を左に滑らせる。男の胸が膨らんだり、萎《しぼ》んだりしているのが、視界の端に映った。シーツの擦れる音に気をつけながら、ゆっくりと、ゆっくりと顔をひねる。男の横顔がはっきりと見えた。彫刻のように整った顔立ちに、かつては淡い恋心を抱いたこともあった。だが、恋慕の情はやがて憎しみに変わり、そのうち憎しみすらも恐怖に押し潰《つぶ》されて、今はもう、空っぽだ。

時間をかけて身体を起こし、ショーツとブラを身に着けた。動作が緩慢なのは、男を起こしてしまわないように注意したということもあるが、長い間密室空間に閉じ込められていたせいで、体力が衰えているからでもあった。かつては健康的な小麦色だった肌も、すっかり青白くなった。手足はげっそりと痩せ細り、なのに顔だけは不自然にむくんでいる。鏡を見るたびに、いっきに十も二十も老け込んだように思える。男が春奈のためにと持ち込んだスタンドミラーも、今では裏返されて壁を向いていた。テレビやラジオ、インターネットなど、外部の情報を収集できる道具以外なら、なんでも買って来てあげるからともいわれたが、なに一つ要求しなかった。

Tシャツに袖を通したとき、背後で物音がした。

ぎくりとして振り返ると、男が横向きに姿勢を変えていた。寝返りを打っただけで、目を覚ましたわけではないようだ。

忍び足で絨毯《じゅうたん》を歩き、扉のノブに手をかける。ひねろうとした手首が、ずきりと痛んだ。男が不在のときに、つねにかけられていた手錠によってできた傷のせいだった。

殺してやろうか。

ふとそんな考えがよぎった。だが、危険すぎる。男性にしては細い身体つきをしていて、学生時代には体育の授業が嫌いだったという話を聞いたこともあるが、それでも春奈よりは、男の体格ははるかに勝っている。もしも格闘になったら勝ち目はない。そんなつもりはぜったいにないといわれていたが、たぶん殺されてしまう。

扉を開くと、廊下から細い光の筋が差し込んできた。光は帯となり、絨毯からベッドへと延びて、ちょうど男の顔あたりに這《は》っている。光を浴びた寝顔が不快そうに眉を歪《ゆが》めたので、心臓が口から飛び出しそうになった。

扉を引いた。光の帯はしだいに太くなり、やがて春奈の身体が収まる幅になった。隙間に身を滑らせ、廊下に出る。

扉を閉めていくべきか。

閉めたら物音がしてしまうし、かといって光が差し込んだままだと、男の目覚めを早めてしまうかもしれない。

迷った刹那《せつな》、「春奈……？」男が呻《うめ》くような声を出した。

呻き声に背中を押されて廊下を蹴った瞬間、「春奈っ！　どこへ行く！」という絶叫が聞こえた。

階段を駆け上がり、玄関に向かって走る。最初にこの家を訪れたとき、まるでお城のようだとため息を漏らした廊下の長さがもどかしかった。

玄関に下りて、扉を開こうとした。だが恐怖と焦りで指先がいうことを聞かない。もたついているうちに、足音が近づいてくる。

廊下の先に男の姿が見えた瞬間、鍵が開いた。

広い庭には、木々が鬱蒼《うっそう》としている。葉の隙間から覗《のぞ》く早朝の空は青白かった。まだ陽《ひ》は昇りかけだ。だが長い歳月を地下室で過ごした春奈には、目が眩《くら》みそうになるほどの強い刺激だった。それでも、陽の光を浴びることは大事なのだと実感した。慢性的なだるさが吹き飛んで、全身の細胞が活性化する感覚があった。

石畳のアプローチを抜け、鉄の門扉を開いて外に出る。渋谷駅からそれほど離れていないというのに、松濤《しょうとう》の高級住宅街は森閑としていた。人通りはない。

「助けて！」

叫びは静寂に吸い込まれた。逃げようとするのに脚が動かず、上手《うま》く走れない夢の感覚を思い出した。これまでに何度となく見た夢だった。

「春奈！　待てっ」

声が追ってくる。

春奈は遠くに見える、東急《とうきゅう》百貨店の看板を目指した。繁華街のほうだ。友人たちと遊び明かし、父親に怒鳴られる原因となったクラブも、同じ方向にあるはずだった。あそこまで行けば、きっと誰かがいる。

ふいに路地の向こう側を、新聞配達のバイクが通過するのが見えた。

「助けて！」

呼びかけてみたが、そのときにはもうバイクが通過した後だった。追いかけて助けを求めようかと思ったが、バイクが消えた方角は人通りの少ない住宅街のはずだ。春奈は諦めて、ふたたび走り出した。

　息が乱れ、肺が喘《あえ》ぐ。走るのは苦手ではなかったはずなのに、気を失いそうなほど苦しかった。だが、足を止めるわけにはいかない。捕まれば、ふたたび地獄の日々が待っている。

　前方にコンビニエンスストアの看板が見えた。薄明かりの街を煌々《こうこう》と照らし出す、春奈にとっては文字通り希望の光だった。

　あそこまで辿《たど》り着けば、助かる。そう思うと、全身に力が漲《みなぎ》ってきた。身体が軽くなり、もつれかけた脚が滑らかに回転を始める。

　ちょうどコンビニエンスストアから、店員らしき若い男が出てきた。襟のついた黒い制服を着て、納品の番重を両手で抱えている。

「お願い！　助けて！」

　両手を大きく振ると、店員らしき男はこちらに顔を向けた。きょとんとした表情が、すぐに目と口を大きく開いた、驚愕《きょうがく》に染まった。

「危ないっ」

　店員らしき男の警告と同時に、身体の左側に激しい衝撃を感じた。そして宙を舞った春奈の身体は、アスファルトに叩《たた》き付けられた。

春奈の目の前には、空が広がっていた。暗がりで過ごしながら、ずっと見たいと切望し続けた空だった。

だがそれすらも、しだいに白く染まり、消えた。

2

立ち上がりながらズボンを上げようとしたところで、ふたたび便意に襲われた。

西野《にしの》圭介《けいすけ》は便座に腰を下ろし、祈るような姿勢で前かがみになった。大事なときに限って、いつもこうだ。学生時代に参加した柔道の大会でも、試合前に個室にこもっていたせいで、あわや試合放棄という場面が何度もあった。考えてみれば、あれからちっとも成長していない。自分の神経の細さが嫌になる。

ふと腕時計に目を落とすと、取り調べ開始の予定時刻まであと二分しかなかった。余裕を持って二十分前には個室に入ったというのに、もう十八分も踏ん張り続けていたのか。

「やっべ」

心の呟《つぶや》きが声になった。

そして次の瞬間、心臓が止まりそうになった。

「やっべ、じゃないわよ。さっさと出しきっちゃいなさい」

扉の向こう側から、声が飛んできたからだった。

それは女性の声だった。長年コンビを組んでいるからもちろん声だけで誰か判別できるが、それ以前に、ずけずけと男性用トイレに踏み込むような真似《まね》をする女性といえば、警視庁じゅうを探しても一人しかない。いや、全国の警察組織を探しても、あるいは警察組織という縛りをなくして全国の女性を探しても、一人しかいないのではないか。

「楯岡《たておか》さん。ここ、男子トイレですけど！」

楯岡絵麻《えま》巡査部長。自称二十八歳だから西野よりも一つ年下のはずだが、階級も、勤続年数も楯岡のほうが上という、奇妙なねじれ現象が起こっている。いつの間にか楯岡の自称年齢を追い越してしまった。

「わかってるわよ。誰もいないからいいでしょ」

「僕がいますって」

「だから入ってきたんじゃないの」

完全な開き直りに返す言葉もない。それにしても、いったいいつから扉の前にいたのか。考えると恐ろしいので考えないようにと考えたが、考えないようにと考えているということは、すでに考えているということだった。目玉焼きが焼けるのではないかというほど、顔が熱を持っている。

「早く出てらっしゃい。楽しい楽しい取り調べが待ってるわよ、にーしーのーくんっ」

こんこんこんこんと、急《せ》かすような小刻みのノックが続く。さすが取り調べのスペシャリストとして「エンマ様」の異名をとるだけのことはある。相手に心理的圧迫を与える方法を熟知しているようだ。

「お願いですから出ていってください！　すぐに行きますからっ」

泣きそうな声で懇願するうちに、小学生のころにいじめられた記憶が甦った。身体が大きくなって強くなれば、いじめられることはないと思い、柔道を始めた。だが実際に身体が大きくなっても、柔道で黒帯を取得するほど強くなっても、いじめられっ放しだ。世の中は理不尽だ、などといったところで、おそらく先輩の女刑事は「それを私が教えてあげてるのよ。感謝しなさい」などと、悪びれもせずにのたまうだろう。

「わかったわよ。泣かなくてもいいじゃないの」

不服そうな声を残して、足音が遠ざかっていく。

「泣いてませんから！」

否定しながら目もとを拭った。

「早くしなさいよね」

ようやく出ていったらしい。西野は頭を抱えながら、身体が萎むような深い息を吐いた。

トイレから出ると、楯岡は壁に背をもたせかけて立っていた。自分を抱くようにしながらパンツスーツの脚を交差させ、伏し目がちに唇を尖《とが》らせている。考えているのはどうせ次の合コンのことぐらいだろうが、横顔が憂いを帯びているように見えて、はっとさせられる。つくづく美人は得だと、西野は思った。

いや、たんなる美人ではない。警視庁捜査一課の取り調べにおける最終兵器、楯岡絵麻は、「超」の付く美人だった。捜査に出て街を一緒に歩けば、男はおろか、女性までもが振り返る。そんな状態だから、美貌については本人も十二分に自覚しているらしい。所轄署に泊まり込むことも多い激務の中で、いつ美容室に通っているのかと疑問に思うほど、栗色《くりいろ》のパーマヘアはつねに艶やかで、柔らかいウェーブを保っている。髪の根元が黒くなっているのも、毛先がぱさぱさになっているのも見たことがない。

これで性格さえ良ければ——。

「お待たせしました」

ハンカチで手を拭いながら歩み寄ると、楯岡はふんと鼻を鳴らし、猫のような瞳から愛嬌《あいきょう》を消し去った。

「遅い。予定より三分遅れてるじゃない」

腕時計の文字盤を、これ見よがしに近づけてくる。さっきまではあんなに嬉《うれ》しそうにいじめてきたくせに、もう不機嫌モードに突入したのか。気まぐれなところも、猫の目のようだ。

「すみません。昨夜スーパーで買った惣菜《そうざい》、どうやら油が古かったみたいで」

「なぁにが、油が古かった、よ。たちの悪いクレーマーみたいなこといって。なに食べても味なんてわからない馬鹿舌《ばかじた》のくせに」

「馬鹿舌と胃腸の弱さは関係ありませんよ。こう見えて、僕はけっこうデリケートなんですから」

「たしかに。無駄にデリケートよね。自分が取り調べするわけでもないのに、いっつも緊張してお腹《なか》壊しちゃってさ。ほぉんと、デリケートよねぇっ。キーボードを叩いて会話を記録するのって、私なんかには想像もつかないほど、大変なお仕事なんでしようねえっ」

本当に、本当に……これで性格さえ良ければっ——。

作り笑いで受け流そうとして、こめかみがひくひくと痙攣《けいれん》した。だがこれが——楯岡絵麻の傍若無人に耐えることこそが、自分にしかできない大事な仕事なのだと思い直した。実際にそうすることで、数々の難事件を解決に導いてきたという自負が、西野にはあった。西野自身も女性同士のシリアルキラーコンビに拉致《らち》され、あわや殺害されそうだったところを、楯岡に救われたばかりだった。取調官としての楯岡の手腕と実績にかんしては、疑いの余地は微塵《みじん》もない。

多少……いや、大いに、方法に問題はあるかもしれないが——。

「捜査資料には、しっかり目を通したんでしょうね」

取調室に向かいながら、楯岡がちらりと顔をひねった。愛用するクロエのフレグランスが、ふわりと西野の鼻孔をくすぐる。

「当然ですよ。とんでもない野郎です。気が狂ってますね」

「だけど写真見たら、なかなかのイケメンだったわよ」

「イケメンだったら、なんでも許されるんですか」

「たしかにそうね。そんなことはない」

珍しく同意してくれたと思ったのも束《つか》の間、「お金持ちじゃないと」と続けられて、ずっこけそうになった。

たしかに被疑者である木谷徹《きたにとおる》はかなりのイケメンで、しかも相当な資産家だ。都内に多くの不動産を所有している。遺産相続した九年前に都立中学の美術教師を退職し、以後は渋谷区松濤の広大な敷地を持つ一軒家で、悠々自適の生活を送っていたようだ。

「スペックとしては申し分なしよね」

「勘弁してくださいよ。被疑者相手に婚活とかは」

まさかとは思いつつ、いちおう釘《くぎ》を刺しておく。

「なにいってんの。あんた馬鹿じゃないの。私が一度だってそんなことしたことある？」

「いつもしているように見えますけど……」

「だからあんたは、いつまで経《た》っても立ち会いなのよ」

それをいわれると耳が痛い。

「ちゃんとわかってるわよ。お金を持ってるだけに、自供を引き出せないと公判で不利になる……ってことでしょ。情況証拠だけでも立件は可能かもしれないけど、そうなるとあっちも凄腕《すごうで》の弁護士を雇ってくるでしょうし、どう転ぶかわからなくなるのよね」

一週間前の早朝、渋谷区松濤の交差点で、一人の若い女性が交通事故死した。交差点に飛び出し、トラックに撥《は》ねられたのだ。その事実自体に疑いはない。コンビニエンスストアの店員が、事故の瞬間を目撃している。

問題は、死亡した女性の身元だった。女性は下着の上にTシャツを羽織っただけで、靴すらも履いていなかった。身分を証明するような物はいっさい身に着けておらず、身元の特定には時間がかかるかに思われた。

だが現場検証にあたった一人の捜査員が、女性の首筋にあったピンポン玉大の痣《あざ》に着目した。八年前に足立区梅島《うめじま》で忽然《こつぜん》と姿を消した、当時中学二年生の久我春奈という女性にも、生まれつき首筋に大きな痣があったはずだというのだ。捜索願を受理した当時の梅島署は、なんらかの事件に巻き込まれた可能性もあると見て、周辺の所轄署に協力を要請した。百人態勢での捜索を実施したものの、久我春奈の足取りに繋《つな》がるような手がかりはなに一つ発見できなかった。事故の現場検証にあたった捜査員は、当時梅島署に勤務しており、久我春奈の捜索にも参加していた。

久我春奈の両親に遺体の身元確認を依頼したところ、娘に間違いないということだった。現在はDNA鑑定の結果待ちだが、おそらく遺体は、久我春奈と見て間違いない。娘の失踪以来、最寄り駅周辺での情報提供を求めるビラ配りを続けていたという両親は、遺体と対面するなり泣き崩れたという。

はたして、遺体の身元はほぼ特定された。問題は、久我春奈の八年間の足取りだ。遺体の手首には手錠をかけられた痕があり、遺体には性交渉の痕跡があった。また、ほとんど下着だけという、出歩くには不自然すぎる軽装、さらには、目撃者であるコンビニエンスストアの店員の、事故に遭う直前の久我春奈は、なにかから逃げていて周囲の様子が目に入っていないようだった、それに「助けて」と叫んでいた、という証言があった。

以上のことから警察は、久我春奈は何者かによって監禁されており、監禁場所から逃げ出す途中で事故に遭った、という見方を強めた。渋谷道玄坂《どうげんざか》署に捜査本部が設置されたのは、事故の翌日のことだった。

捜査線上に木谷徹という名前が浮かび上がるまでには、それほど時間がかからなかった。久我春奈は逃亡の途上で、何度か救いを求める叫び声を上げていたらしい。久我春奈のものらしき声を聞いたという周辺住民の証言を辿っていくことで、最終的に捜査員は木谷の自宅に行き着いた。そして、かつて木谷が、久我春奈の通う中学校に美術教師として勤務していた事実が判明したことが、任意同行に踏み切る決め手となった。さらに木谷邸の家宅捜索を行ったところ、地下室から久我春奈の毛髪や、皮脂や体液の付着した衣類が多数発見され、逮捕監禁致死傷罪で逮捕したのだった。

ところが、木谷は罪状を否認し続けているという。

おおまかに説明すると、木谷の主張はこうだ。

久我春奈を拉致監禁した事実はなく、彼女は自らの意思で木谷邸に転がり込み、住み着くようになった。それすらもおよそ一年前からのことで、すでに彼女は成人していたために、彼女の両親に連絡をとる必要性を感じなかった。久我春奈が八年前に失踪したことになっているという事実も、当時すでに教職を辞していたために知らない。手錠も性的嗜好《しこう》の一環でしかなく、個人的な性癖に文句をいわれる筋合いはない。当日はたまたま喧嘩《けんか》して口論になり、怒った彼女が家を飛び出した。そういうことは珍しくないので、互いの頭が冷えるまで待とうと思い、追いかけることはしなかった。「助けて」などと叫んでいたということだが、彼女はふだんから情緒不安定なところがあったので、そのせいかもしれない。それ以外に心当たりはない。

まったく、死人に口なしとはよくいったものだ――。

あらためて被疑者にたいする怒りが湧き上がり、西野はこぶしを握り締めた。

しかし殺人罪ではなく、逮捕監禁致死傷罪での逮捕だ。被害者が死亡している以上は、自供がなければ立件するのも難しい。自供なしで立件したところで、公判を維持できるかも微妙な状況だった。

難事件。

楯岡が取調官に指名された理由は、その一点に尽きる。被疑者の自供率一〇〇%を誇る、警視庁捜査一課の最終兵器「エンマ様」に、上層部は警察の威信を託したのだった。

「楯岡さんっ」

取調室の扉が並ぶ廊下で、西野は立ち止まった。

「なに」

数歩進んだ楯岡が、いかにも鬱陶《うっとう》しそうな顔で振り返る。

「必ず……必ず！　自供させましょうね！　被害者と、ご両親の無念を、晴らしてあげましょう！」

不思議なことに、西野が熱弁を振るうと、楯岡の視線からはいつも温度が失われていく。今もそうだった。楯岡は冷え冷えとした眼差《まなざ》しで、後輩巡査を刺し貫いている。

しばしの沈黙の後、グロスで輝く唇がわずかに動いた。

「あんたにいわれなくても、そのつもりだし」

そして唇の片端がにやりと吊《つ》り上がる。

「私を……誰だと思ってるの」

不敵な笑みが、この上なく頼もしい。

西野は頷《うなず》くと、大股で歩いて取調室の扉を開けた。

窓のない、三畳ほどの狭い空間。楯岡と西野の主戦場だ。

床面積のほとんどを占めるデスクの向こう側で、被疑者の木谷が顔を上げた。たしかに端正な顔立ちのイケメンだった。

その綺麗《きれい》な顔を、これから歪ませてやるよ——。

足の裏に力をこめて仁王立ちになり、胸を張って威圧する。

木谷がおののいたように頬を歪めた。西野はふんと鼻息を吐いて、デスクの前を通過し、壁際に設置されたノートパソコンの前の椅子を引いた。

すとんと座面に腰を落とした瞬間に、背後から戦意を喪失させるような、艶っぽい声が聞こえてくる。

「あら、あなたが木谷さんなの？　写真で見るよりぜんぜんイケメンじゃない」

「えっ……」

さすがに木谷は戸惑ったようだ。

これは楯岡さんの作戦だ。作戦なんだ。いつもこうじゃないか。いつも最終的には、被疑者を自供に導いている。西野は自分にいい聞かせながら、会話の内容を記録する。

「うわあ、びっくり。なんか俳優さんみたいじゃない。スカウトとか、されたことあるんじゃないの」

「さすがに今はありませんよ……もう私も三十五ですしね」

なぁに調子こいたこといってんだよっ。昔はモテモテでしたみたいな、やらしい匂《にお》わせ方しやがって――。

「三十五？　うっそ！　見えない！」

「そうですか……」

見える見える。普通に見える。むしろ四十過ぎに見える――。

「見えない見えない！　ぜんぜん見えない！」

「ど……どうも、ありがとうございます」

お世辞だよ。真に受けてんじゃないっての。いまに吠《ほ》え面《づら》かくんだからな――。

「一緒に写真撮ってもらっても、いい？」

「え……いまですか」

いや、栖岡さん、それはやり過ぎじゃ……――。

「うん。いま……駄目？」

「駄目とかでは……ないですけど……」

おまえも断れっつうの！　自分の立場わかってんのかっ——。

ちらりと背後を振り返ると、被疑者に寄り添った楯岡が、スマートフォンのカメラを自分に向けていた。瞬時に血液が沸騰し、顔が熱くなる。

これは作戦、これは作戦、これは……作戦、だよな？　きっと——。

自らの発する熱でのぼせそうになりながら、西野は念仏のように心で唱え続けた。

3

「どうもありがと」

「どう……いたしまして」

「これ、待ち受けにしちゃおっかな」

両手で大事そうに抱えたスマートフォンの写真を確認しながら、楯岡絵麻は初めて被疑者の対面の椅子を引いた。どぎまぎとする木谷に、にこりと微笑《ほほえ》んでみせる。

「私、あなたの取り調べを担当する楯岡です。楯岡絵麻。よろしくね」

「はあ……」

「あら、そういえばお茶もまだ出してなかったわね。西野」

振り返ると、後輩の若手刑事が責めるような眼差しで絵麻を見ていた。

「お茶を」

二つ、と指を立てるが、動こうとしない。きっ、と眉間に皺《しわ》を寄せて顎をしゃくると、ようやく腰を上げた。扉のそばに設置されたミニテーブルの給湯セットに向かう。

「気が利かない後輩でごめんなさい」

「いや、別に……」

西野が湯気の立つ湯呑《ゆの》みを載せた盆を運んでくる。まず木谷の前に湯呑みを置いた。乱暴な手つきだ。そして絵麻の前に湯呑みを置こうとしたとき、波打つ茶が少しだけこぼれた。

「なにやってんのよ」

絵麻は手を振り上げ、叩く真似をしたが、西野は逃げなかった。いつもなら嬉しそうに両手で頭を覆うのだが、いまは相当ご機嫌斜めのようだ。不満げに口をへの字にして、立ち尽くしている。

わざとか。

まるで子供だ。これまで何度となく絵麻の取り調べに立ち会い、それが作戦だと理解しているはずなのに、いまだに被疑者のご機嫌を窺《うかが》うような取り調べ手法には、納得がいかないらしい。

もっとも、そうでないと困るのだが――。

「すみません」

ぶっきらぼうな西野の謝罪からは、まったく反省の色が見えなかった。

「布巾」

手を差し出して要求すると、むっとしながらミニテーブルのほうに向かい、布巾を持って戻ってきた。

「まったくもう……お茶の一つもまともに淹《い》れられないなんて……」

デスクを拭いて布巾を返すと、わざと立てたような大きな足音が遠ざかる。

「刑事って人種は、狭い世界で生きてるものだから、意外と世間知らずなのよね」

それとなく一般的な「刑事って人種」と自分は距離を置いている、違うのだと匂わせる表現をした。だから「警察」はあなたを疑っているかもしれないが、「私」は違うのよという、印象操作だ。これをやるためには、何度絵麻の取り調べに立ち会おうと、学習することのない西野の存在は不可欠だった。

西野を利用した印象操作は、ほかにもあった。

絵麻は取調室に入る際、いつも西野を先に行かせ、一呼吸置いてから入室するようにしていた。取調官の登場を待つ被疑者は、例外なく緊張状態にある。初犯で反省の情を明らかにしている人間だろうと、塀の内と外を何度も行き来するような犯罪常習者だろうと同じだ。自ら起こした犯罪の事実について語る、あるいは、犯罪の事実を隠ぺいする行為は、誰にとっても少なからず心理的な圧迫を伴う。厳しい追及から自己を守ろうと、殻を閉ざしている状態なのだ。

そこにまず西野が登場する。身長一八五㎝で柔道有段者の屈強な若手刑事。最初から取り調べ相手を犯人と決め付けるような威圧的な態度は、おそらく被疑者にとって想定内だろう。そして立会いの刑事ですらこうなのだから、取調官にはどんな強面《こわもて》の男が、どれほど苛烈な取り調べをしてくるのかと警戒する。ぜったいに口を割らない、罪を認めないと反発し、あらためて身構える。

ところが現れた取調官が、予想とはまったく異なる、華奢《きゃしゃ》な美貌の女刑事だったとしたら。しかもその女刑事が、友好的な態度をとってきたとしたら――。

間違いなく被疑者は拍子抜けする。

なんだ、女か。なんだ、まったく怖くないじゃないか。取調官にたいする侮りが、油断となり、つけ入る隙となる。

いわば、ＣＩＡも採用する心理学的尋問技術「良い警官・悪い警官」の応用だった。

「良い警官・悪い警官」においては、二人の尋問者のうち、一人が対象者にたいして攻撃的な態度をとり、もう一人が同情的な態度をとる。当然のように対象者は攻撃的な尋問者には恐怖を、同情的な尋問者には信頼を抱く。その結果、同情的な尋問者との協力関係が結べると感じ、同情的な尋問者にたいして情報を提供してしまうというものだ。世間一般でいう「飴《あめ》と鞭《むち》」は、こと取り調べにおいてもてきめんな効果を発揮する。

ところがこの方法では、対象者に恐怖を与え、また信頼を勝ち取るのに、相応の時間が必要となる。しかし絵麻は自らの性別と容姿を利用して、対象者と対面した瞬間に、「良い警官・悪い警官」と同等の効果を獲得することができた。

取り調べのスペシャリスト「エンマ様」にとって、その美貌は大きな武器であり、被疑者にとっての罠《わな》だった。すべては計算ずくだ。

まずは西野を先に入室させ、「良い警官・悪い警官」と同等の効果を獲得する。

次にツーショットの写真を撮影することで、自然な流れで相手のパーソナルスペースに侵入する。パーソナルスペースとは心理的な縄張りのことだ。人間は無意識のうちに、相手との関係性によってパーソナルスペースを使い分けている。公衆距離、社会距離、個体距離、密接距離の四段階が存在するが、このうち自らの周囲四五㎝以内の密接距離には、通常は家族や恋人などのごく親しい存在にしか侵入を許さない。しかし逆にいうと、自然な流れで密接距離に侵入してしまえば、親しい関係であると脳が錯覚するのだ。これにより、さらなる信頼と好感を獲得することができる。

そして被疑者にとって「悪い警官」となっている西野を叱責し、警察組織と距離を置くような言動をとることで、自分にとっての味方であるという被疑者の錯覚を補強する。共通の敵を作り上げることで連帯を築くこの方法は、オーストリアの心理学者、フリッツ・ハイダーが提唱した認知的バランス理論の実践だった。

「ところでそのシャツ、どこのブランドなの」

「ブルックスブラザーズですよ」

木谷が湯呑みを手にとったので、絵麻もすかさず湯呑みに手を伸ばした。ミラーリングと呼ばれる模倣行動にも、相手との心理的距離を縮める効果がある。

「やっぱり」

おおげさにため息をついてみた。

「ブルックスブラザーズが、どうしたんですか」

「いやね。前に付き合ってた男が着ていたのによく似てたから、気になっちゃって」

自己開示。自らの秘密を明かすことにより、親密さを演出する会話術だ。

「それは申し訳ない」

「本当よ。嫌なこと思い出しちゃったじゃない」

「ごめんごめん。でも、そんなことをいわれても困るな」

初めて敬語が外れた。心理的距離は着実に縮まっている。

「まあ、そうなんだけど」

絵麻は拗《す》ねるふりで視線を落としながら、さりげなく相手の足もとを観察した。当初は組まれていた脚がほどけ、二つの爪先がまっすぐにこちらを向いている。斜めにかしいでいた上体もこちらに正対し、デスクの下に隠れていた手が天板の上で重ねられている。行動心理学的に説明すると、心理的防壁がなくなり、相手に興味を抱き始めたということだ。

髪の毛をかきむしったり、鼻を触るせわしないなだめ行動も消えた。なだめ行動とは、心理的圧迫を解消しようとして無意識に表れる反射のことだ。

取り調べにおける絵麻の最大の武器は、人並み外れた鋭い洞察力と、行動心理学の裏づけによるノンバーバル《非言語》理論だった。

木谷の一挙一動が、絵麻に一つのメッセージを発信していた。

油断——だ。

ちらりと腕時計を確認すると、取り調べ開始から二十分が経過していた。そろそろか。

「それにしても、嫌なこと、っていうほど、よくない思い出なのかな。その……以前、付き合っていたという、男の人とのことは。そんなに酷《ひど》い男だったの」

身を乗り出さんばかりにする被疑者にたいし、絵麻は身体を引いて心理的距離をとった。作り笑顔を消し去って、質問を弾《はじ》くように手をひと払いする。

「嘘《うそ》なの」

「えっ……」

「だから嘘。別にブルックスブラザーズになんの思い入れもないし、あなたが着ているシャツがそうだなんて、いわれないとわからなかった。今まで付き合った男の中にも、何人か愛用してる人がいたわね、たしか。その程度」

「なんで……そんな嘘を……」

「なんでって——」

絵麻はデスクに両肘をつき、両手の指同士をくっつける『尖塔《せんとう》のポーズ』をとった。自信を表すこのポーズが、絵麻にとって攻撃開始のサインでもある。

「あなた、自分の立場を忘れたの」

歌うような節回しでいうと、にやりと唇の端を吊り上げた。

「私はあなたの嘘を暴くために、ここにいるのよ」

4

木谷は驚きのあまり、しばらく呆然《ぼうぜん》としていた。

「私の嘘を……？」

信じられないといった口調だ。

初頭効果。人間の印象は初対面の四分間で決定づけられる。最初の好印象を脳が覆すまでには、時間がかかるのだ。

「そう、嘘。だってあなた、久我春奈さんを拉致監禁していたという事実を、否定しているんでしょう」

木谷の白い顔が見る間に紅潮する。目の前の女刑事が敵だということに気づいて、怒りがこみ上げたらしい。

「私は嘘なんかついていない！」

「う・そ」

音に合わせて、相手の顔を二度、指差した。

「なぜそう断言できる！」

「あなた自身が、嘘なんかついていないという発言をするときに、嘘だというマイクロジェスチャーを見せたから。ようするに、自分で自分の発言を否定したってわけ」

「なにをいってるのか、さっぱり理解できない」

それは本当らしい。

やれやれと肩を上下させると、絵麻は講義を開始した。

「人間の脳は大きく三つに分かれるの。知ってる？」

「いや……」

「駄目じゃない。あなたいちおう、学校の先生だったんでしょう」

「教師といっても、美術教師だ。そんなこと知る必要がない」

「まあね、そうかもしれないけど。だけど、あなた自身の身を守るためにも、知っておいたほうがよかったのに」

軽く小馬鹿にするような感じに鼻を鳴らして、指を折った。

「脳幹、大脳新皮質、大脳辺縁系《へんえんけい》。この三つ。このうち脳幹は人間の基本的な生命維持の機能を、大脳新皮質は思考を、大脳辺縁系は感情をつかさどっている」

これまでに取り調べで何度もいってきた台詞《せりふ》なので、もはや立て板に水だ。

「いわゆる哺乳類の中でも、本心と異なる意思表示をするのは人間だけでしょう。本音と建前を使い分ける。ほかの個体を騙《だま》して陥れる。ほかにそんな動物がいる？」

「いるわけがない」

「なぜ、いるわけがないの。どうして、ほかの動物は嘘をつかない……つけないのかしら」

「当たり前のことだ」

「当たり前？　答えとしては不十分ね。あなた赤点、追試決定」

「ふざけたことをいうな」

木谷が舌打ちとともに手を払った。眉間に皺を刻み、眉を吊り上げた怒りの表情だ。取調官を拒絶するように上体を椅子の背もたれに預け、そっぽを向いた靴の爪先が、早くこの場から立ち去りたいという心理を表している。

絵麻はにやにやと意地悪な笑みを浮かべる。

「なぜほかの動物は嘘をつけなくて、人間だけが嘘をつけるのか。それは、思考をつかさどる大脳新皮質が、ほかの動物に比べて極端に発達しているからなの。だから人間は嘘をつく。それに言語や文字を介した、複雑なコミュニケーションをとることもできる。ところがさ、大脳新皮質は発達しているかもしれないけど、感情をつかさどる大脳辺縁系だって、ちゃんと存在して働いているのよ。そして外部からの刺激への反応は、大脳新皮質より大脳辺縁系のほうが速いの。交尾の相手を見つける。餌にありつく。外敵を威嚇《いかく》し、攻撃する。あるいは恐怖を感じて逃走する。大脳辺縁系が、動物にとってより生存にかかわる本能的な反射をつかさどっていることを考えれば、その理屈は理解できるかもしれないけど」

「つまり……どういうことだ」

「わっかんないかなあ」

ゆっくりと首をまわしてから、いった。

「出ちゃうのよ、嘘をついてるつもりでも、本心が。たとえばさ……一つ質問するわね。あなた、久我春奈さんを拉致監禁してたでしょう」

「違う」

かぶりを振る木谷には、なだめ行動もマイクロジェスチャーも見られなかった。一瞬、虚を衝《つ》かれたが、すかさず質問を変える。

「久我さんは、自らの意思であなたの家を訪れたって、主張したそうね」

「その通りだ」

またもなだめ行動はない。どうやらぼんやりと見えてきた。

「久我さんは自らの意思であなたの家を訪れた。それは本当。だけどあなたは、久我さんが帰宅するのを許さず、地下室に閉じ込めて監禁した。違う？」

「違う」

木谷は大きくかぶりを振った。

「いえ、違わない」

「どうしてだ。なんの根拠があってそんなことをいう」

「あなたが否定しようと顔を振る直前に、一瞬だけ頷いたから」

「頷いてなどいない」

「自分ではそう思っているでしょうね。そしてあなたにそう思わせているのは、思考をつかさどる大脳新皮質。あなたに頷かせたのは、大脳辺縁系。大脳辺縁系の反射は、大脳新皮質には認識できない。そしてより原始的本能的な反応を見せる大脳辺縁系の反射に、大脳新皮質はけっして追いつけない。どうしても五分の一秒だけ遅れてしまう。その五分の一秒の間に表れる本心が、マイクロジェスチャーよ」

木谷の瞳の中で、瞳孔《どうこう》が収縮するのがわかった。恐怖を表す反応だ。

「この二十分で、私はあなたの癖をしっかりサンプリングさせてもらったわ。だからあなたの嘘はぜぇんぶ、お見通し」

目もとを覆う。鼻を触る。髪の毛を弄ぶ。舌で唇を湿らせる。貧乏ゆすりをする。それらが嘘を示すなだめ行動であるのか、ふだんからの癖に過ぎないのかを見極めるためには、平常時の相手の癖を把握する必要がある。絵麻が取り調べ相手と打ち解けたふりをするのは、なだめ行動とふだんからの癖とを選《よ》り分ける、サンプリングのためだった。

絶句していた木谷が、突然、小さく嘲笑した。

「馬鹿な。そんなことが」

嘘を見破るなんて、そんなことができるわけがない、陽動作戦に違いないとでも、思い直したのだろう。

「あるんだな。これが。自分でもたまに面倒くさい能力だなって、思うんだけど」

「おかしなことをいう人だ」

「信じるも信じないもあなたしだい。でもたぶん、信じちゃうことになると思うけど」

肘でデスクに胸を引き寄せ、挑戦的な上目遣いで覗き込む。見つめ返す木谷の視線が一瞬、逸《そ》れたのを、絵麻は見逃さなかった。

「久我さんは自らの意思であなたの家を訪れた。あなた、教師時代はけっこう人気のある先生だったらしいものね。当時あなたはすでに教師を辞めていたけれど、おそらく久我さんはあなたのことを慕っていて、あなたの家に遊びに行ったんじゃないかしら」

木谷の教師時代の評判については、当時の学校関係者への聞き込みで明らかになっている。美術教師らしからぬ熱血ぶりで、ときには問題を抱えた生徒の自宅を訪問するようなこともあったらしい。

「ほかの刑事にもいったが、春奈がうちに転がり込んできたのは、一年ほど前のことだ」

「はい、嘘」

首もとを触るなだめ行動があった。

「嘘なんていってない」

「それも、嘘」

また首もとを触った。

「いい加減にしてくれ」

「いい加減にするのは、あなたよ」

声を低くして警告を与え、続けた。

「どうして久我さんを家に帰してあげなかったの。おそらく、当時の久我さんはあなたのことをたんなる教師以上の存在として……もっと具体的にいうと、男性として見ていたんじゃないかしら。監禁なんてしなくても、まあ、中学二年生という年齢を考えると倫理的に問題はもちろんあるでしょうけど、交際を拒まれるような状況ではなかったでしょう」

当時の教え子たちに聞き込みした結果、木谷は多くの女子生徒からの憧れの的だったようだ。久我春奈についても、木谷に恋心を抱いていたと思う、という同級生の証言が得られた。

「それともあなた、相手が嫌がってないと興奮しないようなサディストなの。このド変態」

木谷が鋭い眼差しで睨《にら》みつけてきた。心外だとでもいわんばかりの表情には、後ろめたさの欠片《かけら》もない。絵麻にとっては、少しばかり違和感のある反応だった。犯罪行為が間違っていないとでも、思い込んでいるのか。

「元教育者のくせに、若者の未来を奪う心理ってなんなの。熱血教師なんて、とんだ仮面よね。八年もの間、毎日毎日娘の無事を祈り続けてきたご両親の気持ちとか、考えたことあるの。それとも、それを想像すると余計に興奮したとか？」

なにかいいたげに、木谷がわずかに唇を開いた。あと一押しだ。絵麻は挑発を続ける。

「どうなの。いいたいことがあるなら、いってごらんなさいよ。中学二年生の少女をいたぶり続けて、心配するご両親の姿を想像してはマスかいてたんでしょう。いったいどんな親に育てられたら、こんなロリコンのド変態男ができあがるのかしらね」

「やめないか！」

予想通りの展開に、絵麻は内心でほくそ笑んでいた。

危険を察知した動物の行動は、三つの段階を踏むといわれている。フリーズ——硬直、フライト——逃走、ファイト——戦闘という三つのFだ。現在の木谷はファイト——戦闘の段階にあり、大きな危機感を抱いている。

「亡くなったあなたのご両親、表面上はかなりご立派な方たちだったようね。父親は区議会議員、母親は町田の大学病院に勤務する小児科医。だけどご立派な外面の裏側は、どうだったのかしら」

絵麻はそこに核心があると睨んでいた。自分より弱い存在を拘束し、いたぶるという犯罪の性質上、木谷は成長過程で虐待を受けていた可能性が高い。

被害者の失踪から八年が経過し、また被害者が不慮の事故ですでに亡くなっていることを考えると、木谷が久我春奈を拉致したという物証を見つけるのは難しいだろう。

かといって情に訴えたところで、木谷が反省して自ら罪を認めるとも考えにくい。

ならば木谷にとってもっとも触れて欲しくない部分——それはおそらく、両親とのいびつな関係性だ——そこを突き続け、供述の乱れを拾い上げていくしかない。

「二人とも、尊敬できる立派な人間だった！　そういう侮辱は許さない！」

木谷は髪を逆立てんばかりの、憤怒《ふんぬ》の形相になった。かなり感情的になっている。

このまま行けば間違いなくボロが出る。絵麻は確信を握り締めながら、木谷の目を見つめ返した。

「本当に、心から尊敬できるの。あなたのことを、虐待した両親を」

「虐待など受けていない」

一瞬だけ視線を逸らすマイクロジェスチャー。嘘だ。

「どんな酷いことをされてきたの。殴られたり蹴られたりした？　それとも、あなたのことを無視し続けて養育放棄をしたとか」

「あの人たちには、なにもされていない！　愛情を注がれてきた！」

なだめ行動なし。本心からの発言であるかのように思える。

だが。

「今あなたは、ご両親のことを『あの人たち』と表現したわよね」

「それがどうした」

「無意識に心理的な距離を置いているのよ。『なにもされていない』、『愛情を注がれてきた』なんて、心にもないことをいおうとしたために。あなたの中にあるご両親への潜在的な嫌悪が、主語を濁させた。『虐待行為はなにもせずに』、『愛情を注いでくれた』相手が、自分の両親であると認めるのを、嘘をつくのを脳が嫌がっている」

「まったくくだらない言葉遊びだ」

「暴力を受けていたの？　だから、同じことを久我さんにしたの」

「暴力なんて振るったことはない」

それは嘘ではないようだ。だが、あくまで木谷の認識において、ということだろう。木谷にとっての「暴力」の定義は、殴る蹴るの暴行を指しているらしい。

「監禁や性的暴行も、暴力のうちに入るんだけど」

「だから何度もいっているじゃないか。春奈は自分の意思で私の家に居候していた。監禁などしてない」

まったくの嘘っぱちだ。なだめ行動が次々と表れている。

ところが、次の発言は真実のようだった。

「関係を持ったのだって、あの日が初めてだった。それだって、彼女のほうから誘ってきたんだ」

信じられない。絵麻は思わず眉をひそめた。

「それまでは肉体関係がなかった……っていうの」

「ああ、そうだ」

なだめ行動はない。やはり嘘ではなさそうだ。

「でも、あなたたちは交際していたのよね」

少なくとも木谷の主張では、そういうことになっている。

「身体の関係が必要なのか。そんなものはなくとも、愛し合うことはできる」

理屈としては間違っていない。だがそんなことがありえるのか。そもそも、ならば木谷はなんの目的で、被害者を監禁し続けていたのだ。

木谷が性的不能者である可能性が脳裏をよぎったが、すぐに打ち消した。一度は関係を持った事実を認めているし、もしも性的不能者であるならば、監禁した女性にたいして肉体的な暴力行為を、性行為の代償とするだろうことが予想される。しかし久我春奈の遺体には事故による外傷と手錠の痕以外に、日常的な暴力の痕跡は見られなかった。

木谷が久我春奈を八年間にわたって監禁していたのは間違いない。木谷は否定しているが、大脳辺縁系のノンバーバル行動がそれを認めている。

だがそれは、暴行を目的としたものではなかった。殴る蹴るなどの直接的な暴力はおろか、性的な暴行すらも行っていなかった。木谷が被害者との性的関係を持ったのは、被害者が死亡する前夜の一度きり。それは嘘ではないようだ。翌早朝に被害者が木谷邸から逃走したことを考えると、おそらく被害者は手錠を外させ、逃走の機会をうかがうために木谷を誘惑したのだろう。そう考えれば、被害者の行動は納得がいく。肉体関係を持つことは、被害者にとって監禁から逃れるための賭けだったのだ。

だが木谷の行動には、一貫性がなくなる。

きっと、なにか大事なものを見落としているのだ。

なにかを——。

5

取調室を出て刑事部屋に戻ると、同僚刑事の筒井《つつい》道大《みちひろ》が歩み寄ってきた。胡麻《ごま》塩《しお》頭に岩を積み重ねたような顔立ち。ぽっこりと突き出た腹が、ベルトの上に乗っかっている。

「どうだったよ、楯岡」

顎を突き出すようにしながら、ほかの同僚刑事とにやにや意味深な目配せを交わす。

男尊女卑の風潮が根強い警察組織の中にあっても、筒井はとくにその傾向が強いらしい。娘ほど年齢の離れた女刑事が上層部から重用される理由は、絵麻が刑事部長に色目を使っているからだと思い込んでいるふしがある。絵麻がどれほど実績を残しても認めようとはせず、失脚するのを手ぐすね引いて待ち構えているようだった。

「まあまあです」

絵麻は自分のデスクに戻って、椅子にかけていたオーバーコートを手にとった。

「まあまあって、どういうこった。ホシは落ちたのか」

落ちていないことを願うような口ぶりが癇《かん》に障ったが、いちいち相手にしても疲れるだけだ。

なんとかとハサミは使いよう。頭の中でそんな文句を唱えながら、にっこりと笑顔を作ってみせる。

「まだ落ちてはいません。だけど、真相はわかりました。これから裏をとりに、久我春奈の両親に会ってきます」

「なんだって？　本当か、西野」

筒井が大事なことを訊《たず》ねるときには、いつも西野を経由する。絵麻の手柄を認めたくないからだ。

だが、西野には答えられるはずがない。「久我春奈の両親に会いに行く」と伝えただけで、絵麻の描いた予想図は、まだ一片も明かしていない。

西野が困ったように肩をすくめてから、初めて絵麻のほうを見るというのも、お決まりのプロセスだった。無駄を省いて最初から絵麻に質問するのは、プライドが許さないらしい。

「どういうことだ」

「道玄坂署の捜査本部に伝えてもらえませんか。おそらく、木谷が所有する不動産のうちのどこか……いや、十中八九、松濤の木谷邸の敷地のどこかに、遺体が埋まっているはずです」

「なに？　ガイシャは一人じゃなかったってことか！」

「よろしくお願いします。それじゃ、行ってきます」

断片だけを明かして肝心な真相を伏せるのは、せめてもの意趣返しだった。刑事部長ご執心の絵麻の意見となれば、たとえ根拠をつまびらかにしなくとも捜査本部は動く。だがもしもこの場で種明かしをしてしまえば、筒井は自らの手柄として報告しようとするだろう。出世欲が強いわけではないが、敵愾心《てきがいしん》剝《む》き出しの相手にみすみす手柄を渡してやるほど、心が広くもない。

せいぜい伝書鳩の役目をはたしてちょうだい——。

「おい、楯岡！　待て！　どうなってるんだ」

すがるような声を置き去りにして、絵麻と西野は刑事部屋を出た。

6

木谷の二度目の取り調べは、四日後に行われた。四十人態勢の捜査本部を総動員して捜査にあたったものの、調べることが多すぎたために、四日もかかってしまったのだ。

「おはよう」

椅子を引きながらにっこりと微笑みかけてみたものの、さすがにもう笑顔は返ってこない。木谷は腕組みをして首をかしげ、女刑事を睨みつけるように目を細めている。

早速、爆弾を投下してやることにした。

「あなたの家の庭から、白骨化した遺体が発見されたわ」

眉を上げた木谷の表情から、明らかな動揺が伝わってくる。

「遺体は誰なのか。説明する気、ある？　このままいけばあなたには、死体遺棄の容疑も加わることになるけど」

「知らない。心当たりは、ない」

嘘だ。木谷はしきりに頬をなで、貧乏ゆすりを始めている。

「あれからいろいろと調べてみたのよ。あなたの人生を……子供のころまで遡って。なかなか骨の折れる作業だったわ。小学校や、幼稚園時代のあなたを知る人たちまで探し出すのは」

こめかみが上下したのは、奥歯を嚙《か》み締めたせいだろう。間違いなく、木谷は大きな心理的圧迫を感じている。

「ところで大丈夫？」

「なにが……」

木谷が探るような眼差しで絵麻を見た。

「ほら、取り調べって、けっこうなストレスだろうから。あなた、ぜん息持ちでしょう」

なにをいっているのか。怪訝《けげん》そうに細められた瞳に、絵麻は労《いた》わるような微笑《ほほえみ》を投げかけた。

「あなたと幼稚園が同じだったという人に聞いたのよ。金子《かねこ》さんっていう男性。あなたより一つ年上だけど、家が近所だったから、あなたの家によく遊びに行ったって話していたわよ。一緒の小学校に通えると思って楽しみにしていたのに、あなたが急に引っ越してしまって寂しかったって、いっていたわ」

「ああ……金子」

「覚えてる？」

「覚えている」

「よく一緒にお絵描きしたらしいわね。金子さんは外で遊ぶほうが好きだったけど、あなたがぜん息持ちで運動することができないから、家で遊ぶことが多かったって」

「申し訳ない。あまりに昔のことで、はっきりと思い出せない」

「そうなの。残念ね。でも大変だったでしょう、ぜん息は。なんでも、何か月に一度かは大きな発作を起こして、お母様の勤務する病院に救急搬送されたとか」

過去を探るように中空を見つめた木谷が、やがて頷いた。

「ぼんやりとしか記憶はないが、大変だったかもしれないな」

「あら、そう。じゃあ、水口《みずぐち》さんのことも覚えていないの」

「水口……」

「病院の看護師さんだった女性よ。当時の小児科病棟では一番の新人で、若かったからかもしれないけど、あなたがすごく懐いていたって。しょっちゅう絵本を読んで欲しいとせがまれたって、話していた」

「ああ、あの水口さんか……懐かしいな」

「ねえねえ気づいた？」

「なにを」

「私の嘘に」

目を見開いたまま、木谷が硬直した。

危機に瀕《ひん》した動物の行動三段階のうち、一つ目のF——フリーズ。

「あなたの幼馴染みが金子さんで、病院の看護師さんが水口さんっていったけど、本当は逆。幼馴染《おさななじ》みが水口さんで、看護師さんが金子さん。たぶん、けっこうマイクロジェスチャーが出てたと思うんだけどな」

木谷が我に返ったようだった。懸命に調子を合わせようとしてくる。

「そうか。どうもおかしいなと思ったんだ。たしかにそうだった。なにしろ昔のことだから……」

「いくらなんでも忘れ過ぎじゃない。私でも、幼稚園のとき仲が良かった子の名前ぐらいは覚えているわよ。西野は」

キーボードを叩く音が止み、「覚えています」という返事があった。「八百屋の息子の松村貴士《まつむらたかし》くんです」と余計な情報まで付け加える。

「ね、ほら。あなた、大丈夫？　まだ三十五歳でしょう。それともなに、忘れたい過去でも、あるのかしらねえっ」

「そんなことはない」

かぶりを振る直前に見せる五分の一秒の頷き。嘘だ。

「あ……あんたはいくつなんだ」

「二十八よ」

答えるまでに少し間が空いてしまったが、木谷が疑念を抱く様子はなかった。

私も修行が足りないなと顔をしかめていると、木谷が得意げに顎を突き出してきた。

「私より七つも年下じゃないか。七年後には、あんたも幼馴染みの名前を忘れているかもしれない」

言葉に詰まった。背後でくすくすと西野が笑っている。この人は七年先でも二十八歳だよ、とでもいいたげだ。

　ぎろりと睨みつけて後輩巡査を黙らせると、絵麻はあらためて被疑者と向き合った。

「とにかく、今日はあなたに昔のことを思い出してもらおうと思って、いいものを持ってきたの」

　絵麻がくいくいと手招きすると、足もとのバッグを探った西野が、絵麻にバインダーを手渡した。クリアファイルが冊子状に綴《と》じられたものだ。表紙をめくると、今よりもだいぶ若い木谷の写真が現れた。体操着姿で数人の同級生と肩を組み、カメラに向かって笑いかけている。高校時代のクラスメイトから借りてきた、体育祭のスナップ写真だった。

「これが高校時代のあなた。さすがにイケメンね」

　バインダーを広げ、木谷のほうへと滑らせる。

　ページをめくった。さらに若い木谷が現れた。

「これは中学時代の写真。修学旅行かなにかかしら」

　さらにめくると、今度は小学生時代の写真だった。

「最後は、手に入れるの大変だったわよ。あなた、幼稚園の卒園式には出ていないのね。卒園アルバムにあなたの写真はなかった。幼馴染みの水口さんが押し入れをひっくり返して、ようやく見つけてきてくれたの。ほら」

ページをめくって差し出すと、木谷は顔を横に背けた。ぎゅっと目を閉じて、唇を歪めている。文字通り、現実から目を背けたいという仕草だ。

二つ目のF——フライト。

「お願いだからちゃんと見てよ。苦労して手に入れてきたんだから。懐かしいでしょう」

木谷はゆっくりと顔を正面に戻し、こわごわとした様子で瞼《まぶた》を開けた。

そこに写っているのは、丸々と太った幼児だった。小中高時代の木谷とは、似ても似つかない。

「水口さんがいうには、この丸ぽちゃで愛嬌たっぷりの男の子が、木谷徹で間違いないんだって」

絵麻はページを戻し、小学校一年生時に撮影されたという木谷の写真を開いた。目鼻立ちのくっきりとして、線の細い印象の少年が写っている。

ページをめくっては戻し、を繰り返しながら、絵麻は演技めいた驚きの表情をしてみせる。

「これって、すごくない？　これが幼稚園の年長さん、それでこっちが、小学校一年生。どうやったら短期間のうちに、こんなに痩せられるのか、秘訣を教えて欲しいわね……っていうかさ、なんか顔立ちまで変わってるんじゃないの。一重瞼が二重になってるし。ねえ、整形？　これ整形？」

「やめろっ！」

木谷がファイルを払い除《の》ける。

三つ目のF――ファイト。

肩で息をする被疑者を、絵麻は冷え冷えとした眼差しで見つめた。

「あなたは……木谷徹じゃない」

「私は木谷徹だ！」

「違う。本物の木谷徹は、木谷邸の庭から発見された白骨死体よ」

身元の特定には時間がかかるだろうが、おそらく間違いないはずだ。

「あなたの両親……いや、あなたを逮捕監禁した犯人二人組、といったほうがいいかもしれないわね。その木谷夫妻は、ぜん息の大発作により息子を亡くした。その事実を認めたくなくて、死亡届を提出しなかった。遺体を庭に埋め、代わりとなる子供を探し、誘拐した。それがあなたよ」

看護師の金子の、木谷徹にまつわる最後の記憶は、木谷徹がぜん息の大発作を起こして深夜に救急搬送されてきたことだった。ステロイドの大量投与を行ったものの、木谷徹の意識は戻る気配がなかった。両親は夜じゅう付きっきりだったという。ところが、翌朝には症状が改善されたとして、小児科医の母親が手続きをし、息子を退院させた。その後ほどなく、母親は病院を退職し、家族で渋谷区松濤に越している。

「違う！　誘拐などされていない！　監禁なんて、もってのほかだ！」

「そう思いたいのはわかる。だけど、木谷夫妻のずるいところは、喜んで亡き息子の代わりをつとめてくれるであろう境遇の子供に、目をつけたことよ。親から虐待を受けて、小児科を受診してくるようなかわいそうな子供。だけど客観的に見れば、木谷夫妻のやったことはれっきとした犯罪に違いないわ。あなたの本当の名前は……今江《いまえ》和久《かずひさ》」

二十九年前、北町田《きたまちだ》署に当時六歳の今江和久の捜索願が提出されていた。当時の捜査記録を閲覧したところ、捜査本部には両親が我が子を殺害し、どこかに遺棄したのではないかという見方が根強かったらしい。今江和久が両親から虐待を受け、児童相談所に一時保護されたことがあったからだ。そのとき、小児科医として今江を診察し、虐待を疑って児童相談所に通報したのが、後に今江和久を誘拐することになる木谷徹の母だった。

「認めない！　あんな連中が親だなんて、私は認めない！」

「そんなことない。憎しみは深いかもしれないけれど、あなたはたしかに、今江夫妻を両親だと認識している。その証拠に、あなたは木谷夫妻のことを『あの人たち』と表現した」

当初は、虐待をする両親への憎悪のあまり、心理的な距離を置いているのだと解釈した。だが、違った。実の両親は別にいて、木谷夫妻は本当の意味での両親ではないという遠慮が、木谷——いや、今江に『あの人たち』と主語を濁させたのだ。木谷夫妻に感謝しながらも、心の奥底には実の両親への思慕を抱き続けていたであろう、複雑な心情がうかがえる。

そう考えると、すべてが腑《ふ》に落ちた。

「あなたは久我春奈さんを、救うつもりだったのね。木谷夫妻があなたを救ったのと、同じ方法を用いて」

久我春奈の両親に話を聞きに行ったところ、失踪の数日前、父親が娘の無断外泊を咎《とが》め、手を上げたという事実を認めた。

一度きりだったんです。ついかっとなって。それが、あんな結果を招くなんて——。

嗚咽《おえつ》交じりに語る父の言葉は、真実なのだろう。おそらく久我春奈は、そのことを木谷——いや、今江和久に相談した。久我春奈にとっては、たんなる愚痴に過ぎなかったのかもしれない。だが一般的な親子関係というものを知らない今江にとって、それは重大な告白と映ったに違いない。

今江は、久我春奈を自宅に帰すべきではないと思った。本人が嫌がろうとも、いつかこれでよかったのだと、感謝するようになると信じて。

かつての自分のように——。

「間違ってないんだ！　私を育ててくれたあの人たちも！　私も！」

「あなたは八年前から、久我春奈さんを監禁し続けていた。間違いないわね」

「ああ、そうだ！　だが春奈のためを思ってやったことだ！　暴力を振るうような親のもとへ、帰すわけにはいかないだろう」

ついに自供を引き出した。背後の西野と頷きを交わしてから、絵麻は今江に向き直った。

「久我春奈さんの父親が、娘に手を上げたのは、後にも先にも一度きりよ」

「一度やる人間は、二度三度と繰り返すんだ！　それに一度きりっていうのは、自己申告じゃないか！　信用できるはずがない！」

「それはあなたの経験則でしょう」

「そうさ！　私の経験だ。一度暴力を振るった人間は、必ず繰り返す！　表面上は反省したように見せることもあるが、時間が経てば結局、忘れるんだ！　そして外では良い親を演じる！　あんたにはわからないだろう」

「あなたにもわからないのよ、よその家族のことなんて。自分だけの物差しで、他人を測らないでちょうだい」

「間違っていない！　私も、私を救ってくれたあの人たちも」

「間違っていないわけがないでしょう。あなたは間接的に久我春奈さんを殺したも同然。意思や人格や尊厳を無視して、他人を監禁するあなたの行為に正当性を与えたのは、あなたが尊敬しているという木谷夫妻。どこが正しいっていうの。狂気の連鎖じゃない。久我春奈さんが嫌がっているのが、わからなかったの」

「彼女のためを思ってのことだ！」

「余計なお世話もいいとこね。かりに久我春奈さんが両親から日常的に虐待を受けていたとしても、八年間も地下室に閉じ込められるよりは、ましだと思ったでしょうね。わかっていないのかもしれないけど、あなた自身も久我春奈さんを虐待していたんだからね」

「違う！」

「違わない。なんべんいってもわからないのなら、あなたは自分が憎んでいる今江夫妻にも、似たのかもしれないわね。生みの親と育ての親、両方の悪いところを引き継いだモンスターよ」

そっけなくいい放ち、絵麻は顔を横に向けた。

「今までの会話、しっかり記録してる？　被疑者はかなり早口だけど」

「ばっちりです。僕のキータッチも速いですから」

西野と会話していると、激しく椅子を引く音がした。

立ち上がった今江が、肩で息をしながら憤怒の形相で絵麻を見下ろしている。

「取り消せ……」

「なにをよ」

「私があいつらに……今江に似たという言葉をだ」

「取り消すわけないじゃない。同じじゃないの。あなたの生みの親も、あなたも、人の嫌がることを平気でやってる。ついでにいうと、あなたの育ての親もね……あ、これから供述調書打ち出すから、サイン もらえるかな。西野、お客様の気が変わらないうちにお願いね」

「了解しました」

ボールペンで西野に指図を出していると、獣じみた雄たけびが聞こえた。

今江が摑《つか》みかかってくる。

絵麻が身を翻すと、入れ代わりに西野が飛び込んできた。両手で木谷の襟もとを摑み、足を払って引き倒す。頭をしたたかに床に打ちつけた木谷は、起き上がろうとせず、そのまま大の字になった。そして子供のように号泣し始めた。

7

「お疲れ様です！」

西野がジョッキをぶつけてくる。相変わらず一口の量が多い。傾いたジョッキが元に戻るころには、中身がほとんどなくなっていた。

さも美味《うま》そうに上下する喉仏《のどぼとけ》を見つめながら、絵麻は知らぬ間に口をあんぐりと開けていた。

「あんたの『一口ちょうだい』に応じちゃった人は、きっと後悔することになるわね」

「大丈夫ですよ。僕も体育会系ですから。上には遠慮し、下には厳しく、を心得ています」

「それって性格悪っ」

「見事なブーメランですね」

「なにそれ」

「自分の言葉が自分に返ってくるってことですよ」

尖る視線を感じたのか、なにもしていないのに西野がびくんと身をすくませた。にもかかわらず、焼き鳥の串を口に運ぶ動きが止まらないのは、さすがとしかいいようがない。

二人は新橋ガード下の居酒屋で、カウンターに肩を並べていた。いつのころからか、一つ事件が解決するとこの店で祝杯を上げるのが習慣になった。

「にしても、あれっすね」

アスパラベーコンの串を舐《な》めるように平らげながら、西野がいう。

「なに」

「あれだけのことをしておいて、今江のやつ、刑期の上限が十五年なんでしょう。ある意味、殺人より残酷だと思いますけど」

「まあ、たしかにそれはそうだけど……私たちにはどうしようもないし」

逮捕監禁致死傷罪の刑期の上限が十五年。判例を鑑みると、判決ではせいぜい十四年程度になるだろう。検察では業務上過失致死罪での立件も視野に入れているらしいが、それでも最大五年の刑期がプラスされるだけだ。模範囚なら、七年ほどで出所することになる。被害者が八年も監禁されていたことを考えると、納得できない部分は大きい。

「たまんないよなあ……十四歳からの楽しい時期を、八年も犠牲にされた女の子と、生きているか死んでいるかわからない娘の無事を、八年も祈り続けた両親の気持ちを考えると」

単純で直情的で体力があることとキータッチが速いことぐらいしか能のない後輩巡査だが、情にもろく、他人の心情を慮《おもんぱか》れる優しさは、数少ない美点かもしれない。

木谷が自供したことを報告すると、久我春奈の両親は泣きながら礼をいった。失踪の直前に娘に手を上げてしまった父親の後悔は消えないだろうが、娘が両親のもとへ帰りたいと願い続けていた事実を証明できたことが、せめてもの慰めとなるのを祈るばかりだ。

「でも、あれですよね。今江にも、少し同情しちゃいますね」

「うん……まあ、たしかに。犯罪の事実だけを見れば、同情するのは難しいけど。でも、今江の価値観やそれに基づく行動はおそらく、木谷夫妻の洗脳虐待によるところが大きいはずだしね」

「洗脳虐待って、なんですか」

「アメリカの精神科医、リチャード・ガードナーが提唱した『片親引き離し症候群』の別名よ。症候群という名はついていても、疾患として認めるかどうかについては論争があるみたいだけど。でもまあ、疾患かどうかの定義はともかく、客観的な事実について疑いの余地はないわね。両親が別居や離婚をしたとき、子供を監護するほうの親が、もう一方の親への誹謗《ひぼう》や中傷を吹き込み続けることで、子供を相手に会わせない状態を作り出すこと。たんにもう一方の親に会えなくなるだけじゃなくて、分離不安や摂食障害、学習障害など、子供の精神的障害を引き起こす原因になるといわれているわ。今回の事件だと少し状況が違うから、いわゆる『片親引き離し症候群』とはいえないけど、今江の新たな監護者となった木谷夫妻が、子供が本来の監護者である実の両親に会いたくならないように、悪いイメージを植え付けようとしたことは想像できるから、メカニズムとしては同じね」

「ちょっと待ってください」

西野がはっとした顔でこちらを見た。

「ということは、ですよ。実際には今江は虐待を受けてなくて、木谷夫妻の洗脳虐待によって実の両親への憎しみを募らせていただけ、という可能性も、あるんじゃないですか」

「まったく虐待を受けていなかった、ということは、さすがにないと思う。木谷夫妻の妻のほうは、小児科医として今江を診察し、虐待を疑って児童相談所に通報までしているわけだから」

「あ……そうか」

「ただ、虐待の程度や頻度がどれほどのものだったかは、今となってはわからない。もしかしたら今江の憎しみの記憶の大部分は、木谷夫妻の洗脳虐待によって作り出されたものに過ぎず、行政や医療機関の介入や指導で解決可能なレベルだったかもしれないし、あるいは逆に、木谷夫妻が誘拐しなければ、今江は実の両親によって殺されていたという可能性もある。ただ一ついえるのは、今江の間違った正義感は、木谷夫妻の洗脳虐待によるところが大きい……ってことだけ」

「それについて、一つ疑問なんですけど。親の影響って、そこまで大きなものなんですか」

「そりゃそうよ。親の背を見て子は育つ、っていうじゃない」

「だけど、今江はもう三十五歳ですよ。じゅうぶんに責任能力のある、成人です」

「たしかに。だから犯罪行為にたいする責任を負って、自分で償わなければならない。でも、今江の犯罪行為が、木谷夫妻の洗脳虐待に起因してることは、紛れもない事実よ。もちろん、他人を逮捕監禁する行為が違法であり、社会的なモラルを逸脱したものだという認識ぐらいは、今江にもあったでしょう。だけど、今江はその社会的なモラルを逸脱した行為によって、木谷夫妻に命を救われたことになっている……事実がどうなのかは別として、少なくとも今江の中では、ね。おそらく木谷夫妻は生前、今江の実の両親がどれほど悪辣な人間だったのか、自分たちの行動がいかに正しかったのかを吹き込み続けていたはず。その結果として、場合によっては法律も、社会的なモラルも、本人の意思さえも無視してやむなし、という思考回路のもとに、暴走するモンスターを遺《のこ》してしまった」

西野はどうも腑に落ちない、といった様子だ。

「でも、親を反面教師にしてまっとうな人間になるってことも、あるんじゃないですか」

「もちろんそういうケースもあるでしょうね。実際に今江だって、問題を抱えた生徒の自宅を訪問するほど、熱血教師だったという話じゃない。それは外面をよく見せようという演技でなく、実の親から虐待を受けた、自分のような不幸な子供を作りたくない、という思いがあったからじゃないかしら。久我春奈については、その強い思いが暴走してしまった……木谷夫妻からの洗脳虐待によって」

「なるほどなあ……なんかやるせないですね」

頬杖《ほおづえ》をついた西野が、虚空にため息を吐き出した。

「本当ね。やるせないわ。これでまた一人、世の中からハイスペックな男が消えたんだもの」

西野の顎が、手の平から滑り落ちる。

「そこですか」

「そこよ。決まってるじゃない」

自信満々な絵麻に一瞬、怯《ひる》んだ様子を見せた西野だったが、懲りずに反論してくる。

「男はスペックじゃないですよ。心意気です。そういう表面的なことにばかりこだわってるから、いつまで経っても……」

三白眼を作って睨みつけ、禁句を飲み込ませた。西野は顔を逸らし、ジョッキを持ち上げる。絵麻も正面を向き、肉じゃがに箸をつけた。

「あんたのいうことも一理あるかもしれないわね」

西野がジョッキの動きを止め、意外そうにこちらを向くのがわかった。

「いくらハイスペックでも、平気で他人を逮捕監禁しちゃうような教育を受けてきた男は、願い下げだもの」

「そうでしょう。やっとわかってくれましたか」

「うん。あんたのいう通り。お金とか肩書きの問題じゃない。人柄がよくないと、一緒にいても疲れちゃうわよね」

ちらりと視線を落とすと、西野の革靴の爪先が上を向いている。上向く爪先は尻尾を振る犬と同じ。喜びを表す仕草だ。

「でも難しいのは、家庭でどういう教育を受けてきたかってことまでは、そうそうわからないってことじゃない。家族はこうあるべき、なんて一般論ではいうけど、家庭っていうのはある種の密室空間で、他人の家族関係というのはぜったいに体験できないものだから、外から見たら理解できないような奇妙な文化が、脈々と受け継がれているることがあるし。仕事の付き合い程度なら、外面さえよければそれなりにいい関係が保てるけど、一緒に生活するとなると、そうはいかない。すごく変な性癖を持ってることが、結婚してからわかったりすると大変じゃない」

「実は野菜がいっさい食べられない、とかですね。うん、そりゃ大変ですよね」

肉じゃがの皿から人参《にんじん》を取り除く絵麻の箸先を覗き込むようにしながら、西野がうひひと肩を揺する。

「まあね。でもその程度の食の嗜好なら、それなりに長く付き合ってればわかるわよね。そうじゃなくて」

たとえばぁ、と唇に人差し指をあて、考えるふりをした。

「たとえば、なんですか」

西野が首をかしげ、ジョッキに口をつける。

「トイレで大をするとき、奇声を発するとか」

隣で盛大にビールを噴き出す音が聞こえた。

一つ目のF――フリーズ。

こちらを向いた西野の顔が、みるみる赤く染まる。

「そういうのって、一緒に生活してみないと、普通はわからないじゃない。想像もしないもの。大をしながら、自分を励ます癖があるなんて。あれ、なに？　もしかしてあんたのお父さんとかも、あんなことやってたの。あんな奇妙な行動、家庭内にそれを許容する文化がないと、癖として定着しないわよね。なにと戦ってるのかと思ったわ」

よし、その調子だ、頑張れ！　負けるな！　もうちょっとだ！――。

取り調べ前、なかなかトイレから出て来ない後輩巡査を呼びに行った絵麻は、唖然《あぜん》となった。個室から漏れてきた声を思い出すだけで、何か月かは笑えそうだ。

二つ目のF――フライト。

西野はあわあわと唇を動かしながら、首を左右に振っている。

「あまりにおもしろかったから、録音しちゃった。超ウケたわ。あんたがトイレから出てきたとき、笑いを堪《こら》えるのが大変だったもの。こんど警務課の由紀《ゆき》ちゃんに聞かせてあげようと思ってるんだけど……そうだ、あんたにも聞かせてあげるわ」

「ちょっ……楯岡さん！　やめっ……」

三つ目のF――ファイト。

ハンドバッグからスマートフォンを取り出そうとする手に、西野が飛びついてきた。

息は乱れ、全身が汗で湿っていた。

彼は暗闇に視線を泳がせながら、呼吸を整えようとした。彼の隣からは、彼の吐く荒い息とは対照的な、規則的で静かな寝息が聞こえている。

彼は身体を起こしてベッドサイドに腰かけ、肺の動きが落ち着くのを待った。

恵比寿にあるシティホテルの一室だった。カーテンの合わせ目から差し込む月明かりが、窓からベッドへと淡い光の筋を這わせている。かすかに唸《うな》る空調の風でカーテンが揺れているのか、光の筋もゆらりゆらりと揺れていた。その頼りない動きを眺めているうちに、さきほど見た悪夢が甦《よみがえ》った。

暗い衝動がさざ波のように寄せつ戻りつを繰り返しながら、耳元に近づいてくる。

——殺せ。殺せ。殺せ。

鼓動が速まり、指先が震えだした。自分の肉体が、自分のものでなくなっていくような感覚に襲われる。彼はそれに抗おうと、両手で髪の毛を摑んだ。ぶち、ぶち、と髪の毛の抜ける音を聞きながら、懸命に自分を保とうとした。

やがて開いた手の平には、数本の髪の毛が残されていた。彼の脳裏に、一人の女の名前がよぎる。

楯岡、絵麻——。

その姿を最後に見たのはいつだったろうか。十五年前の「狩り」の現場。いや、その数週間後に彼女の通う大学から自宅アパートまで尾行したことがあった。そのときが最後だ。

あの女が刑事になっていたと知ったときには、運命的な繫がりに身震いしたものだ。運命というより、宿命に近いのだろう。楯岡絵麻が警察官を志した背景には、彼が関係しているに違いないからだ。

楯岡絵麻はおそらく、栗原裕子《くりはらゆうこ》を殺した犯人を追うために刑事になった。

そして栗原裕子を殺したのは、彼だった。

ふいに背後で声がした。

「茂《しげる》さん……?」

振り返ると、女が寝ぼけ眼をこちらに向けていた。

「ごめん、恵子《けいこ》。起こしちゃったかな」

彼はささやきながら布団に潜り込み、女を抱き締めた。

「ううん……大丈夫。眠りたくなかったのに、寝ちゃったみたい」

「眠っていいんだよ。明日も朝早いだろう」

「嫌だ。寝たくない」

女は頭を振って駄々をこねたが、やはり疲れていたのだろう。彼が髪を撫《な》でてやると、すぐに穏やかな寝息を立て始めた。

彼はそれからもしばらく女の髪を撫でながら、楯岡絵麻のことを想っていた。

column 1

相手の心をつかもう！　行動心理学講座

好感をもたれよう

相手に自分を受け入れてもらうには、好感をもたれることが一番の近道です。難しいことのように感じますが、ポイントを押さえれば意外に簡単です。まずは「マッチング原理」という、共通点のある人同士が親しくなりやすいという法則があります。類似点が多いほど距離は縮まりやすいので、服装や身長、出身地、食べ物の好みなど、いろいろ探して共有してみましょう。次のポイントは、“うなずき”や“あいづち”。相手の話を引き出しやすくし、相手が自分に興味をもたれていると感じるので、好感度も上がりやすくなります。さらに、話し方やしぐさ、動作をさりげなく真似すると、相手に対して好意をもっていると感じられやすくなります。ただし、話の内容よりも表情が与える印象のほうが大きいので、笑顔を忘れずに。

※監修：杉若弘子教授（同志社大学心理学部）

第二話

トロイの落馬

1

扉が開き、背の高い男が入室してきた。

二十九歳ということは、西野と同じ年齢。それにしては若い。

いや、この男は年相応で、たんに西野が老けているだけか――。

楯岡絵麻はそんなことを考えながら、男を見上げた。人間の印象は初対面の四分間で決定づけられるという初頭効果を頭に入れて、微笑を作るのを忘れない。

「あなたが青木《あおき》くん？　テレビで見るよりイケメンね」

絵麻は椅子を引き、身を乗り出すようにした。だが、いつものように相手のパーソナルスペースに侵入することは叶《かな》わない。二人の間を、二重のアクリル板が隔てている。

絵麻がいるのは、東京拘置所の接見室だった。

「あんた……誰なんだ」

青木は眉をひそめ、鋭い視線を流してきた。ガムを嚙むようにこめかみを動かしている。正体不明の面会人に警戒しているようだ。

「私は栗原裕子といいます」

なだめ行動に気をつけながら、絵麻は偽名を名乗った。

「名前を訊いてるんじゃない。いったい何者なんだって、いってるんだ」

「フリーライターをやっています」

青木は即座に腰を浮かせた。

「待って。話を聞かせて欲しいの」

「マスコミの人間には話せない」

弁護人から釘を刺されているのだろう。半身になった青木が、係員を呼ぼうと手を上げかける。

だがその動きは、絵麻の一言で止まった。

「あなたはやってない」

振り返る青木の目を見つめ、頷いてみせる。

「そうなんでしょう。だったら私が、力になれると思う」

青木亮《りょう》は四か月前に世田谷区下馬《しもうま》で起こった、ストーカー殺人事件の被告人として起訴されていた。起訴内容は元交際相手に付きまとった末、アパートに押し入って刺殺したというものだ。取り調べ段階では容疑を認めたものの、初公判では警察による自白の強要があったとして、全面否認に転じたらしい。被害女性に付きまとったのは事実だが、殺害したのは自分ではないという主張内容らしかった。

「あんたがどう、おれの力になれるっていうんだ」

「あなたから聞いた話を記事にする。警察の違法な取り調べにより、冤罪《えんざい》事件が作り出されたという内容で」

青木はふんと鼻を鳴らした。

「その程度で、おれの力になれるだと」

「今回の事件は裁判員裁判。一般市民から選ばれた裁判員は、公正に事件を裁くべきという意識で公判に臨んでいるでしょうけど、現実には完全な公正などありえない。あなたは有罪。潜在意識には、すでにそういう先入観が刷り込まれている。なぜなら、あなたはストーカー行為については認めていて、そのことが大々的に報道されているから。事件の起こる二日前、被害者が三宿《みしゆく》署にストーカー被害の相談に行き、あなたの名前を挙げていた事実もある」

青木の腰がすとんと座面に落ちた。絵麻に正対し、話を聞く姿勢になる。

「私が記事を書くことで、他誌が追従する記事を掲載する可能性もある。あなたがどれほど外の世界のニュースを目にしているか知らないけれど、いま世間では誤認逮捕が相次いでいて、警察の取り調べ手法を問題視する声が多く上がっているの。あなたの事件でも違法な取り調べがあったと証明できれば、供述調書の証拠能力はなくなり、無罪判決に限りなく近づく」

青木は話の内容を吟味するように、中空に視線を泳がせている。

ふいに、意識の片隅に声が響いた。

いいか、楯岡。危ない橋は渡るな——。

年配の男の声だった。心底、絵麻の身を案じる、我が娘に語りかけるような口調だ。

だが絵麻は、忠告を遮るように目を閉じた。

数日前。

「再捜査はしないって、どういう……」

思いがけず大きな声を出してしまったことに気づいて、絵麻は言葉を飲み込んだ。

「落ち着け、楯岡」

対面に座った山下《やました》が、周囲を気にするように視線を巡らせる。

幸いなことに、絵麻の声は喧騒《けんそう》に紛れたようだった。日比谷にある喫茶店の席を埋めた客の非難の眼は、離れたボックス席で騒ぐ大学生らしき一団に集中している。窓際の席で向き合う男女の会話を気にする者はいない。

「すみません……」

絵麻が視線を落とすと、「いや、気持ちはわかる」と山下は唇を噛んだ。苦々しげにロマンスグレーの髪を撫で、目尻の皺を深くする。

「おれだって、どうにかならないかと考えた。だがな、青木については物的証拠も情況証拠も揃《そろ》っている。アリバイも崩れた。なにより、すでに公判は始まっているんだ。カイシャとしては、とっくにカタがついている」

「ですが……現場から発見された毛髪については」

三週間前に、新橋の居酒屋で受けた電話の内容を思い出す。

あのとき、山下は興奮した様子でこういった。

あのヤマ、本当に誤認かもしれない――と。

だが今の山下は、沈痛な面持ちでかぶりを振った。

「青木の犯行を覆す証拠にはならない。ただたんに、別人のものらしき毛髪が発見されたというだけだ」

「そこが問題なんじゃないですか」

「その通り。そこが問題だ。発見された毛髪が、別件のホシのものらしいという点がな。だからこそ、青木を直接つつくことはできない。別の疑わしい人物の存在をほのめかすことで、青木の弁護人に、情報を利用される恐れがある。もしあのブツの存在がバレて、弁護側から証拠として開示請求されでもしたら、検察としてはいっきに形勢不利になる。そうなれば最悪の場合、青木は無罪放免だ」

「本当に青木がやっていないという可能性も、あるんじゃないですか」

青木が無実で、ほかに真犯人がいるとしたら。

あるいは、青木に共犯者がいたとしたら——。

「ゼロだとはいわない。だがそれを証明するのは、おれたちの仕事じゃない」

山下は顔の前で手を重ねた。

「青木の調書を作成した捜査員に問い合わせた。多少恫喝《どうかつ》めいたことをしたのは認めたが、基本的には青木が喋《しゃべ》った内容を、そのまま文書にしたといっている。供述の内容には整合性があり、疑いを差し挟む余地はない。だとしたら自白の強要というのも、弁護側の苦し紛れの戦術と考えるのが妥当だろう。いったんは署名してしまった供述調書の証拠能力を、取り調べ過程の不法行為を主張することで無効にしようとしている。事実関係で争うことができない場合の、やつらの常套《じょうとう》手段だ」

「なら、あの毛髪は……」

「開示しない……握りつぶす。それが上の判断だ」

視界が暗転した。胸の内で膨らんだ絶望が、呼吸を妨げようとする。

「山下さんは……それでいいんですか」

「いいわけがないだろう。十五年も追い続けたヤマなんだ」

怒りを押し殺すような、低い声だった。

山下のいう「十五年も追い続けたヤマ」とは、十五年前に発生した小平《こだいら》市女性教師強姦《ごうかん》殺人事件のことだ。発生から月日が経過するうちに小平山手《やまて》署の捜査本部は解散され、人員も削られ、やがて専従捜査員は山下一人となって、三週間前に時効を迎えている。その犯人らしき人物の毛髪が、下馬の事件現場から採取されたのだった。

山下は諭すような口調になった。

「青木をつつくわけにはいかない。だが下馬のガイシャのアパートを、小平のホシが訪れていたのは間違いない。ガイシャの人間関係を洗い直してみることで、小平のホシに繋がる糸口がなにか、見つかるかもしれない」

「そう思ってませんよね」

出世を拒否して現場にこだわり続けたベテラン刑事は、眉間に皺を寄せた。

「山下さん、私から目を逸らしっぱなしじゃないですか。話をするとき、やたらと髪の毛を触っていたし。それに、『なにか見つかる』というときに、目を閉じていました」

「楯岡……おれを被疑者みたいに扱うな」

「そんなつもりはありません。山下さんには感謝しています。ただ、心にもないことをいわれても、私にはなんの慰めにもならないっていいたいだけです」

口を開きかける山下を無視して、絵麻は続けた。

「下馬の被害女性の人間関係を洗い直したところで、小平のホシには繋がりません。山下さんは誰よりもご存じでしょうが、小平事件での被害者とホシには、なんの接点もありませんでした。ホシは被害者が住むマンションの、被害者の部屋と同じフロアにある別室で犯行に及びましたが、その部屋は賃貸契約のない空き部屋でした。被害者は結婚を控えた幸せの絶頂にあり、同時期にほかの男性と交際していたという事実もありません。おそらくホシは被害者に目をつけ、監視を続けながら、ひそかに犯行の機会をうかがっていたんです。そして犯行を終えた翌朝、素知らぬ顔で自転車に跨《また》がり、現場を後にした。指紋や毛髪、体液など、多数の遺留品を残したにもかかわらず、その後の警察の捜査では、まったく足取りが掴めていません」

しかめっ面で話を聞いていた山下が、長い息を吐く。

「認めるよ。あのホシがそう簡単にドジを踏むとは思えない。下馬のガイシャの身辺を洗っても、無駄骨に終わる可能性が高いと、おれも思う」

「だから青木と話すべきなんです、私が」

私が、というところで、語気を強めた。ほかの誰かではできないが、私ならば。

絵麻は小平事件の犯人の似顔絵を思い浮かべた。さらさらの黒髪に、切れ長の目と薄い唇、細い顎。はっきりいって、どこにでもいそうな顔立ちだ。ほくろなどの特徴もない。懸賞金がかけられたこともあり、時効までに寄せられた情報は数百件にものぼるが、どれも空振りだった。無理もない。今では絵麻ですら、犯人の正確な人相を思い浮かべるのは難しくなっている。人間の記憶ほど、あてにならないものはない。街で似た男を見かけたと感じて振り返るたびに、記憶も少しずつ書き換えられているだろう。もしかしたら、いまや絵麻の記憶にある人相は、実際の犯人と似ても似つかないものになっている可能性すらあった。街で犯人とすれ違っても、気づかず素通りしてしまうほどに。

もっとよく観察しておくべきだった。絵麻は悔しさに唇を噛む。

なぜ目に焼き付けなかった、あの男の顔を。

なぜ見抜けなかった、あの男の本性を――。

小平事件の起こる直前、絵麻は犯人らしき男と接触していた。警察の作成した似顔絵は、当時大学生だった絵麻の証言をもとに描かれたものだった。

「もしも下馬事件に小平のホシが絡んでいるとすれば、それは被害者ではなく、青木のほうと繋がっている可能性のほうが高いはずです」

「だからといって無茶だ。あのブツは、存在してはいけない証拠なんだぞ」

「ブツのことはいいません。でもせめて、本当に青木がやったのか、もしくは青木の周辺に、小平のホシの影があったのかを確認するだけでも――」

「やめておけ。公判中の被告人に刑事が接触したなんて、証言の誘導を行おうとしたと解釈されかねない」

「刑事として接触するのは、まずいってことですよね」

山下が目を見開いた。はっと我に返り、顔をぶるぶると左右に振る。

「いいか、楯岡。危ない橋は渡るな。もしもそんなことをしたのが、公になれば……」

「わかっています。冗談ですよ」

頷く直前に否定のマイクロジェスチャーが表れたかもしれないと、絵麻は思った。

青木は期待からほのかに顔を紅潮させていた。

「おれの話を、信じてくれるのか」

「それは話を聞いてから判断するわ。私、人を見る眼には自信があるの」

冗談と解釈したのか、微笑が返ってくる。

「わかった……」

「さあ、話してちょうだい。事件当日に起こったことを、全部」

脳裏に若い女の顔が浮かんだ。弾《はじ》けるような笑顔の眼差しは、すでに母の慈愛を孕《はら》んでいる。

栗原裕子。絵麻が偽名に使用した名前の女は、小平市女性教師強姦殺人事件の被害者だった。

そしてかつての絵麻が、姉のように慕った存在だった。

握りつぶすなんて許さない。ぜったいに、つぶさせない――。

穏やかな表情で被告人に向き合いながら、絵麻はひそかに奥歯を嚙み締めた。

2

足音が聞こえ、西野圭介はぎくりと両肩を跳ね上げた。

とっさに腕時計を確認する。取り調べ開始の予定時刻まではまだ余裕があった。それでも念には念を。おそるおそる便座から腰を浮かせ、扉に耳を近づける。妙な習慣が身についたものだと、我ながらあきれてしまう。

聞こえてきたのは楯岡ではなく、二人の男の声だった。安堵の息を吐《つ》いたのも束の間、今度は会話の内容が気になり始めた。

「畜生っ。またあの女かよ」

酒焼けしたような低い声は、同僚刑事の筒井だろう。

「あの女って……ああ、エンマ様のことですか」

もう一人の甲高い声は、同じく同僚の綿貫《わたぬき》に違いない。西野よりも五期上の先輩で、筒井の腰巾着だ。後ろ姿の背格好が似ているせいか、西野はよく綿貫と間違えて声をかけられる。あんな太鼓持ちと一緒にされるなんて心外だが、綿貫も同じように感じているらしい。綿貫の当たりのきつさには、西野が「楯岡派」だからという以上の怨《おん》念《ねん》めいたものを感じる。

「なあにがエンマ様だよ。たいそうな通り名がついて本人も調子に乗っているらしいが、あの女にできるのはせいぜい色仕掛けぐらいだろうに」

「ですが、被疑者の自供率は一〇〇%ですよね。そこだけは――」

綿貫を遮り、筒井が吐き捨てた。

「馬鹿っ。そんなんだから、おまえはいつまで経っても半人前なんだ。ぜったいに喧嘩に負けない秘訣を、知ってるか」

考える間があったが、綿貫はすぐに降参した。

「なんですか」

「強い相手とは喧嘩しないことだ。ボクサーだってそうだろうが。噛ませ犬ばかり相手にすることで、連戦連勝の戦績が取り繕える。それが自供率一〇〇%のからくりさ」

聞き耳を立てながら、西野は眉をひそめた。

本気でそんなことを思っているのなら、筒井の目は節穴もいいところだ。楯岡がこれまでに担当してきたのは、ほかの刑事が担当だったならば自供に導けたのかは疑わしい難事件ばかりだった。そもそも楯岡は、担当する事件を選んだりはしない。

ところが、綿貫は素直に感心している。

「なるほど。さすが筒井さんです。そういうことですか。納得しました。それならエンマ様も、今回は難しいでしょうね。正真正銘の強敵ですから」

「ああ、そうだな。いよいよあいつの化けの皮が剝がされるときが来た、ってわけだ」

暗い忍び笑いに、怒りがこみ上げた。

楯岡のことを目の敵にするのはかまわない。だが、事件が解決しないように願うなんて、刑事としてあるまじき態度ではないか。

今日こそ、一言いってやる——。

洗面台に移動し始めた足音を追うように、西野は急いでスラックスを上げ、ベルトを締めた。

だが扉の鍵を外そうとした瞬間、ふたたび猛烈な便意に襲われた。


トイレから出ると、ちょうど廊下の向こうから楯岡が歩いてきた。西野に気づいて、あら、という顔をする。

「今日はちょっと早かったわね」

わざとらしく時計を見る動きをする袖に、西野はすがりついた。

「楯岡さんっ、ぜったいにぜったいに、被疑者を落としてやりましょうね！」

「なによいきなり」

楯岡が不審げに眉根を寄せる。

「大丈夫ですよね。泣く子も黙るエンマ様ですもんね、ねっ……ねっ、楽勝ですよねっ。嘘でもいいからそういってください」

「嘘だとわかってる言葉を聞いて、あんた安心できるの」

「えっ、駄目なんですか。自信、ないんですか」

西野は泣きそうになった。

「あんたがいったんじゃない……っていうか、ちゃんと手、洗ったんでしょうね」

「それどころじゃないですよ。筒井と綿貫が――」

「洗ってないの？　ちょっと触んないでよっ」

顔色を変えた楯岡に、思い切り振り払われた。西野が触れた部分に鼻を近づけ、うっと顔をしかめる。

「臭いはしないでしょう」

「手を洗ってきなさい」

「でも楯岡さん。あの二人が……」

「いいから洗ってきなさいってば。ついでに顔も洗って、頭を冷やしなさい。いいたいやつにはいわせておけばいいでしょう。だいたい私のことを一番信頼していないのは、あの二人じゃなくて、あんたじゃないの」

蹴る真似をされて、はっとなった。

筒井と綿貫の陰口はいつものことだ。過剰反応の原因は、今度こそ楯岡が被疑者を落とせないのではないかと、西野自身が不安を抱いているからにほかならなかった。

トイレで手を洗い、いわれた通りに顔も洗って、楯岡のもとに戻った。どこから持ってきたのか、楯岡はウェットティッシュでしきりに袖を拭っている。

「まったく、しっかりしなさいよ」

丸めたウェットティッシュを西野のジャケットのポケットに突っ込みながら、楯岡が鼻に皺を寄せる。

「まあ、あんたが不安になるのもわからないでもないけど。マスコミを利用して、あれだけ大々的にキャンペーンを張られたんじゃねえ。なにせ被疑者についているのが、あのマッチョ先生だし」

楯岡はやれやれと肩をすくめた。

松尾《まつお》隆太郎《りゅうたろう》、四十二歳。頭のサイドを刈り上げ、きりりと引き締まった海兵隊員のような風貌をした、『マッチョ先生』の愛称を持つ人権派弁護士の顔は、西野もよく知っていた。朝のワイドショー番組にコメンテーターとしてレギュラー出演しているからだ。知名度抜群で主婦層からの人気も絶大なタレント弁護士が、被疑者の私選弁護人となり、各種マスコミを焚《た》きつけて警察批判の急先鋒《きゅうせんぽう》を務めているおかげで、警察は嵐のような逆風に晒《さら》されている。

「被疑者には松尾に依頼する資力なんてないでしょうに。おおかた、売名目的で自分から売り込んだんでしょうね。松尾が被疑者に接触したのは、任意同行から二時間後だっていうじゃない。まったく、いやらしい男だわ」

西野も同意見だった。

被疑者の連行直後に警視庁本部庁舎に駆けつけた松尾は、なんと報道各社のテレビカメラを伴っていた。留置管理窓口で接見妨害だと騒ぎ立てて強引に被疑者との接見を実現させた挙げ句、一日中接見室にこもって警察に取り調べの機会を与えなかった。法曹界には「人権派というより演技派」と揶揄《やゆ》する向きもあるらしい松尾のことだ。弱者の側に立つ正義の弁護士としての存在感を強烈にアピールできる、絶好の機会とでも考えているのだろう。

それだけ話題性のある事件だった。

今回の被疑者である高山幸司《たかやまこうじ》には、ハイジャック防止法違反、威力業務妨害、偽計業務妨害、脅迫など、多くの容疑がかけられている。罪名は多岐にわたるが、容疑の内容は共通している。他人のパソコンを遠隔操作し、ネット上の掲示板に航空機爆破予告や幼稚園、イベント等での大量殺人予告を書き込んだというものだ。

当初はそれぞれが独立した犯行とみられ、全国各地に多くの逮捕者が出た。ところが、マスコミ各社に真犯人を名乗る人物からの犯行声明文と、遠隔操作に使用したプログラムの入ったCD‐ROMが送り付けられ、状況は一変する。逮捕者のパソコンを解析したところ、マスコミに送付されたCD‐ROMに入っていたのと同じプログラムが、たしかにインストールされていた。ユーザーが知らないうちにダウンロードすることで、ハードディスクの内容を外部へ流出させたり、削除したり、ほかのコンピューターを攻撃したりする、いわゆる『トロイの木馬』形式のプログラムだった。逮捕者の中にはすでに自供し、起訴されている者もいたことから、警察の取り調べ手法に批判が集まることとなった。

そして犯行声明文の送付から一か月後、混迷する捜査を嘲笑《あざわら》うような犯人の動きがあった。

『目黒区にある林試《りんし》の森公園の猫に、自らの主張を記したテキストファイルを記録したチップを預けた』という文書が、各種報道機関に送付されたのだ。捜査本部はすぐさま林試の森公園に捜査員を派遣し、チップの埋め込まれた首輪を巻いた猫を発見した。付近の防犯カメラを徹底的に解析したところ、コンビニエンスストアの防犯カメラに、ネット犯罪の前歴リストからマークしていたうちの一人が撮影されていることが判明した。それが高山だった。

高山逮捕については、失態を挽回《ばんかい》しようとする警察の勇み足ではないかという識者の指摘が、早い段階からあった。

　高山が防犯カメラに撮影されたのはたしかだが、猫に首輪を巻きつける瞬間を捉えた映像があるわけでもなく、押収された首輪からは指紋も検出されていない。情況証拠しかなくとも連行さえすれば、楯岡が自供を引き出してくれるだろうという上層部の判断が、あまりに性急で危ういということは、西野ですらわかる。

　お偉方は楯岡さんを魔法使いとでも思っているのか。命令とはいえ腹立たしい。

「私はいつもと同じように、与えられた仕事をするだけよ」

　邪念を振り払うように髪をかき上げ、楯岡が廊下を歩き出した。

　そうだ。敵は弁護人でも世論でもない。

　外野がどうこういったところで、やるべき仕事は変わらないんだ――。

　西野も気持ちを引き締め直して、楯岡の後に続いた。

　やがて取調室の扉が近づいたところで、楯岡の背中がいった。

「ところでさあ、一つ訊いておきたいんだけど」

「なんでしょう」

　足を止め、こちらを振り返る。ふわりとなびく茶色い髪が、クロエのフレグランスのほの甘い香りを運んできた。

同時に、とんでもない発言が飛んできた。

「捜査資料にあったトロイの木馬って、なに？」

「そ……」

そんなことも知らずに、取り調べに臨もうっていうんですか──。

全身から血の気が引いていく。頭の片隅で、筒井と綿貫が勝ち誇るように笑っていた。

3

楯岡絵麻が取調室の扉を開いたのは、西野が入室してから一分ほど後のことだった。

案の定、西野は被疑者とデスクを挟んで仁王立ちになり、被疑者を威嚇している。

「なにやってるの、西野っ」

西野がこちらを振り向いて半身になったとき、被疑者の高山幸司の顔が見えた。眼鏡をかけ、小太りで色白もち肌の、気弱そうな男だ。捜査資料には三十八歳とあるが、どこか大学生のような雰囲気を引きずっている。

坊っちゃん刈りの髪型の左右が不揃いなのは、お洒落《しゃれ》ではなく、自分で散髪しているからだろう。ネルシャツにも毛玉がちらほらと見える。一見すると自らの容姿に頓着しない性格かに思えるが、左の手首には合皮の黒いリストバンドが巻かれていた。

自らを着飾ることに無関心というわけではない。異性への関心は人並みにある。だが、お洒落の感性が一般的なそれとは異なる。つまり、良くいえば我が道を行くマイペースな、悪くいえば協調性に欠ける性格。

社会性は希薄で、おそらく友人も少ない。恋人がいれば髪型や服の毛玉などには気を遣うだろうから、いま現在、交際中の異性もいない。いや、もしかしたらこれまでの人生で、異性との交際経験は皆無かもしれない。あったとしても、限りなく乏しい。絵麻を認めたとたんに頬を紅《あか》く染め、視線を逸らす仕草からは、異性とのコミュニケーションに慣れていない様子がうかがえる。

「さっさとお茶をお出ししてちょうだい、お客様に」

顎をしゃくって後輩巡査を追い払うと、絵麻は高山の対面に立ち、右手を差し伸べた。

「高山幸司くんね。取り調べを担当する楯岡絵麻です。よろしく」

高山はいったん身を引くような素振りを見せたものの、笑顔に促されて、デスクの下に隠していた手をおずおずと出した。絵麻が手を握っても、軽く握り返すだけだ。

握手の強さからは、相手に心を許している度合いと、性格的な押しの強さがわかる。高山の場合は取調官にたいして心を許してはいないし、いいたいことをいえないおとなしい性格でもあるのだろう。

だが表面的におとなしい人間が、内面もそうだとは限らない。身なりからも、秘めた自己顕示欲を持て余していることが想像できる。

絵麻は左手も添え、両手で包み込むような握手で、精神的に優位に立った。元来、気の弱い男だ。まずは力関係を明確にしておく必要がある。

椅子を引くと、西野が湯気の立つ湯呑みを運んできた。

「ところで取り調べを始める前に、高山くんに一つ訊きたいんだけど」

デスクに肘をつき、重ねた手の上に顎を乗せる。

「トロイの木馬って、なに？」

いきなり核心を突かれたと感じたのか、高山はかすかに眉根を寄せ、唇を内側に巻き込む仕草を見せた。

「事件のことについては、なにもお話できません」

「わかってるわよ。マッチョ先生の指示なんでしょう」

弁護人の松尾は警察にたいし、取り調べの可視化を行わない限り、いっさいの取り調べを拒否するという申し入れをしたらしい。

　話を聞いたときには、「演技派」らしい茶番だと、絵麻は思った。本音の部分では松尾自身も、可視化の実現など期待していないだろう。最初から拒否されることを見越した上で、警察を悪役に仕立てるためのパフォーマンスだ。

「事件について、話して欲しいっていってるわけじゃないの。私、パソコンに疎くって。捜査会議でトロイの木馬がどうこうっていわれても、ちんぷんかんぷんだったから。刑事連中もアナログ人間が多いし、たぶんわかった顔しながら、あまり理解できてないのよね。だから説明がわかりにくくて……そこにいる西野に訊いても、なんか要領を得ないし」

　一瞬、キーボードを叩く音が止まる。むっとする後輩巡査の顔を浮かべながら、絵麻は続けた。

「だから高山くんに、説明してもらおうかなと思って」

　二人称を「高山くん」と固有名詞にすることで、人格を認めていると印象づける。無数にちりばめた小さな楔《くさび》が、やがて相手の心の壁に大きなひびを走らせるはずだ。

　高山は怪訝そうに片目を細めた。その程度の知識しかない人間が取調官を務めるのかと、顔に書いてある。

「パソコン、詳しいんでしょ」

「僕がやったんじゃない」

「だから事件のことを訊いてるんじゃないの。高山くん、プログラマーでしょう」

「ごく小さな会社ですけどね。しかも、契約社員ですし」

高山が自嘲気味に唇を歪める。

「それでもすごいと思う。機械に強い人って、いかにも男の子って感じがして素敵じゃない」

「別に、たいしたことじゃありませんよ。昔からPCをいじるのが好きだっただけで」

「昔って？」

「初めてPCでプログラムを組んだのは、たしか小学校二年生ぐらいでした」

「小二でプログラムを組んでいたの」

絵麻が目を丸くすると、高山はまんざらでもなさそうに眉を上下させた。

「プログラムといっても、ベーシックでの簡単なものです」

「ベーシック？」

「プログラミング言語の一種です。英語を主体にして、初心者にもプログラムを組みやすいように作られた言語です。もっとも、現在はほとんどのPCにウィンドウズなどのOSが最初から搭載されていますから、ベーシックは廃れてしまいましたけど」

「OSって？」

高山の口が次第に軽くなっていく。

得意分野の知識を披露させることで口を軽くさせ、こちら側の尊敬の念を示し、同時に信頼を勝ち取るというのが、今回の絵麻の戦略だった。

丹念に専門用語を拾い上げては意味を訊ね、辛抱強く説明に相槌《あいづち》を打ちながら、サンプリングを組み立てる。その結果、二十分が経過するころには、高山は身振り手振りを交えて話すようになっていた。

絵麻は弄んでいたボールペンを誤って落としたふりで、被疑者の足もとを確認した。スニーカーの爪先が上を向いている。喜びを表すノンバーバル行動だ。

そろそろか。

ボールペンを拾い、椅子に座り直した。

「ところで最初の質問に戻るけど、トロイの木馬って、なに」

一度軽くなった口を噤《つぐ》むのは難しい。今度はすらすらと答えが返ってきた。

「ハードディスクの内容を破壊したり、外部へ流出させたりするプログラムのことです」

「ウィルスってこと?」

「ううん……普通の人は混同しがちですけど、正確にはウィルスではありません。ウィルスはほかのファイルに寄生してPC内に侵入するけど、トロイは無害なソフトウエアを装っていて、ユーザー自身に実行するように仕向けますからね。別物です。とはいえ、まあウィルスのようなもの、という理解でいいんじゃないでしょうか」

「ふうん、そうなんだ。説明されても、やっぱりよくわからないけど」

絵麻が肩をすくめると、ぎこちないながらも高山が微笑んだ。

「で、そのトロイの木馬って、パソコンに詳しい人なら簡単に作れるものなの」

「まさか。ちょっと詳しいぐらいで作れるなら、世界じゅうが大混乱に陥ります」

「きみは、作れるの」

一瞬、言葉に詰まった高山が、大きくかぶりを振った。

その直前に五分の一秒、頷きのマイクロジェスチャーを伴って——。

「残念ながら、僕にはできません」

「嘘つき」

頬杖の手を顎から離し、人差し指を向けると、高山は絶句した。

危機に瀕した動物の行動第一段階、フリーズ——硬直。

「きみには、今回の事件に用いられたプログラムを作れるだけの技術があった。そして実際に、作った」

顔を横に振りながら、高山の上半身が遠ざかる。

第二段階、フライト――逃走。

「いいのよ、きみは話さなくても。きみの大脳辺縁系に、じっくりと話を聞くから」

胸の前で手を重ねた高山の両肩が、わずかに上がる。身を固めて心理的な防壁を築こうとする仕草だ。

「犯行に用いられたトロイプログラムは、アメリカのサーバーに保管されていた。サイバー犯罪対策室で解析した結果によると、ここ一年間で日本からのアクセスは、きみが会社で使っていたパソコンからだけ、らしいわよ」

「それは……」

反論の言葉が見つからないという感じに、高山が唇をぱくぱくとさせる。

「いいのいいの。無理して話そうとしないでも。だってきみの『先生』は、取り調べの可視化を行わない限り、取り調べには応じないって息巻いているんだものね」

取り調べ拒否とはいうが、被疑者取り調べは強制的に行われている現状がある。任意というのは建前に過ぎない。

結局は、松尾の売名に利用されているだけなのよ――。

絵麻は内心でほくそ笑みながら、上目遣いに覗き込む。

「きみ、三年前にも威力業務妨害で逮捕されているわね。ネット掲示板に犯行予告を書き込んで」

ネット掲示板に、自宅付近の小学校で生徒を殺害する、と書き込んだ容疑だった。書き込みを閲覧した掲示板利用者からの通報を受けた警察は、ＩＰアドレスから高山を特定し、逮捕に至った。

「懲役一年六か月、執行猶予なしの実刑判決」

顔を真っ赤にした高山の視線が、虚空を泳ぎ始めた。

「当時の捜査資料に目を通したけれど、正直なところ、私も量刑判断が重すぎると思ったわ。きみはたしかに掲示板に犯行予告とも受け取れる書き込みをしたけれど、ほかのユーザーからの指摘を受けて、即座に謝罪と訂正の書き込みを行ってもいた。だけど検察は容赦なかった。公判で徹底的に断罪し、きみを実刑判決に追い込んだ。浅はかな犯行だとは思うけど、似たような事件で執行猶予がつくケースも多いことを考えれば、少しだけ同情しちゃうわね。実刑判決は、ほとんど世間への見せしめに近いし」

「違うんだ。僕じゃない」

「逮捕されたことにより、きみは当時勤務していた一流ＩＴ企業を解雇された。仮出所後半年で再就職できたものの、そこは以前とは比べ物にならないほど小さなベンチャー企業だった。警察や検察を逆恨みしたきみは復讐《ふくしゅう》のために、会社のパソコンでプログラムを作り始めた。逮捕されたことがだいぶ堪《こた》えたのか、ずいぶんと時間をかけたみたいね。サーバーに残されたプログラムには、何度か改良されたことを示すバージョン番号が振られていたらしいじゃない」

「お話することは、ありません」

「お話なんてしてくれなくてもいいのよ。どうせやっていないって嘘をつくんでしょうから。だけど、いくら口では嘘をついても、きみの行動がとっくに犯行を認めているわ」

　爪先が扉のほうを向いている。身体が斜めにかしいでいる。指先が身体のあちこちを触っている。こめかみを汗が伝っている。まばたきの回数が増えている。すべてが早くこの場から立ち去りたいという心理の表れだ。

「きみは試行錯誤の末、完璧なトロイプログラムを作ることに成功した」

　頷きのマイクロジャスチャーの後で、高山が顔を左右に振る。

「そして作成したプログラムを利用して複数のパソコンを乗っ取り、遠隔操作でネット上の掲示板に犯罪予告を書き込んだ。全国各地に逮捕者が相次いだタイミングを見計らって、真犯人は自分だという犯行声明文を発表した。さぞや愉快だったでしょう、迷走する警察の捜査を眺めるのは」

「そ……そ、そうじゃない！」

第三段階、ファイト――戦闘。

「だけど調子に乗ったきみは、ミスを犯した。『目黒区にある林試の森公園の猫に、自らの主張を記したテキストファイルを記録したチップを預けた』という文書を報道機関に送付したものの、文書の内容を実行する前後に、近所のコンビニエンスストアの防犯カメラに撮影されていた」

「取り調べは拒否します！　松尾先生を呼んでください！」

精一杯の勇気を振り絞ったかのように、高山が語気を強める。

絵麻は椅子の背もたれに身を預けると、醒《さ》めた表情で被疑者を見つめた。

「残念ながら来ないわよ。きみのマッチョ先生は」

デスクに肘をつき、両手の指先同士を重ねる『尖塔のポーズ』をとったそのときだった。

背後でノックの音がして、扉が開いた。

振り返ると、開いた扉の隙間から筒井が見下ろしていた。仏頂面の頬がかすかに痙攣し、笑いを堪《こら》えているように見える。嫌な予感がした。

「ちょっといいか」

不安げな西野に軽く頷いて、絵麻は取調室を出た。

後ろ手に扉を閉めるなり、筒井はいった。

「取り調べは中止だ」

「どういうことでしょう」

「弁護士が接見に来た」

「マッチョ先生がですか」

どうりで外が騒がしいと思った。また報道陣を引き連れて来たのだろう。

「そんなの、待たせておいてください。いちいち接見を許していたら、いつまで経ってもまともな取り調べなんかできません」

ぴしゃりと拒絶して取調室に戻ろうとした。が、筒井の声が追いかけてきた。

「部長命令だ」

逆らってみろといわんばかりに、顎を突き出してくる。

筒井と睨み合っていると、廊下の先から足音が聞こえた。やがて筒井の向こう側に、松尾の姿が現れた。制服姿の留置管理課員を伴っている。

「ここから先は……」

留置管理課員が、こちらに向かおうとする松尾を制した。

「わかりました。早くしてください。私一人の要求ではありませんよ。私の後ろには、警察の横暴に怒る、何千万人もの善良な市民がいるんですから」

松尾を残して、困惑顔の留置管理課員が歩いてくる。

そのとき、絵麻は松尾と目が合った。

松尾は微笑を浮かべて軽い会釈をした。

4

絵麻は刑事部屋のデスクで、ノートパソコンのディスプレイを見つめていた。四角い画面の中では、松尾が熱弁を振るっている。いくつものカメラやマイクに囲まれたタレント弁護士の背景には、警視庁本部庁舎の玄関が映っていた。

「私は可視化を行わない限り、依頼人をいっさいの取り調べに応じさせないと再三申し入れてきました。警察による取り調べは任意であり、可視化の要求は法の下で保障された権利によるものです。ところが警察は私の申し入れを無視し、強制的に依頼人を取調室に連行して、取り調べを強行しようとしました。皆さんのご協力がなければ、あるいは不法な取り調べを受けた依頼人が、ありもしない罪を認めていたかもしれません。警察が可視化に応じない理由はなんでしょうか。それは、外部の人間に見られてはまずい方法で取り調べを行っているからにほかなりません。彼らは失敗から、なに一つ学んでなどいないのです。罪もない市民の人権を踏みにじり、また一人、冤罪の被害者を作り出そうとしている！　私は……いや、私たちは！　警察の横暴を断固として――」

動画サイトにアップされた、昨日のニュース映像だった。高山の取り調べ開始を聞きつけた松尾は、例のごとく留置管理窓口で接見妨害を訴え、騒ぎ立てた。庁舎の玄関前には報道陣だけでなく、高山を支援しようとする人権団体や、松尾のファンらしき野次馬が十重二十重《とえはたえ》となり、暴動寸前の熱気だったという。事態を重く見た刑事部長はひとまず取り調べを中断し、松尾による接見を許可するという苦渋の決断を下したのだった。

「ほとんどクレーマーですね」

隣の席からディスプレイを覗き込みながら、西野が下唇を突き出した。

「まったく、弱者を装う強者の権利主張ほど、たちの悪いものはないわ」

絵麻は頬杖で応《こた》える。

「それにしても松尾のやつ、いつまで取り調べの邪魔をするつもりなんでしょう」

現在は松尾弁護士事務所所属の若手弁護士が、高山と接見中らしい。昨日松尾がやったように夜十時近くまで居座って、取り調べの機会を与えないつもりだろう。

「勾留期限いっぱいまでじゃない。証拠不十分で釈放になれば万々歳だし、もしそうならなくても、取り調べさえ拒否し続ければ、検察は自供なしで起訴に踏み切ることになる。公判になったら、捜査の不備を叩く余地はたっぷりとあるわ」

「だけど、いくら何人かで交代しながらとはいっても、期限いっぱいなんて相当な労力ですよ。たいした報酬が期待できないってのに、つねに人員を一人削られもするし」

「依頼人からの報酬は期待できないけど、そんなもの比じゃないくらいの宣伝効果があるじゃない。いまごろ、松尾の事務所には取材や弁護依頼の電話が殺到しているでしょうね」

「なるほど。たしかに、いま松尾が選挙にでも出れば、誰が相手でもトップ当選間違いなしだ」

西野が悔しそうに、こぶしで反対の手の平を打った。

「こんな人格障害者を当選させちゃったら国が滅ぶと思うけど……でも、当選するわね、おそらく」

「松尾は人格障害者なんですか」

「典型的な演技性人格障害よ。この映像、見ればわかるじゃない」

絵麻の指差す画面に、西野は顔を近づけた。

「こいつ、また日焼けしてますね。顔が真っ黒じゃないですか」

「なにいってんの。そこじゃなくて」

あきれながら後輩巡査の肩を叩いて、絵麻は画面に視線を戻した。

「まったくなだめ行動が見られないのよ。今回のようなネット犯罪では、アリバイが成立しにくい上に、物証も乏しくなる。だから犯罪行為を立証するのが難しいんだけど、裏を返せば、無実を証明するのも難しいってことよね。だから弁護人はいくら長時間接見しても、高山が無実であると一〇〇%の確信をえることはできない。依頼人の言葉を信じるべき、という建前はあるにしろ、潜在意識にはかすかな疑念が残るはず。こいつは本当にやってないのか、って。ところが高山について『ありもしない罪』という松尾の言葉には、いっさいのなだめ行動が見られない。心の底から、高山の無実を信じ切っている……ほとんど狂信的といっていいほどにね。いえ、狂信的というよりは、松尾自身が教祖といったほうがいいかも。こいつがあまりに自信満々に断言するものだから、熱烈な信奉者を生み出す結果になる。ちょっとしたカルト教団が形成される過程に似ているわね」

「そうなんですか。なんか、怖いですね」

「そうね。だけど人格障害的な資質は、カリスマ性とイコールでもあるから。熱烈な支持者を集めるような人間には、ある程度備わっているものなの。たとえば政治家でも、爽やかで清廉潔白、穏やかな語り口で誠実なイメージの人間よりは、歯に衣着せぬ物いいで強引な人間のほうが、支持者の熱は高い。ロックスターなんかでも、そうじゃない。常人離れした人格障害的なオーラというのは、カリスマ性に繋がり、他人を魅了する大きな武器にもなりえる」

ディスプレイ中の松尾は、胸を張り、周囲を見渡すようにしながら朗々と話し続けている。群がる報道陣とカメラの向こうにいる視聴者を、完全に操るかのようだ。

「それにしても、たしかに日焼けしてるわね。こいつ、こんなに黒かったかしら」

「バカンス焼けですよ。収録を休んで、またグアムにバカンスに出かけていたって、ちょっと前にテレビで芸人にいじられてましたから。優雅なご身分ですよ」

「ふうん、そうなんだ。もしかしたら、それもやつの狙いだったりして」

「どういうことですか」

絵麻はマウスをクリックして、別の動画を再生した。松尾の出演するニュースワイド番組だ。現在よりも少しだけ肌の色の薄い松尾が話し始める。

「健康的な肌の色というのも、見る側に生命力が漲っている印象を与え、発言の説得力を補強するの」

いくつかの動画を連続して再生してみたが、時系列を遡るほどに、松尾の肌の色は薄くなっている。

「あーあ、いつになったら取り調べできるんでしょうね。これじゃあエンマ様の商売あがったりだ」

動画に飽きてきたのか。隣で西野がのびをしながら、大きなあくびをした。

「行くわよ」

絵麻はおもむろに立ち上がり、椅子の背もたれにかけていたオーバーコートを手にした。

「行くって、どこに」

「たしかめたいことがあるの。捜査は足で稼ぐ、っていうじゃない」

「とてもエンマ様の発言とは思えないですね。傘、持っていきましょうか」

軽口を叩いて追いかけてくる西野の表情はしかし、不安げだった。

5

松尾隆太郎は六本木通りでタクシーを降りた。

天を突くようにそびえるタワーに向けて歩き出したとたん、背後から声をかけられる。

「あの……マッチョ先生ですよね」

振り返ると、大学生くらいの女性二人組が目を輝かせていた。

「写真、いいですか」

「もちろん」

カメラに向かって笑顔を作るのも慣れっこだ。両側から寄り添ってくる女性の肩を抱き、スマートフォンのレンズに微笑んでみせる。

「ありがとうございます」

「いえ、どういたしまして」

二人の右手を順に、両手で包み込んでやった。

「頑張ってください。応援しています。無実の人を助けてあげてください」

「無理です」

「えっ……」

二人組が戸惑った様子で、互いの顔を見合わせる。

「私一人では、無理だということです。巨大な警察権力に立ち向かうには、市民一人ひとりが手をとり合わないと。一緒に戦ってください」

二人の頬がほのかに紅く染まるのを確認して、歩き出した。

タワーのエントランスを抜け、エレベーターで三十階へ向かう。東京を一望できる大パノラマを有するオフィスも、契約するときには清水《きよみず》の舞台から飛び降りる心境だったが、今ではもっと上層階に引っ越そうかと検討中だ。

ここまで来たか、と松尾は感慨に耽《ふけ》る。人は変われるものなのだ。

松尾は目立たない少年時代を過ごしてきた。勉強はできたがスポーツは苦手で、かといっていじめられるようなこともない、舞台の書き割りのような存在だった。かつてのクラスメイトには、テレビで活躍する『マッチョ先生』が同級生の『松尾くん』だと気づかない者も多いだろう。そしてもし気づいても、ひょろりとして肌の青白い、気弱そうな少年の面影を、現在の松尾と結びつけるのは難しいはずだ。松尾は外見も内面も大きく変わったし、また変わるように努力してきたという自負があった。

だからこそ、高山のような存在には苛立《いらだ》ちを覚えるのだった。

ネットの掲示板に殺人予告を書き込むという、あまりに陰湿で非生産的な行動で自己の存在を確認しようとする男。いざ逮捕されれば警察の威圧的な取り調べに屈して、自らに不利な供述調書に判を押してしまう男。検察の追及にしどろもどろになり、不当に重い判決を受けても泣き寝入りするしかできない男。まるで、かつての自分を見ているようだった。

オフィスの扉を開いた。

パーティションで区切ったおよそ百坪の空間で慌ただしく動き回っていた部下たちが、いっせいに立ち上がって出迎える。王になった気分が味わえるこの瞬間を、松尾はこよなく愛した。もっと金を稼いで、事務所を大きくして、人々の注目を集めたいと思える。だから疲労や睡眠不足もいとわず、身体に鞭打つことができる。

「おかえりなさいませ。講演はいかがでしたか」

秘書の辻内明美《つじうちあけみ》が歩み寄ってきた。国立大出で英語が堪能《たんのう》、おまけに元ミスキャンパスという才媛《さいえん》は、松尾にとって最高のアクセサリーだが、『庶民に寄り添う人権派』

のイメージを守るため、外を連れ歩けないのが残念だ。

「盛況だったよ。立ち見も出た」

「それはよかったですね。ですが、くれぐれもご無理なさらないように」

明美は共犯者の微笑を浮かべた。松尾は今朝《けさ》も、彼女のマンションから出勤していた。激務の傍らで、週にいく晩かはひと回り以上年下の女を満足させなければならないというのも、なかなかの肉体的負担だ。だがその負担は、松尾にとって喜びでもあった。かつての同級生の中に、これほど若くて美しい女を抱ける者がいるだろうか。

「ありがとう。大丈夫だ。警察のずさんな捜査にたいする市民の意識を高めるためには、もっと頑張らないと」

松尾は窓際にある自分のデスクへと歩き出した。明美もついてくる。

「高山氏の件は、どうなっている」

「現在は八田《はった》さんが接見中です。警察が強引に取り調べを行うことはなさそうです」

八田は司法修習を終えたばかりの若手弁護士だ。青臭い正義感が鼻について、採用するべきか迷ったが、今では採用してよかったと思う。能力的には凡庸きわまりないが、体力だけはあるので使い勝手がいい。一日じゅう接見室で過ごすという役割には、うってつけの人材だった。

革張りの椅子に腰を下ろし、背もたれに身を預けてひと心地つく。明美の淹れたコーヒーを半分ほど飲み終えたところで、部下の宮間《みやま》を呼んだ。宮間には世田谷区下馬で発生した、ストーカー殺人事件の被告人弁護を担当させている。証拠を精査したところ、どう考えても勝てる見込みはないと判断したため、部下に担当させることにした事件だった。

「青木氏と接見してきたか」

「はい。栗原裕子という人物について、詳しく聞いてきました」

数日前に栗原裕子というフリーライターが、青木に接触したらしかった。報告を受けた松尾はネットで検索してみたが、栗原裕子なるフリーライターは該当しなかった。同姓同名の人物は何人か見つかったものの、居住地や年齢、職業等から判断するに、別人のようだ。栗原裕子という名前は偽名らしい。

しかし無関係と思われる検索結果の中に一件だけ、気になる記述を発見した。十五年前に発生した、小平市女性教師強姦殺人事件の記事だ。当時は大きく報道されたので、松尾も記憶している。その被害者の名前が、栗原裕子だった。先ごろ時効を迎えた事件の被害者の名を騙《かた》る人物が、冤罪を訴える被告人に接触したのだ。東京拘置所に照会してみたものの、弁護人と両親以外に接見した人物はいないとの

いるようだが、それでも接見対象は近親者に限られるはずだ。身分を偽ったところで、マスコミの人間が容易に潜り込めるような状況ではない。

だとすると考えられる可能性は一つ。

青木に接触したのは――検察、あるいは警察関係者。

もしそれが事実だとすれば、下馬事件での負け戦の様相が一転する。宮間には、青木から「栗原裕子」の特徴について、詳細に聞き取りしてくるよう命じていた。

「栗原裕子はかなりの美人だったようです」

「美醜の基準は人それぞれじゃないか。青木氏は長期間勾留され、異性に接していないから、女性というだけで美しく見えた可能性もある」

「そうなんですが、個人的な好みを抜きにしても整った顔立ちだったと、青木氏はいっています。まるでファッション誌のモデルみたいだったと」

松尾は下馬事件の被害女性の顔写真を思い浮かべた。目が大きく、頬の肉づきがいい愛嬌のある顔立ちだった。「栗原裕子」がモデルのような容貌をしていたのなら、たしかに青木の好みとは違うかもしれない。

「髪は栗色に染められていて、長さは肩の下、一〇㎝ほど。パーマをかけていたらしく、ゆるやかにウェーブしていたということです。座っていたので背の高さはわからなかったようですが、体格はほっそりとしていて、顔の小ささに驚いた、という話でした」

「栗原裕子は、自分についての情報を話していないのか」

「一般面会は二十分に限られますから、ほとんど青木氏が一方的に喋るかたちになったようです」

松尾は唇を噛んだ。たんに美人だったというだけでは、さすがに特定するのは難しい。

「そうか、どうしたものかな」

「すみません。かりに部外者が接触してくるようなことがあっても、ぜったいに話さないでくださいと念を押していたのですが。青木氏も最初は警戒したようですが、なにしろ栗原が聞き上手だから、つい信頼して話してしまったといっていました。今でも栗原が自分を擁護する記事を雑誌に載せてくれると、どこか期待しているふしがあるほどで」

「それは、とてつもない人たらしだな」

自分以上に。心で自虐の笑みを漏らした瞬間、閃《ひらめ》きが全身を駆け抜けた。

楯岡絵麻――だ。

その名前は耳にしたことがある。飛び抜けて美しい容姿を武器に、難攻不落の被疑者を立て続けに自供に導く、警視庁捜査一課の取り調べにおける最終兵器、という噂《うわさ》も。

ちらりと見かけた楯岡の姿を思い出す。いや、楯岡らしき女というだけで、彼女が楯岡だと断定はできないが、取調室の前で同僚刑事と会話していた女は、まさしくモデルのようだった。敵だということを忘れて、つい微笑を浮かべてしまったほどだ。あれほど優れた容姿の女刑事が、そう何人もいるとは思えない。

あれが楯岡絵麻だ。間違いない。

そして松尾が見た楯岡の外見は、青木の話にある「栗原裕子」とも一致した。

警視庁捜査一課の取り調べにおける最終兵器が、未解決事件の被害者の名を騙って、青木に接触していた――？

なぜ？　青木からなにを聞き出そうとしていた？　下馬事件が、十五年前の事件と関係しているというのか？

疑問は尽きないが、優先すべきは「栗原裕子」の正体を暴くことだ。公判中の被告人に現職の刑事が、しかも身分を偽って接触していたとなると、それこそ青木の逆転無罪を勝ち取れるどころではない。警察幹部数人の首を飛ばすほどの大スキャンダルに発展するだろう。

「私は強力なカードを、握ったのかもしれないな」

腹の底から興奮がこみ上げて、堪えきれなくなった。松尾は肩を揺らして笑った。

視界の端で宮間が気味悪そうにしていたが、気にならなかった。

6

高山の勤務先である株式会社バッファは、西新宿にあった。一階はインド料理店、二階にはアダルトグッズ専門店が入った、雑居ビルの三階だ。

「へえ……質素というか、はっきりいってボロい建物ですね」

暗く狭い階段をのぼりながら、西野が意外そうに周囲を見回す。

「IT企業っていっても、ピンキリだしね。前科のある人間を雇ってくれるのは、この程度の規模の会社しかなかったということでしょう。ちょっと待って」

絵麻は二階と三階の間にある踊り場で立ち止まり、靴を脱いだ。靴擦れの絆創膏《ばんそうこう》を貼り換えてから、靴を履き直す。久しぶりに歩き回ったおかげでわかったが、中敷きがもう一枚必要なようだ。

高山の取り調べ中断から、二日が経過していた。松尾の部下による妨害はいまだ続いており、取り調べが再開される気配はない。

絵麻と西野は、高山の人間関係を洗い直すことにした。昨日は品川区大崎《おおさき》にある高山の自宅を訪れた。まずは同居する母親に話を聞き、その後は近隣住民や、近所に住む中学高校時代の同級生に聞き込みをした。その後、高山が解雇された渋谷の一流IT企業を訪ねたときには、すでに陽が落ちていた。

高山について聞こえてくるのは、どれも芳しくない評判ばかりだった。暗い。友人が少ない。なにを考えているのかわからないので不気味。逮捕されたと聞いたとき、あいつならやるだろうと納得した。母親ですら、「父親を亡くして以来、甘やかしたのがいけなかった」と、息子が罪を犯したという前提で弁解した。松尾に扇動されて警察批判の気運が高まる世間と、実際に高山に接したことのある人物たちの間では、顕著な温度差があった。

株式会社バッファァで二人の刑事を出迎えたのは、社長の中野《なかの》敏明《としあき》だった。会社ホームページに掲載されたスーツ姿ではなく、トレーナーにジーンズというラフな格好だ。服装には厳しくない会社らしい。デスクでパソコンに向かう六人の社員たちも、全員が私服だった。そして全員が若い。中野の話によると、最年長が三十八歳の高山だったという。

「高山さんに前科があったなんて、知らなかったんですよ」

応接スペースのソファーに腰を下ろすと、中野はぼさぼさの髪をかいた。いかにも徹夜明けという感じの、腫れぼったい目をしている。気さくな雰囲気だが、脚を組んで心理的防壁を築いていることからも、来訪者を警戒していることは明らかだ。

「高山さんが入社したのは、たしか二年前ということでしたよね」

「ええ。履歴書を見て驚きました。あの『グリーン』にいたプログラマーが、うちのような小さな会社の面接を受けに来るなんて」

株式会社グリーンは、高山が以前に勤務していた会社だ。もともとは携帯電話の着メロを制作していたが、携帯ゲームの制作に乗り出してから飛躍的に業績を伸ばし、いまや年商一千億円を超える、日本有数のＩＴ企業となっている。

「でもまあ、そうでもないと、うちみたいに吹けば飛ぶような零細ベンチャーで働こうなんて、思わなかっただろうな」

ようやく謎が解けましたと、中野は笑った。

「高山さんの仕事ぶりは、どうでしたか」

「よくやってくれていました。彼のプログラミング技術には、目を見張るものがあります。カセットテープにプログラムを記録していた時代からのキャリアっていうんだから、筋金入りです」

「職場の人間関係に馴染めなかった、ということは」

「どうだろう。社長の僕よりも年上ということで、向こうは気を遣っていたのかもしれませんが……そもそもうちの会社では、職場単位で飲み会をするようなこともありませんので。僕自身、そういうのが苦手なんですよ。うちの社員は、みんなで集まってわいわい騒ぐよりも、自宅でゲームしていたいというようなコミュ障ばかりですし」

「コミュ障?」

首をかしげる絵麻に、隣から西野が耳打ちした。

「コミュニケーション障害の略です。簡単にいえば、極度の人見知りってことです」

その後も話を聞いたが、中野の話す高山像はけっして悪いものではなかった。むしろ逮捕された現在でも、好印象は変わらないように思える。もともとそうだったのか、松尾による冤罪キャンペーンが影響しているのか。驚くべきことに、高山の嫌疑が晴れた場合に備えて、デスクはそのままにしているとまでいう。

「だって、まだ有罪が確定したわけじゃないですよね。マッチョ先生の受け売りじゃありませんが、有罪の判決が下るまでは推定無罪でしょう」

刑事を前にして申し訳ない、という感じに、中野はこめかみをかいた。しかし組んでいた脚はほどけ、だいぶリラックスしているのがわかる。警察にたいしてことさら敵意があるわけでもないらしい。

「本音をいうと、高山さんの前科についても、僕は気にしていないんです。仕事さえこなしてくれれば。ほら、アメリカのＦＢＩやＣＩＡでは、有能なハッカーを積極的にリクルートしているっていうじゃないですか。うちの会社はそんなに格好いいものではないけれど、いま彼に抜けられたら困るという意味では、ＦＢＩやＣＩＡなんて目じゃないな」

「高山さんのデスクを、見せてもらえますか」

「かまいませんが、ＰＣやらなにやらは警察が押収していったし、ほとんどなにも残っていませんよ」

それでもかまいませんと答えると、中野は高山のデスクへと案内してくれた。中野のいう通り、多くの物が押収されたらしく、雑然としたオフィスでそこだけぽっかりと空間ができているようだった。

「警察の調べによると、高山さんはここにあったパソコンから、アメリカのサーバーにアクセスしたといわれています。そのサーバーに、犯行に使われたトロイプログラムが保存されていました」

絵麻は「警察の調べによると」という表現で、警察と自分の見解とは相違があると匂わせたが、中野は気遣いなど無用といわんばかりに、話の途中から何度も頷いていた。

「そのようですね。それを聞いたときは、僕も驚きました」

「ほかの人が、高山さんのパソコンを使うことはあったのでしょうか」

さすがにその発言には、数人の社員が顔を上げた。

「いえ。うちは基本的に一人に一台を割り当てていますから。逆なら、ありえたかもしれませんがね」

「逆なら？」

「高山さんがほかの社員のPCを操作することができたか、という質問ならば、答えはイエスということです。納期が近づくと会社に泊まり込むことも多い仕事ですから、帰宅したほかの社員のPCを触るだけなら簡単です。しかし、それぞれのPCには個別のパスワードが設定されています。他人のPCのパスワードを解析する技術なんて、高山さん以外のうちの社員は持ち合わせていません」

「そうですか」

絵麻はデスクの天面を手で撫でた。使用されなくなってから数日が経過しているはずだが、埃《ほこり》は積もっていない。

「毎日、掃除されているんですね」

確認すると、中野は怪訝そうな顔をした。

「まさか。うちは掃除当番とかお茶汲《く》みとか、そういうのいっさいないですから。自分のことは自分でやる、という方針です」

まわりを見てくださいという感じに、中野が手を動かす。たしかに、お世辞にも片付いているとはいえないオフィスだ。

「しかし、ここだけは……」

ふたたびデスクを撫でようとしたとき、視線を感じた。

左隣のデスクについた女性社員が、こわごわとした眼差しで女刑事の手もとを盗み見ている。黒髪を肩までおろし、眼鏡をかけた地味な女だった。ほとんど化粧をしていないので年齢不詳気味だが、肌艶からして三十は超えているだろう。

目が合うと、女は素早く顔を逸らしてマウスを操作し始めた。

「あなたが、このデスクを掃除しているの」

絵麻が訊くと、背後から中野の意外そうな声が飛んできた。

「えっ。そうなのかい、清水《しみず》さん」

清水と呼ばれた女は、ディスプレイに目を向けたまま答えた。

「ついでですから」

マウスを操作する手もとの動きと、視線の動きが合っていない。動揺している。

「清水さんは、どんなお仕事を」

絵麻がディスプレイを覗き込もうとすると、清水は開いていたプログラムを慌てて閉じた。代わりに猫の写真が現れた。緑に囲まれた公園のベンチで、茶トラの雑種が丸くなっている写真だった。壁紙として使用しているのだろう。

「これって……」

もしかして、目黒の林試の森公園で撮影されたものではないか。絵麻の疑問を先回りするかのように、清水は顔の前で手を振った。

「私じゃありません。高山さんが……」

「高山さんが撮影したの」

それをなぜ、あなたがパソコンの壁紙にしたのか。訊くまでもないと思ったが、清水は無実を訴えるかのように懸命に弁明した。

「はい。私が猫好きだっていったら、高山さんもそうだって。林試の森公園には、たくさん猫が住みついているから、たまに遊びに行くんだって。よく、これから林試の森公園に行くってメールも来ていて……」

絵麻よりも先に、中野が反応した。

「清水さん、高山さんと仲がよかったのかい。知らなかったな」

「直接話すことは、ほとんどありませんでしたけど。SNSでは……あ、でもそういう関係では、けっして……」

顔を真っ赤にしてうつむく清水は、十代の少女のようだった。

そのとき、ハンドバッグに入れた絵麻のスマートフォンが振動した。捜査一課からの電話だった。

「はい、楯岡です」

「いまどこだ」

筒井の声がして、絵麻は反射的に眉根を寄せた。必要最低限の会話を交わして、電話を切る。

それからもしばらく話を聞いて、高山の勤務先を辞去した。

階段をおりながら、西野の声が追いかけてくる。

「さっきの、どういう電話だったんですか」

「マッチョ先生が、私と話をしたいらしいわ。連絡が欲しいって」

「えっ……」

背後の足音が止まった。

7

松尾が指定したのは、三日後の午後二時だった。テレビ出演と地方での講演の予定があり、そこしか時間が取れないという。その間も、高山の取り調べは行われていない。

あらかじめ押さえておいた会議室に松尾を招じ入れた。コの字型に並べられたデスクの、斜めに向かい合う位置に松尾と絵麻が座り、絵麻の隣で西野がノートパソコンを開く。

「一度お会いしてみたかったんですよ。警視庁捜査一課の誇る、取り調べの最終兵器というお方に。まさかこれほどの美人だとは」

「おべんちゃらはいいから、さっさと用件をお願いします」

つれなく手を払うと、松尾は少しむっとした様子で切り出した。

「では、単刀直入にいいます。世田谷区下馬のストーカー殺人事件についてです」

隣で西野が、身を固くするのがわかった。

「担当外だわ」

「それは存じています。まあ、話を聞いてください。被告人として勾留中の青木氏に、栗原裕子なる人物が接触したことがわかりました。フリーライターを自称していたようですが、調べてみても該当する人物が見当たりません。おそらく偽名です」

松尾が身を乗り出し、眼差しを鋭くする。

「栗原裕子は、あなたですね」

「先ほど自己紹介したはずだけど。私は楯岡絵麻です」

その答えは想定内だとでもいうふうに、松尾はにやりと笑った。鞄《かばん》から一冊のアルバムを取り出し、開いてみせる。絵麻の高校の卒業アルバムだった。

「栗原裕子というのは、十五年前に発生し、先ごろ時効を迎えた小平市女性教師強姦殺人事件の被害者の名前だ。申し訳ないが、あなたについていろいろと調べさせてもらいましたよ。栗原さんは、あなたのクラスの担任でしたね」

松尾が指差した先には、制服を着た十八歳の絵麻がいた。クラスの集合写真で、担任教師の両肩に背後から手を乗せている。絵麻も裕子も、笑顔を競うかのように晴れやかな表情だった。

「そうですが、それがなにか」

「あなたは栗原さんを、ずいぶん慕っていたという話ですが」

「担任教師ですもの」

「そうですね。ですが、あなたにとっての栗原さんは、たんなる担任教師以上の存在だった。あなたの高校時代の同級生にうかがいましたが、入学当初、あなたはいわゆる非行少女に近い存在だった。そんなあなたを更生に導いたのが、ほかならぬ栗原さんだった。違いますか」

「その通りです」

「あなたは栗原さんを姉のように慕い、交流は卒業後も続いた。栗原さんが殺害される、そのときまで。あなたが警察官になったのは、栗原さんの無念を晴らすためではありませんか」

「それも、あります」

「しかしあなたが犯人逮捕に執念を燃やした事件は未解決のまま、先ごろ時効を迎えた。その直後、栗原裕子を名乗る人物が、下馬事件の被告人に接触した。とても偶然とは思えないタイミングです」

「偶然なのかどうかは、私には見当もつかないけど」

「私の推測を述べさせてもらいます。下馬事件の現場から、小平事件の犯人に繋がる、なんらかの証拠が採取された。しかしすでに被告人は起訴されており、再捜査は難しい状況だった。その証拠は、開示すればあるいは起訴事実を覆すことになるようなものだったのかもしれませんね。たとえば、青木氏以外の誰かが——具体的にいうと小平事件の犯人が、現場に居合わせたことを示すようなたぐいの。だからあなたは、身分を偽って青木氏に面会した。青木氏がなんらかの鍵を握っていると考えて」

「妄想を垂れ流したいのなら、小説家にでもなったらいいんじゃない。現役弁護士の小説家なら、話題になるでしょう」

「認めないということですか」

「認めるもなにも、身に覚えのないことだもの」

　絵麻は肩をすくめ、両手を広げてみせた。手の平にひんやりとした風を感じて、汗をかいていたことに気づく。

　松尾の推理は見事に的を射ていた。さすがにやり手と評判だけのことはある。しかしわざわざ面会を求めてきた事実が、絵麻を「栗原裕子」と特定できない焦りを示してもいた。決め手に欠けるのだ。

「あなたの態度はわかりました。下馬事件については、新たに証拠開示請求を行います。あなたがやったことについても、法廷で徹底的に追及させてもらうので、そのつもりで――」

松尾が席を立とうとしたそのとき、「わっ」と隣で西野が声をあげた。

「どうしたの」

「PCの電源が突然落ちちゃって。最近、調子が悪いんだよなあ」

白々しく首をひねる様子に、絵麻は噴き出しそうになった。

「記録を消去した、ということですか。猿芝居もいいとこだ」

ふっと鼻息を吐きながら、松尾が椅子を引く。

「いや、そういうわけではないんですが、おかしいなあ」

「それならマッチョ先生に見てもらえばいいんじゃない」

絵麻のなにげない言葉に、松尾が動きを止めた。

「パソコン、お詳しいんですよね」

眉をひそめる松尾に、小首をかしげてみせる。

「こっちもいろいろと調べさせてもらったわ、あなたについて。あなたの昔の同級生何人かに会ったけど、みんなあなたの変貌ぶりに驚いていたわよ。昔はあんなじゃなかった。見た目も、性格もまるで別人だって。昔は眼鏡をかけたひょろひょろのやせっぽちで、いるかいないかわからないぐらい存在感が薄くて、休み時間にはパソコン雑誌を読み耽ってばかりいたのにって」

絵麻は足もとのバッグから、古びた雑誌を三冊取り出し、デスクの上に置いた。『月刊マイコンユーザー』という雑誌で、どれも一九八〇年代の発行になっている。付箋の貼られたページを開き、松尾のほうに向けた。

「あなたの中学生時代の、数少ない友人から借りてきたものよ。読者が自作したプログラムを掲載する雑誌みたいね。ここに、あなたが作ったプログラムも載ってる。これがどれほどすごいプログラムなのかはわからないけれど、編集者の寄せた『このレベルのプログラムを中学生が組んだなんて信じられない！』というコメントを読む限りでは、当時からかなりの技術を持っていたんでしょう。少なくとも、当時小学生だった高山さん以上に」

絵麻は何ページかめくり、誌面の隅に四角く囲まれた箇所を指差した。『惜しい！あと一歩で採用』と題されたコーナーには、数人の名前に交じって、「高山幸司くん（東京都）」という記述があった。松尾と高山は、同じ雑誌にプログラムを投稿していたのだ。

残りの二冊も、付箋のページを開いた。

「この号にも、この号にも、あなたのプログラムが掲載されている。家で一人こつこつプログラムを組んでは、せっせと雑誌に投稿する青春時代だったのね」

「それが、なにか問題でも？」

松尾の瞬《まばた》きが長くなったのは、過去の自分を否定したい思いからだろう。そしてもう一つ、直視したくない現実があるはずだ——。

「やったんでしょう？　あなたが」

「なにをですか」

「高山さんがアメリカのサーバーに保存したプログラムを利用して、他人のパソコンを遠隔操作し、ネット掲示板に犯罪予告を書き込ませた」

絵麻は『尖塔のポーズ』で、松尾を見つめた。

8

「藪《やぶ》から棒に……なにをいいだすんだ」

狼狽《ろうばい》する松尾を見つめ、絵麻はにやにやと意地の悪い笑みを浮かべた。

「捜査は足で稼ぐ、なんて性に合わないけど、たまにはやってみるものね。高山さんはたしかに、今回の犯行に用いられたトロイプログラムを作成し、アメリカのサーバーに保存した」

ほんの短時間の取り調べだったが、その点についてはなだめ行動が見られた。間違いない。

「だけど、そのプログラムを使用することはなかった。犯行を思い留《とど》まったの。高山さんの行動を遠隔操作によって逐一監視していたあなたにとっては、意気地なしの背中を押してあげたつもりなのかもしれないわね。でも、それは違うわよ。三年前の威力業務妨害事件で不当に重い判決を受けた高山さんは、たしかに当初こそ警察や検察への復讐心に燃えていた。だけど怪我《けが》の功名というか、災い転じてというか、しだいに復讐心は消えた。不本意ながら入った会社には、無理に変わろうとしなくとも、ありのままの自分を認め、受け入れてくれる環境があったから。必死に自分を変えることで、成功を築き上げてきたあなたには、そんな人生なんて信じられないかもしれないけれど」

なかば呆然とした様子で、松尾が口を開く。

「高山氏は、無実だ……」

「そう。高山さんは無実。逮捕は功を焦った警察の勇み足。そして、それこそがあなたの狙い」

「どうしてそこで、私に矛先が向くんだ」

「高山さんについて『ありもしない罪』と発言するときに、まったくなだめ行動を伴っていなかったから」

「なだめ行動……？　意味がわからない。依頼人の言葉を信じるのは、弁護人として当然のことだ」

我に返ったように、松尾が胸を張る。

「建前としてはね。だけど、はたしてまったくの赤の他人の言葉を、一〇〇％信じることなんてできるかしら。動機があって、情況証拠も揃った男の発言を。どこかに疑念が残るはず……真犯人以外には」

「だから私が真犯人だと？　依頼人の無実を信じたから？」

嘲るように笑う頬が、かすかに痙攣している。

「根拠はほかにもあるわ。あなたは高山さんの身柄拘束後、わずか二時間で接触している。今日みたいな時間を作るだけでも三日は待たされるほど多忙なあなたが、国選弁護人の選定よりも早く警視庁に駆けつけた。まるで高山さんの逮捕を、あらかじめ予測していたかのように」

「たまたまスケジュールが空いていただけだ。そんなことで犯人扱いか」

「じゃあこれはどう？」

絵麻が手招きすると、西野が鞄から書類を手渡した。

A4の書類に印刷されているのは、松尾の海外渡航記録だった。

「あなた、けっこう頻繁に海外旅行に出かけているわね。一週間前にグアム、先月はタイ、その前はサイパン」

「そ、それが……」

松尾の視線が泳ぎ始める。

「トロイプログラムを保存したサーバーへのアクセス履歴と一致するの。一週間前にはグアムから、それ以前にもタイ、サイパンから、それぞれアクセスされている。どれもあなたが、その地を訪れている時期よ」

第一のF、フリーズ――硬直。

「インターネットなんて世界じゅうからアクセスできるから、物理的には世界じゅうどこにいても、今回のような犯行は可能よね。トロイプログラムが保存されていたアメリカのサーバーは個人で運営されているものらしいけど、それでも日に千件近いアクセスがあった。つまり一日で世界じゅうに千人の容疑者が生まれることになる。だけど日本からのアクセスが高山さんだけだったせいで、捜査の関心は高山さんに集中した。犯人が頻繁に海外に渡航して、海外から犯行に及んでいた可能性を、排除してしまったの」

「話は終わりだ」

松尾の腰が浮いた。第二のF、フライト——逃走。

「逃げるの。臆病者」

「なんだと？」

今度は睨みつけてくる。第三のF、ファイト——戦闘。

「あなたは自分が思うほどには変わっていない。身体を鍛えたり、社会的地位を手に入れることで自信を手に入れたつもりなのかもしれないけど、結局はそれって、自信のなさの裏返しじゃない。他者の評価を獲得して、数を恃《たの》むことでしか、自分に価値を見出《みいだ》せないような情けない人間ってことでしょう」

「そう思いたいなら、勝手にすればいい」

「ならそう思うわ。あなたは威力業務妨害罪で不当ともいえる重い判決を受けた高山さんに、かつての自分を重ねた。おおかた警察や検察を叩くための判例を漁《あさ》っているときにでも、高山さんの名前を見つけたんでしょうね。それがかつて同じ雑誌にプログラムを投稿していたライバルだと気づいたあなたは、ネットを通じて彼の行動を監視するようになった。そして高山さんが、会社のパソコンでトロイプログラムを作成していることを知った。ところが彼は二年近くもの歳月をかけて完成させたプログラムを、いっこうに利用する気配がない。だからあなたが海外からアクセスして、プログラムをばら撒《ま》いた。彼に警察への復讐を果たさせると同時に、自らの名声を高めることもできると考えて」

松尾は嘲るように鼻を鳴らした。だが右の瞼が小刻みに痙攣している。

「あなたこそ、小説家になったらいいんじゃないですか」

「林試の森公園付近の防犯カメラに、あなたの姿が捉えられていたわよ」

松尾の表情に、明らかな動揺が走った。瞳孔の収縮した瞳が、いいわけを探して小刻みに揺れる。

「だったら……だったらなんなんだ。たしかに私は、林試の森公園に行った。だがそれは、別の案件のクライアントが付近に住んでいるからだ。待ち合わせの時間まで余裕があったので、公園で時間を潰したに過ぎない」

早口で声がうわずっている上に、必要以上に多弁になっている。追及をかわそうと必死になるさまが、絵麻に確信を深めさせた。

「映像のあなたはしゃがみ込んで、三毛猫に餌をあげていたわ。あなたも猫好きなのね」

にやりと視線を流すと、松尾は自らを奮い立たせるように胸を張る。

「その通りだ。それのなにが悪い。事件には関係のないことだろう。犯行声明の入ったチップをつけられたのは、たしか黒猫だったはずだ」

来た。

絵麻はにんまりとしながら人差し指を立てた。

「はい。ひ・み・つ・のぉっ」

一音ごとに指を振り、最後に指先を松尾に向ける。

「暴露ちゃんっ」

西野が勢いよく立ち上がり、松尾がびくんと両肩を跳ね上げる。

会議室を飛び出していく西野を呆然と見送った後で、松尾の視線が戻ってくる。なにが起こったのか、理解できていないらしい。

「あなたのいう通りよ。チップの括《くく》りつけられた猫は、黒猫だった。そしてそれは、警察が公にしていない事実なのよね、実は」

松尾が大きく目を見開く。

秘密の暴露。西野の目的が逮捕状の請求であることに気づいたらしい。

「続きは、取調室で聞きましょうか」

動画サイトでたっぷりと松尾を観察した絵麻に、もはやサンプリングは不要だった。

9

高山幸司は職場の扉の前で立ち尽くしていた。

威力業務妨害罪の嫌疑は晴れた。警察からは謝罪され、賠償金も支払われることになった。だがトロイプログラムを作成したのは紛れもない事実だ。終業後も会社に居残り、何度もプログラムに改良を重ねた。こんな小さな会社で働かなければならない境遇に追い込んだ警察に、復讐してやりたかった。

ところが完成したプログラムを保存した時点で、なぜか満足した自分に気づいた。ほとんど大学サークルの延長のような零細ベンチャーの環境に、いつの間にか居心地の良さを感じていたのだった。警察は憎かったが、犯罪のリスクを冒すのも馬鹿馬鹿しくなった。

社長の中野からは「またうちで働いて欲しい」と連絡をもらっている。ありがたかったが、気が重くもあった。どんな顔をして出社すればいいのか。行動にこそ移していないが、高山に犯意があったのは周知の事実だ。そしてその原因の一つに、会社への不満があったということも。たしかに入社当初はそうだったが、しだいにこの会社が好きになったという心情の変化を、上手く説明できる気もしなかった。口頭での説明は、高山がもっとも苦手とするところだった。

やっぱり、無理だ。帰ろう——。

そう思って踵《きびす》を返した瞬間、扉が開いて飛び上がりそうになった。

「あ……」

出てきたのは、清水法子《のりこ》だった。逮捕されるまでは、デスクを並べていた同僚だ。直接話す機会はあまりなかったが、SNSではよくコメントし合う仲だった。ただ、休日に林試の森公園まで出かけて撮影した、猫の写真をメールしたのはやり過ぎだったかもしれない。「ありがとうございます」という返信はもらったが、その後とくに親密になることもなかった。もしかしたら、気持ち悪がられているのだろうか。

お互いに口を半開きにしたまま、固い沈黙が流れた。

「あの」

ようやく言葉を発したと思ったら、二人同時だった。どうぞお先にと何度か譲り合いが続いた後で、清水がいった。

「猫……いっぱいいるんですか」

「へ？」

「林試の森公園に……です」

清水は真っ赤になりながらうつむいた。

「いっぱい、います。なんであんなにいるんだろうって……ぐらいに」

高山の顔も火を噴きそうなほど熱くなっていた。だがまだいい終えてはいない。汗ばむ手の平をジーンズで拭って、勇気を振り絞った。

「よかったら今度……一緒に、い、い、行きません……か」

心臓が口から飛び出しそうなほど緊張していた。

ディスプレイ越しでは味わえない感覚だと、高山は思った。

10

「お疲れ様です！」

絵麻とジョッキをぶつけ合うと、西野はビールを半分ほど飲み干し、口もとを拭った。

「いやあ、美味い！　この一杯のために生きている！」

「なにおっさん臭いことといってんのよ。おっさん臭いのは体臭だけにしといてよね」

「ちょっと楯岡さん、そこはせめて顔だけ、っていってくださいよ」

「あら、顔だけだと思ってたの」

「えっ、マジでいったんですか」

西野が眉を下げ、自分の臭いをかぐ。

恒例の祝勝会だった。二人は新橋ガード下の居酒屋のカウンターで、肩を並べている。

「それにしても、今回はやばかったですね」

「そうかしら」

「そうですよ。だって……って、あっ！　なにやってるんですか」

「なにって、見ればわかるでしょう」

絵麻はなんこつの唐揚げにレモンを搾っていた。

「普通は確認しません？　レモン搾っていいかって」

「普通ってなによ。トイレの個室にこもって奇声を発するのも、普通なの」

「僕がレモン搾らない派なの、知ってるくせに」

「だから搾ったのよ。これで変なウィルスの侵入を防げるでしょ」

「僕はウィルスですか」

唇を歪める西野をよそに、絵麻はレモン汁でひたひたになった唐揚げを口に運んだ。

「まあたしかに、今後こういうネット犯罪が増えてくれれば、警察の仕事は大変になるでしょうね。ネット上でなにがどうなってるのかってのは、私にはよくわからないし」

「松尾が高山のパソコンを監視しているっていうのも、確信はなかったわけでしょう」

「そんなことないわよ。もちろん、どうやってるのかはわからなかったし、今でもわかってないけど。でも、松尾がなだめ行動なしに高山の無実を主張した時点で、真犯人は松尾以外にいないじゃない。あとはどうやって追い込んで、自供させるか、よ」

取調室に移動すると、松尾は観念して自供した。ネットで接続されたパソコンを遠隔操作する、いわゆるリモートデスクトップのウィルスソフトを自作し、メールに添付して高山のパソコンに送信したという。メールは高山の会社にウェブ制作の見積もりを依頼する内容になっていたため、高山はなんの疑いもなく添付ファイルを開いてしまったらしい。そうして高山のパソコンを管理下に置いた松尾は、海外渡航のたびに高山のパソコンを覗き、行動を監視していた。そして高山のパソコンを遠隔操作し、犯行に及んだ。松尾は自供を始めた当初こそ悄然《しょうぜん》としていたが、最後は誇らしげに胸を張っていた。

ことの顛末《てんまつ》を伝えると、高山は憤るよりも感心した様子だった。リモートデスクトップソフト自体は、いまやネット上で無料配布されるほど一般化しており、さして珍しいものではないが、ウィルスとして相手に感染を気づかせないようにする技術がすごいのだという。サイバー犯罪対策室でも、高山のトロイプログラムは解析できたが、松尾のウィルスプログラムの解析は難航しているらしい。松尾はやはり、相当高いプログラミング技術を持っていたようだ。

「しかしいつもながらすれすれですよね。本当は防犯カメラに、松尾の姿なんて映っていなかったのに」

「あら、そうだったかしら。なら私の勘違いだわ。そういう証拠があると思っていたけど」

　人差し指を唇にあててとぼけると、「あきれた」と西野が苦笑した。

「すれすれといえばすれすれだったかもね。松尾についても、最初は演技性人格障害絡みの虚言症だと思ったし。演技性人格障害者の虚言症は、重度になると自分のついた嘘を本当だと信じるようになるから」

「結局、松尾は演技性人格障害ではないということなんですか」

「いいえ。松尾は間違いなく演技性人格障害よ。マスコミを前に演説するときの、あの自分に酔って熱に浮かされたような表情も人格障害独特のそれだし、自分で冤罪を作り出しておきながら、正義のヒーローとして注目を集めようとするところもそう。演技性人格障害によく見られる、代理ミュンヒハウゼン症候群の典型的な一例ね」

「代理……なんですか」

「代理ミュンヒハウゼン症候群。精神疾患よ。ミュンヒハウゼン症候群というのは、他者の関心を引くために自分を傷つける疾患。リストカットしたり、薬を過剰摂取したりして、他者の関心を引こうとする。代理ミュンヒハウゼン症候群では、傷つける対象が自分以外のなにか代理のものになるの。たとえば消防士が自分で火を点《つ》けた家にいち早く駆けつけて消火活動を行い、ヒーローになろうとしたり、子供に有毒な薬を飲ませた母親が、病院に子供を連れて行って悲劇のヒロインになろうとしたりする例があるわね。とにかく人の注目を浴びるためには、手段を選ばないというはた迷惑な疾患……正直、疾患と呼ぶことすら、私には抵抗があるけれど」

「なるほど。話を聞くとたしかに松尾の行動は、その代理なんとかに当てはまりますね」

「気の毒といえば気の毒だけどね。人格障害者というのは、基本的に不安のかたまりだから、満たされることがないのよ。松尾の場合も身体を鍛えて、弁護士として成功したとしても、不安が解消されることはなかったでしょうね。だから自ら冤罪事件を作り出して、ヒーローになろうとした」

「あれだけ成功しても満たされないものかなあ」

「世の中いろんな人がいるわね。かたや億単位の金を稼ぐ人気者のタレント弁護士でありながら満たされない。かたや前科のせいで中小ベンチャーの契約社員に身をやつしてしまったのに、満たされる」

「かたや男の嘘を見破ってしまうせいでいつまでも結婚できずに、満たされない」

「誰のことといってるのかしらぁっ」

絵麻が耳を引っ張ると、西野は「痛い痛い」と顔を歪めた。

「少しは加減してくださいよ」

耳をさする後輩巡査を視界から外して、ジョッキに口をつける。

「ま、いくらコンピューターが進歩したって、人の心までは解析できないってことよね。結局、罪を犯すのも人で、犯罪者を捕まえるのも人なんだから……って、なんかいま、私格好いいこといったわよね」

ふたたび西野の耳をつまもうとすると、「はい、そうです」と素早い頷きが返ってきた。絵麻は満足げな表情で、唐揚げを口に放り込む。

「ところで楯岡さん、青木に会ってきたんですね」

「いってなかったっけ」

「またまた、とぼけないでください。ぜんぜん聞いてませんってば。いきなり松尾があんなこといい出すもんだから、心臓が止まるかと思いましたよ」

小平事件のあらましについては、西野も知っている。小平山手署の山下から、下馬事件の現場で小平事件の犯人のものらしき毛髪が発見されたという報告の電話を受けたとき、一緒だったからだ。

「会いに行くなら、教えてくれればよかったのに」

「なんでよ」

「一緒に行きました」

「あんたみたいないかついのがついてきたら、被告人を警戒させるだけでしょう」

それに、もしもこのことが公になった場合、西野も責任を追及されることになる。

「かもしれませんけど、水臭いじゃないですか。で、どうだったんですか、青木の反応は」

「あれはクロ」

絵麻はジョッキを両手で持ちながら、首をまわした。

「……と、いうことは」

「なだめ行動だらけだった。間違いなく青木はやっている。有罪」

自分の首を手刀で切る仕草とともに、見解を示す。

もしかすると青木は無実で、下馬事件は裕子を殺害した犯人によるものではないか。あるいは青木がやったにしても、共犯者として裕子殺害犯の影が浮かび上がるのではないか。ほのかな期待は肩透かしの結果に終わった。犯行を否認する青木には嘘を示すなだめ行動が見られたし、「栗原裕子」という絵麻の偽名にも反応はなかった。

下馬事件は青木の単独犯で、青木と裕子殺害犯の間に繋がりもなく、たまたま現場から裕子殺害犯の毛髪が見つかっただけ、ということらしい。

なぜ無関係の事件現場に、裕子殺害犯の毛髪が……。

下馬事件の被害女性は、青木と裕子殺害犯、偶然にも二人の男から同時に命を狙われていたとでもいうのか。ぜったいにないと断言はできないが、可能性は低いように思える。下馬事件の被害女性と栗原裕子の容姿は、似ても似つかないからだ。シリアルキラーの手にかかる被害女性は、髪型や顔立ちなど、容姿が似通っている場合が多い。

なぜ、なぜ、なぜ……。

渦を巻く疑問が迷宮に入りかけた瞬間、閃きが弾けた。

「トロイの木馬！」

絵麻は思わず立ち上がっていた。

「いきなりなにいってるんですか、楯岡さん」

西野がぎょっとして仰《の》け反る。

「トロイの木馬よ。トロイの木馬！　小平のホシは、トロイの木馬を送り込んだ」

「違いますよ。トロイの木馬は小平じゃなくて……」

「そうじゃない！　いるのよ。トロイの木馬が！」

西野の襟首を摑んで、ゆっさゆっさと揺さぶる。

確信はない。あくまで可能性の段階だ。

しかしこう考えたら――裕子殺害犯は、下馬事件の現場には足を運んでいない。だが、現場には毛髪を残すことができた。むしろ、意図的に毛髪を残した。

それをできる立場の人間によって――。

絵麻の脳裏には十五年前に会った、裕子殺害犯の顔が浮かんでいた。あの男は裕子を監禁していることなどおくびにも出さず、絵麻に微笑みかけた。そして最後に、こういったのだ。

じゃあ……また――。

「ウィルスが紛れ込んでいるのよ！　警察内部に、小平のホシの協力者がいる！」

がくんがくんと首を折りながら、西野の顔色が変わった。

「それにしても、あの事件」

彼が思い出したようにいうと、カウンターで隣に座った女が顔を上げた。

「どの事件？」

「あれさ、あの、冤罪だとかで、ニュースで弁護士が大騒ぎしていた事件」

ああ、と女が口を開く。開いた口にはそのまま大トロの握りが収まった。彼女はもぐもぐと口を動かし、湯呑みに手を伸ばしながらいう。

「マッチョ先生のやつね。ほかの人のＰＣを遠隔操作して、掲示板にいろいろ書き込んでいたとかいう……」

「そう、それ。まさかあの弁護士自身が犯人だったとはね」

「たしかに私もびっくりした。ありえないよね。誰かに罪をなすりつけて、自分で弁護するなんて」

「恵子も大変だったんじゃない？　警視庁の建物の周りで、抗議デモみたいなのまで起こっていたんだろう」

「たしかに。カイシャに出入りするときがけっこう大変だったかも。だけど、私は事件に直接かかわっていたわけじゃないから……正直なところ、私もマッチョ先生が正しいんじゃないかって思っていたぐらいだし。私の先輩も、今度ばかりはエンマ様でも無理じゃないかっていってたもん」

　彼は寿司を口に運ぶ動きを止めた。

「エンマ様って、たしか恵子が担当したほかの事件のときにも、名前を聞いた気がするな……」

「うん。捜査一課の楯岡さん。被疑者を百発百中で自供させるから、下の絵麻っていう名前をもじってエンマ様。見た目はとてもそんな感じじゃないけどね。すっごい美人だし」

彼は記憶に残った少女の面影に、十五歳年をとらせようとした。だが上手くいかない。当時ですら息を飲むような美貌だったから、大人の色香が加わってさらに美しい女になっているだろうことは想像がつくが。

楯岡絵麻に早く会いたい。

一刻も、早く——。

湯呑みを取ろうとして、指先が小刻みに震えているのに気づいた。衝動を抑えながら茶を飲もうとするが、湯呑みを取り落としてしまう。床に陶器の破片が散らばった。

店員が慌てて掃除に来る。

「もう、茂さんったら」

女の声が、彼の耳に届く余地はなかった。

——殺せ。殺せ。殺せ。

内なる声が彼の全身を満たしていた。

第三話

アブナい十代

1

「おいおい、冗談だろ。なにいってるんだ」

山下が噴き出した。だがしだいに笑顔は強張《こわば》り、カップのコーヒーをかき混ぜる手の動きも止まった。

楯岡絵麻は顔の前で手を重ね、先ほどの発言を繰り返した。

「小平事件のホシと通じている人物が、警察内部にいます」

下馬ストーカー殺人事件は、被害女性の元交際相手・青木亮の手によるものだった。自白の強要を訴える無罪の主張は、弁護側の戦略に過ぎない。署名した供述調書の証拠能力を無効にしようとしているだけだ。

青木は元交際相手の女性につきまとい、復縁を要求していた。だが拒絶され、警察に相談された。腹を立てた青木は女性のアパートに押し入り、刺殺した。間違いない。

となると問題は、なぜ事件現場から、裕子殺害犯のものと思われる毛髪が採取されたかだった。犯行は青木単独によるもので、共犯者の影もない。そのことが、一つの可能性を浮かび上がらせた。

毛髪は下馬事件発生時から現場に存在したのではなく、事件発生後に持ち込まれた。現場に出入りする人間の手によって――。

山下は低い唸り声と、痰《たん》を切るような咳払《せきばら》いを繰り返していたが、やがて話を聞く覚悟ができたようだった。

「根拠はあるのか」

表情の険しさと比例するように、声にも険が表れた。

「ありません……勘です」

「根拠のないヤマ勘で、身内を疑うのか」

「まったくのヤマ勘というわけでもありません」

「どういうことだ。納得できるように説明しろ」

山下は額に手をあて、皮膚をかきむしるように指先を動かした。

「小平事件の発生した日、犯行に及ぶ直前のホシに、私が接触したことはご存じですよね」

「もちろんだ。おれが十五年間にらめっこし続けたホシの似顔絵は、おまえの証言をもとに作成されたんだからな」

事件当夜、絵麻は被害者・栗原裕子のマンションを訪れていた。裕子の婚約者を交えた三人での食事会の後、裕子は帰宅する婚約者を見送りに出た。ところが、裕子はそのまま帰って来なくなった。絵麻は居ても立ってもいられなくなり、裕子を探そうと外に出た。そのとき、同じフロアの部屋から出てきた男と鉢合わせた。その男が出てきた部屋こそが、性的暴行をされた裕子の遺体がのちに発見される現場だった。

「少しですが、私はホシと会話しました」

「知っている。おれがどれだけ捜査資料を読み込んだと思ってるんだ」

「なら、ご存じですよね……ホシが最後に、なんといったかも」

眉根を寄せた山下が、あっという顔になる。

男は絵麻に、一緒に先生を探してあげようかと申し出た。うちの電話を使うかいと、部屋に招き入れようともした。絵麻が断ると、最後にこういった。

——じゃあ……また。

「あの台詞を口にしたとき、ホシにはなだめ行動がまったくなかったような気がします」

山下は腰を浮かせかけたが、思い直したように唇を結んだ。

「馬鹿な……ホシが、十五年前の約束を果たしに来たとでもいうのか」

「そうです」

虚を衝かれたような沈黙が流れる。テーブルに置かれた山下の指が、仕切り直しという感じにたらん、と天板を叩いた。

「おまえのお株を奪うわけじゃないが、人間の記憶ほど、あてにならないものはない。時間の経過とともに、記憶は歪む。こうあって欲しいと願う方向へな」

「ええ、おっしゃる通りです。記憶は客観的事実とは違います」

「だいいちおまえ、前にいっていたよな。これを見ても……」

山下は懐《ふところ》から四つ折りの紙を取り出し、開いてみせた。小平事件の犯人の似顔絵だった。いまだに肌身離さず持ち歩いているらしい。

「この似顔絵を見ても、頭に浮かべるホシの顔はもう正確ではないかもしれない。もしかしたら街ですれ違っても気づかないほど、記憶は歪んでいるかもしれないと」

「たしかにいいました。時間の経過とともに、私の中にある憎悪が、記憶にあるホシの人相を少しずつ変えているかもしれない。街で似た人物を見かけたと思うたびに、記憶にある人相は、その似た人物の印象に塗り変えられているかもしれない。何度も思い出して、ぜったいに忘れないように努力してきたつもりですが、実際には記憶をありのままの姿で保つなど不可能です。一分にも満たない接触だった上、その時点ではホシをホシとして認識していなかったから、注意深く観察してもいませんでしたし」

「だったらなぜだ。そんな曖昧な記憶を頼りに、十五年前のホシの発言をどうこういえるのか。おまえのこうあって欲しいという思いが、記憶を歪ませただけじゃないのか」

「映像の記憶は、もしかしたらそうかもしれません。ただ……感覚の記憶は、必ずしもそうとは限らないと思います」

「感覚の？」

「ええ、あの男と対峙《たいじ》したときに感じた悪寒のような、なんともいえない嫌な皮膚感覚です。あの男の発言はすべてが嘘でした。被害者の行方について知らないような顔をしながら、実際には被害者を部屋の中に監禁していた。親切を装って私を部屋に招き入れようとしながら、実際には私のことも暴行して、殺害しようと目論《もくろ》んでいた。すべてが嘘で塗り固められていたからこそ、あの男のなだめ行動が違和感となり、それが嫌悪に繋がったせいで、私は無意識に警戒したんだと思います。当時は自分でも不思議でした。どうしてこんなにやさしそうな人なのに、嫌な感じがするのかって」

「そういう意味では、おまえには天性があったんだな。いくら大学で学んで理論武装したからといって、普通はここまで他人の嘘を見抜けるようにはならない。もとから才能があったんだ」

絵麻は自嘲の笑みを漏らした。

「だから私一人だけが、助かったんです」

「何度もいうが自分を責めるな。そのときおまえがホシの嘘を見抜いたところで、被害者が二人になっただけだ。栗原裕子がそんなことを望んでいたとは――」

「わかっています」

山下を遮ると、テーブルの下でこぶしを握り締めた。

「ホシは私にとっての善意の協力者を演じていました。その言動が嘘だったから、私は本能的に嫌悪を抱いた。だけど、のちのちになって振り返ると、当時、嫌悪を通り越して恐怖を感じた瞬間があったことを思い出しました。あの男が、最後の言葉を発した瞬間です。じゃあ……また。あの男にそういわれたとき、私は全身に鳥肌が立ちました」

裕子殺害犯は、本気で絵麻のもとに戻るつもりだった。次の標的として、絵麻に狙いを定めた。だからこそ恐怖を感じた。

「下馬の現場に残された毛髪はおそらく、小平のホシからのメッセージでしょう……私、個人に向けての。もしかしたらホシの毛髪が残されていたのは、下馬の現場だけではないのかもしれません。さまざまな現場にメッセージをちりばめ、私が気づくのを待っていたのかも」

山下は腕組みした。しばらく瞑目《めいもく》した後で、視線を上げる。

「わからないな。なぜホシは、そんなまどろっこしいやり方でおまえに接触しようとする」

「それはもちろん、捕まりたくないからです」

「だが小平事件はもう時効だ」

「たぶん……いや、ほぼ確実に、ホシは小平事件以前にも、そしてそれ以後も、殺人を繰り返しています。遺体が発見されていないか、まったく無関係の未解決事件として処理されているだけで」

山下が口を半開きにする。言葉は出てこない。

「被害者を監禁しながら、なおも新たな獲物を求めて私に声をかけるような男です。なのに、不審人物としての目撃情報すらありません。たぶん、ホシが人を殺したとは思えないほど平然としていたせいです。殺人に慣れているんです。女性への凌辱《りようじよく》と殺人行為に快楽を見出すサイコパス……シリアルキラーと見て、間違いありません。そんな男が十五年もの間、殺人衝動を抑えておとなしくしていたとは思えない」

山下の眉間の皺が深くなった。

「解せない。明るみになっていない犯行があるのなら、どうしておまえに接触しようとする。わざわざ危険を冒す必要はないだろう」

「それは、捕まえて欲しいからです」

「なに？」

山下が混乱した様子で、ロマンスグレーの髪を撫でる。

「捕まりたくない。だけど、捕まえて欲しい。おまえ、いってることが矛盾してるぞ」

「わかってます。ですが言葉通りなんです。警察に尻尾を掴ませない周到な手口からも、また、私が会ったときの清潔な印象からも、ホシは秩序型のシリアルキラーです。秩序型のシリアルキラーは、一般的に知能が高いといわれています。サイコパスですから他人への共感性が欠如しており、殺人行為への躊躇《ためら》いはありませんが、知能が高いゆえに自らの異常性もじゅうぶんに理解しています。罪の意識というより、社会の一般常識とのギャップに疎外感や孤立感を覚え、悩み、苦しんでいるんです。ですから衝動を抑えきれずに殺人を繰り返しながらも、つねに誰かが犯行を止めてくれるのを期待するという、矛盾した思考に陥ります」

「するとホシは、自分を捕まえてくれる相手として、おまえを指名したのか。いや、待て……それは変じゃないか。十五年前、おまえはまだ学生だった。それとも、おまえが警官になるのがわかっていたとでも?」

「もちろん十五年前の時点では、そこまで考えていなかったでしょう。ホシにとっての私は、たんなるターゲット候補に過ぎなかったはずです。結果的にホシがなぜ私に接触せず、なぜ私を殺さなかったのかについては、いまはわかりません。単純に私の身元を探り当てることができなかったのか、もしくは、別に適当なターゲットを見つけて興味がそちらに移ったのか。そんなところでしょう。とにかくホシと私の縁は、その時点で切れた。切れたはずでした。しかしこの十五年のうちの、どこかの時点で、ホシは警察関係者とかかわりを持つようになりました。その人物は、現場で証拠偽装を行ってくれるほどの協力者です。警察の内部情報ですら、喜んでホシに提供したでしょう。その結果ホシは、私のことを知った。十五年前に一度はターゲットとして狙った女が、刑事になっていたと知った。だから私のことを勝手に運命の相手と定めて、協力者を通じてメッセージを送ることにした」

山下は懐疑的な態度を崩さなかった。なかばあきれたという雰囲気で、鼻に皺を寄せる。

「どうしても、警察に内通者がいることにしたいらしいな」

「どうしてもそうしたい、というわけではありません。私の取り越し苦労ならそれでかまわないんです。ただ下馬の現場から、そこに出入りしていたはずのない、小平のホシの毛髪が見つかった。それだけは事実です。可能性として、つぶしてみる価値はあると思います」

「どう動くつもりだ。おおっぴらに身内を疑うわけにもいかない。一口に下馬の現場に出入りした警察関係者といっても、機捜に所轄、捜一に鑑識、相当な人数に――」

「それについては、すでにかなり絞り込んであります」

「なに？」

「秩序型のシリアルキラーは外面《そとづら》もよく、ごく自然に社会に溶け込むことができます。人心掌握にも長《た》けており、人間関係は広いかもしれません。ですが、だからといって事件現場に新たな遺留品を持ち込むようなリスクは、普通の友人程度の関係では冒してくれないはずです」

山下の分厚い瞼が、大きく見開かれた。

「恋人……か」

絵麻は頷いた。

「小平の被害者が性的暴行を加えられていたことからも、ホシはヘテロセクシャルと考えられます。ヘテロセクシャルの男性の交際相手……つまり警察に送り込まれたトロイの木馬は、女性です」

下馬事件の現場に出入りした警察関係者は少なくない。だが女性という条件で絞り込めば、候補はいっきに数人にまでなる。それすらも、犯人にとっては計算ずくだろう。

追っているのではない。誘われているのだ。

絵麻の胸の内は、不穏にざわついていた。

2

扉をノックする音がして、西野圭介は顔を上げた。

「わかってますって」

不機嫌に答えると、ふたたび両手を重ねて祈るような姿勢になる。下腹部に力をこめるが、聞き耳を立てられていると思うと集中できない。そうでなくとも、いつものように声を出せない環境だった。

畜生っ、カイシャを出る前に出しきっておくべきだったんだ——。

後悔しても遅い。「頑張れ、頑張れ」と小声で呟きながら、ひたすらこぶしで自分の腹を殴り、腸を叱咤《しった》した。

コンビニエンスストアのトイレだった。事件現場までは、あと数百mという場所だ。

三時間前、練馬区《ねりま》にある中高一貫の男子校・明月学園《めいげつ》のグラウンドで爆発事件が起こった。ちょうど体育祭が行われており、クライマックスの棒倒しで盛り上がるさなかの出来事だった。

学校には三日前、体育祭中止を要求する脅迫状が送りつけられていたという。そのため学校側は体育祭の一般公開を中止し、生徒の家族だけに入場を許可する措置をとった。四か所ある敷地への出入り口にそれぞれ職員を配置し、あらかじめ生徒に配布した入場許可証を提示させるかたちだ。管轄の石神井《しゃくじい》公園署からも二十人の警察官が派遣されて警備にあたっていたが、異例の厳戒態勢を嘲笑うように事件は起きた。死者こそ出ていないものの、十数人の負傷者が発生しているようだ。重傷を負って救急搬送された者もおり、その中には、警察官も含まれているという話だった。

ふたたびノックの音がする。さっきよりも少し乱暴なノックだった。

「いい加減にしてください！　悪ふざけにもほどがあります！　僕だって急いでるんです。頼むからあっち行っててくださいよっ」

勘弁してくれよ――。

両手で頭をわしゃわしゃとかきむしっていると、外から声が聞こえた。

「なんだと西野っ　それが先輩にたいする口の利き方か！」

どん、と扉全体が振動して、全身から血の気が引いた。同時に便意も引いた。

予想に反して、声は先輩刑事の綿貫のものだった。

慌ててスラックスを穿《は》き、手を洗う。おそるおそる扉を開けると、眉間に皺を寄せた綿貫が立っていた。こころなしか視線に威圧感が足りないのは、腹痛のせいだろうか。綿貫は痛そうに腹を押さえていた。

「後で覚えてろよ」

低い声でいい残すと、綿貫はトイレの扉を閉めた。

楯岡の姿を探した。店に入ったときと同じように、雑誌コーナーで立ち読みをしている。背後から近づくと、意外そうに顔を上げた。

「あら、早いわね。そんなに時間が経ったの」

腕時計を確認し、「そうでもない」と不審げに眉根を寄せる。

「なんでこんなに早いの。おかしいじゃない」

「なんでトイレから早く出ただけで怒られるんですか」

「怒ってるんじゃない。縁起が悪いって心配してるの」

「ゲン担ぎなんてしないくせに。なに読んでたんですか」

話題を逸らした。綿貫と後ろ姿がよく似ているといわれることさえ不快なのに、行動まで同じだったなどと認めたくない。

楯岡が手にしているのは、女性向けのファッション誌だった。表紙には『幸福をつかむ恋占い特集』と書かれている。

「また占いですか。占い師はほとんど詐欺師か軽い統合失調症だって、自分でいってたじゃないですか」

「別にいいでしょう。お金遣ってるわけじゃないんだから」

楯岡は雑誌を棚に戻し、歩き出した。

店を出ると、自動ドアの脇に設置された灰皿の近くで、筒井が煙草《たばこ》を吸っていた。コンビを組む綿貫の用足しを待っているらしい。

二人に気づいて、筒井が不愉快げに顔をしかめる。「お疲れ様です」と頭を下げて通り過ぎた。

現場の方角へと歩きながら、楯岡が振り返る。

「筒井のやつ、なんで一人であんなところに」

正確には一人ではないのだが、あえて説明しない。

「今回の事件は、やはりアメリカの爆弾テロの模倣犯なんでしょうか」

まだ現場は鑑識の途中だが、爆弾は圧力鍋を用いた手製のものである可能性が高いらしい。アメリカの爆弾テロ事件で使用されたものと同じ構造だろうという話だった。

アメリカの爆弾テロ事件は市民マラソンを狙ったもので、死者三人、負傷者三百人近くを出す大惨事となった。日本でも大きく報じられたのだが、その際、あるニュースワイド番組が犯行に使用された爆弾の製造法をかなり詳細に紹介し、世間から非難を浴びた。「インターネットサイトに、より詳しい製造法が紹介されています」とまで付け加える念の入れようで、これでは爆弾を作ってみろといわんばかりではないかと、西野もあきれたものだ。

「なんともいえないけど、マスコミのせいで捜査範囲が何百倍にも広がったことはたしかね。犯人は特別、専門知識を有する人物とは限らないわけだもの。今回の場合は学校側が体育祭の一般公開を中止した状況があるから、容疑者は学校関係者の可能性が高いとは思うけど、それでも職員、全校生徒、あとは入場を許可された生徒の家族までに範囲を広げれば、捜査対象は千人近くなる。前日までに忍び込んで爆弾を仕掛けた部外者という可能性も考慮すると、もっとね」

途方もない数字に、うんざりとした息が漏れた。

やがて明月学園の建物が近づいてくる。名門校らしい歴史を感じさせる、威風堂々たる門構えだ。門扉の両脇には制服警官が立っており、敷地内には数台の警察車両が停《と》まっていた。

正面玄関で靴を脱いでスリッパに履き替える。突き当たりの窓越しにグラウンドが見えた。まだ鑑識の途中のようだ。あちこちで鑑識課員が動き回っている。

「こりゃひどいですね。死者が出なかったのは不幸中の幸いだ」

トラックを囲むように並べられたテントのうち、左手の校舎側の二張が横倒しになり、その周辺にパイプ椅子が散乱していた。校舎の窓もいくつか破れている。

関係者が職員室に集められているのは、警備の警察官から聞いていた。西野は玄関の壁に掲示された案内板で職員室の位置を確認し、楯岡のもとに戻った。

楯岡はどこか思い詰めたような表情で、ある一点を見つめていた。

「どうしたんですか」

視線の行方を探るように覗き込む。数人の鑑識課員が動き回っているあたりか。その中に、西野のよく知る人物の姿があった。

「あ、武藤《むとう》だ」

楯岡がちらりと視線を上げる。

「あんた、仲いいの」

「特別仲がいいってわけじゃないけど、同期入庁ですからね。それなりには……それがどうかしましたか」

「ううん。別になんでも。職員室はどっち？」

「こっちです」

二人は職員室へと歩き出した。

3

西野に続いて楯岡絵麻が入室したとたん、空気をびりびりと振動させるような怒声が響き渡った。

「失礼だなきみは！　そんなことはありえないといっているだろう！」

広い職員室の奥のほうに人だかりができていた。二人の男が向かい合い、その周囲を、半円を描くように十数人あまりが取り囲んでいる。

半円の中心で向き合う二人のうち、声の主はこちらを向いた総白髪の男らしかった。ぎょろりと眼を見開き、脂ぎった顔を紅潮させている。スーツの肩口が白く汚れているのは、爆発で浴びた粉塵《ふんじん》だろう。

「まあまあ、お怒りはごもっともですが、捜査のためですので」

こちらに背を向けたスーツの禿《は》げ頭は、所轄の刑事か。ペンを挟んだ手で頭を撫でながら、もう片方の手に持ったハンカチで顔を拭っている。

「まるで当校に原因があるような口ぶりじゃないか！　われわれは被害者なんだぞ！」

「存じています」

「ならばさっさと犯人を捕まえてくれたまえ！　だいたいな、きみら警官が爆弾に気づいてさえいれば、こんなことにはならなかった！　なんのために税金を払ってると思っているんだ！」

禿げ頭の刑事らしき男の両肩が、かすかに持ち上がった。仲間を無能呼ばわりされて、内心では憤っているのだろう。

「どうしたんですか」

絵麻は禿げ頭の男に声をかけた。全員の視線が新たな登場人物に集中する。

「誰だね、きみは」

言葉を発したのは、総白髪の男のほうだった。まだ瞳に怒りを宿している。

「警視庁捜査一課の楯岡です」

「西野です」

禿げ頭の男の頬が安堵で緩んだ。『エンマ様』の噂は聞き知っているらしい。

「石神井公園署の立石《たていし》です」

禿げ頭の男が背筋を伸ばして自己紹介した後、総白髪の男を紹介しようと手を上げる。だが機先を制するように、総白髪の男が歩み出た。

「神谷《かみや》だ。当学園の理事長をしている」

仏頂面で胸を張り、顎を突き出す。警察の介入がよほど不本意と見える。

必要以上に太く大きな声と、がっしりとした固太りの体型からは、押しの強い性格がうかがえた。だがジョルジオアルマーニのスーツ、ガジアーノ&ガーリングの靴、手首で存在感を主張するロレックス、派手な刺しゅうの入ったドミニックフランスのネクタイに至るまで、高級ブランドの見本市のようなコーディネートは、成金を通り越してマフィアのようだ。実際には気が小さく、自信のなさを高級ブランド品で覆い隠そうとしている。他人の話に耳を傾けず、一方的にまくし立てることで主張を押し通そうとする、恫喝型のワンマン経営者に多い人種か。

絵麻は不謹慎にならない程度に軽く唇の端を持ち上げ、初頭効果を意識した。視線を立石に移し、状況の説明を促す。

「こちらの神谷さんに、事情をうかがっていたんです」

立石はハンカチで汗まみれの顔を拭った。

なるほど。絵麻は、神谷の非協力的な態度の一因を悟った。集団のリーダーである神谷に、最初に話を聞こうとしたのは間違っていない。立石の誤りは、神谷への呼称だ。

「理事長先生に、ですか」

この呼び方が正解だ。神谷のようなタイプは潜在的な不安感から、軽んじられることを極端に嫌う。権威の象徴である肩書きを外して呼ぶことは、神谷にとってほかの職員と同格とみなされる屈辱なのだ。端から見ればあまりにくだらないこだわりでも、上手く利用すればスムーズに供述を引き出すことができる。

案の定、神谷の靴の爪先が絵麻を向いた。話のわかる相手だと判断されたらしい。

太い人差し指が、立石を向く。

「こいつが、うちの学校が狙われたのは自業自得だというんだ」

「そうはいっていません。ただ、学校を恨む人間に心当たりはありませんかと」

「それが失礼だというんだ！　なぜ当校が恨まれなければならない！　心当たりなどあるわけがないだろう！」

「そうですね。そんなわけがありませんね」

絵麻が仰々しく頷くと、立石はむっとしたようだった。申し訳ないが、立石には認知的バランス理論による神谷と絵麻にとっての『共通の敵』になってもらおう。

「こちらの学校の評判については、私もうかがっています。昨年の東大合格者数も、例年通りに全国トップレベルだったとか。優秀な先生方の、熱心なご指導の賜物《たまもの》でしょう」

取り巻く職員たちを見回した。神谷を中心に描かれた半円の大きさから判断すると、神谷のパーソナルスペースはかなり広い。絶対的な権力で恐怖政治を敷く内情が垣間見える。

「ですが理事長先生。この学校に脅迫状が送りつけられていたのは、紛れもない事実です」

「たしかに、それはそうだが……当校とは無関係の、どこかの頭のおかしなやつの仕業に決まっている」

「私もまったく同感です。ですが、その頭のおかしな人間が、この学校に忍び込んでいたのは、事実なんです。爆弾はこの学校に仕掛けられたんですから」

「ああ、たしかに。その点では今後、警備体制の見直しが必要になるのかもしれない」

「いずれはそういうことも必要かもしれません。ですが今もっとも重要なのは、目の前に存在する脅威を排除することではありませんか。これからの日本を担っていくべき、未来ある少年たちの生命が脅かされたのですから」

「それは、きみたち警察の仕事だろう」

「もちろん警察でも、犯人検挙に全力を尽くします。ですがそのためには、理事長先生のご協力が不可欠なんです。理事長先生以上に、この学校の全貌を把握していらっしゃる方はいらっしゃらないのですから。お手数ですが、捜査へのご協力をお願いできませんか」

我ながら白々しい台詞だ。神谷が学校の全貌を把握しているなどありえない。部下の誰一人として、神谷を慕ってはいないだろう。

「当然、協力はする。もとからそのつもりだった」

神谷の態度が軟化した。

「ありがとうございます」

絵麻は神谷に微笑みかけながらも、意識を周囲の職員たちに向けていた。

「恨まれる覚えがないとおっしゃるのはごもっともです。おそらく犯人が抱いているのは、ほとんどいいがかりのような、理不尽な逆恨みでしょうから。ですが逆恨みとはいえ、犯人がなんらかのかたちで、こちらの学校にかかわっていたのは間違いありません。どんな些細《ささい》なことでもかまいません。お心当たりはありませんか」

いくら立石の訊ね方が悪かったとはいえ、神谷は明らかに過剰反応だ。危機に瀕した動物の行動、第三段階のファイト——なにかを隠している。それが事件と直接関係のあることかは定かでないが、学校にとって公表を避けたい、不都合な事実に違いない。だが直接追及しても、神谷はぜったいにそのことを認めない。白《しら》を切り通すはずだ。

腕組みする神谷の視線は、床を向いていた。眠っている記憶を呼び覚まそうとする人間は、視界から余計な情報を排除して思考に集中しようとするため、目を閉じるか、視線を上に向ける。つまり神谷は考えているのではなく、考えるふりをしている。

しばらくして、予想通りの答えが返ってきた。

「ないな。いくら考えてみても、恨まれるような覚えはない」

「そうですか」

残念そうに眉を下げたが、絵麻はすでに周囲を取り巻く職員のうち、一人の男に目をつけていた。

4

「来ました」

顔を寄せてきた西野が、小声で囁《ささや》く。絵麻は雑誌から顔を上げ、窓越しの景色に視線を移した。

夕闇の住宅街を、男が横切っていた。眼鏡をかけ、スーツの背中を丸めている。早足でコンビニエンスストアを出て、男を呼び止めた。

「三輪《みわ》先生」

名前を呼ばれた男はぎくりと全身を震わせ、鬱陶しそうに振り返った。

「またあなたたちですか」

三輪次郎《じろう》は明月学園に勤務する教師だった。三十二歳。担当科目は理科。中等部の授業を受け持っているらしい。

「お話をお聞かせ願えませんか」

「知っていることはすべてお話ししたはずです。だいたい、どうして私なんですか。教員はほかにもたくさんいるというのに」

絵麻たちが放課後、三輪の帰宅を待って接触するのは、これで連続三日目だった。なぜ自分ばかり、と訝《いぶか》るのも無理はない。

「あなたに、もっとも強い良心を感じたからです」

良心というより、正確には神谷への反発だった。

学校に恨みを抱く人間に心当たりはないと神谷がいったとき、周囲の職員からは唇を歪めたり、眉根を寄せたりという不快を示すマイクロジェスチャーが散見された。中でも、もっとも大きな反応を見せたのが三輪だった。両肩を持ち上げ、眉間に深い皺を刻んだ三輪の反応は、マイクロジェスチャーと呼ぶにはあまりに顕著だった。部下たちの口を封じ、警察にたいしても堂々と嘘をつく神谷の不誠実さに憤っている。その憤りは同時に、箝口令《かんこうれい》に従う自らの不甲斐《ふがい》なさにも向けられているに違いない。

三輪は内心のせめぎ合いを表すような、複雑な表情をしていた。怒り、不快、哀しみ、決意など、さまざまなマイクロジェスチャーが表れては消える。

絵麻は良心に訴えかけた。

「今回の事件では多くの被害者が生まれました。学校関係者に負傷者が出たことはお気の毒に思いますし、警察が警備にあたっていながらこのような事態になったことについては、たいへん申し訳ない思いです。ですがもっとも重傷を負ったのは、私たちの仲間である警察官です。爆発現場から一番近い場所にいたと思われる南田勝彦《みなみだかつひこ》巡査が、現在も入院しています」

三輪の眉がぴくりと動いた。具体的な被害者の名前を挙げることで、被害者の人格を認めさせることができる。普通の神経の持ち主ならば、胸を痛めるのは当然だ。

「南田巡査は背後から爆風を浴びて背中一面に熱傷を負い、さらに吹き飛ばされた衝撃で数か所を骨折しました」

爆弾はグラウンドに面した、校舎の壁際に置かれていたようだ。教員用テントの後方一五mほどの場所だったため、負傷者は明月学園の職員がほとんどだった。南田巡査は教員用テントと爆弾を結ぶ線の中心あたりに立っていて、背後から爆風を浴びたらしい。

「その方の容態は、どうなんですか」

「感染症の心配が残るので油断はできませんが、今のところ命に別状はないということです」

安堵したように三輪が軽く頬を膨らませ、ふうと息を吐いた。絵麻はいったん緩めた手綱を引き締める。

「ですが退院できても、職場復帰には時間がかかるかもしれません。現在は下半身が動かない状態のようですから」

　息を飲む気配があった。

「南田巡査は結婚二年目で、先ごろ奥様が男の子を出産したばかりでした。少年剣道の指導者でもあり、週に二度の稽古日には警察道場に通っていたそうです。同僚にはことあるごとに、いつか我が子と竹刀《しない》を合わせたいと話していたとか」

　覗き見るようにうかがうと、三輪はさっと視線を逸らした。まだ足りないか。

「南田巡査は――」

「やめてくれ！」

　三輪が手を払った。絵麻を睨みつけた視線が、地面に落ちる。

「まるで私が犯人みたいじゃないですか。その警官には同情しますが、彼が怪我したのは私のせいじゃない」

「だけどあなたは良心の呵責《かしやく》を感じている。犯人逮捕に繋がるかもしれない事実を、隠しているから」

「事件には関係ないことかもしれないんだ」

　いい終えた三輪が、あっという顔になった。

三輪が同僚に見られたらまずいというので、タクシーで移動した。三輪の自宅があるという所沢《ところざわ》方面に二千円ぶんほど走ったところで下車し、こぢんまりとした喫茶店に入る。三輪の遠縁にあたる親戚夫婦が経営する店らしい。

店内に先客はなかった。最初はカウンターの中にいた経営者らしき男も、テーブルについた絵麻たちにコーヒーを提供すると、カウンターの奥に消えた。奥は住居になっているらしく、かすかにテレビの音声が聞こえてくる。

コーヒーをひと啜《すす》りすると、三輪は弁解する口調でいった。

「教員免許を持っているからといって、簡単に教職をえられるわけでもないんです。大学院を出た後、私は二年間就職浪人を経験しました。今は妻と娘がいます。マンションのローンも先は長い。はっきりいって居心地がいい職場ではありませんが、いま職を失うわけにもいかないんです」

絵麻は応えなかった。醒めた表情で、無言の圧力をかける。

「先ほども申し上げましたが、事件には関係のないことかもしれません」

「それはこちらで判断します」

三輪が観念したように、長い息をついた。

「二か月前に、生徒が自殺しました。真田《さなだ》宏樹《ひろき》という、中等部二年の生徒です。私も授業を受け持っていました」

「その真田くんが自殺したことを、口外しないように命じられたのですか。理事長の神谷さんに」

三輪は小さく頷いた。

「正確には、真田の死の原因……ということになるのでしょうか。真田の自殺自体は、こちらが話さなくともすぐにわかることでしょうし」

「どういうことですか」

一瞬、躊躇うような素振りを見せた三輪だったが、やはり溜《た》め込んでいた思いがあるのだろう。ぎゅっと唇を結んで決意の表情になった。

「真田はバレーボール部に所属していたのですが、顧問の坂上《さかがみ》先生から日常的に体罰を受けていたようなんです」

「それが原因で自殺したと」

「そうです。間違いありません。遺書にも記されていたということですし」

三輪の眼に真摯な光が宿った。

「しかし学校側は、その事実を公表しなかった」

「ええ。教育委員会に報告しないどころか、体罰の実態を調査することすらしなかった。真田の両親は当初、告訴を考えていたようですが、学校側が金銭を支払うことで揉《も》み消したようです。一時期、学校には弁護士が頻繁に出入りしていました」

話すうちに興奮したのか、最後のほうは声が震えていた。

「三輪先生は、自殺した真田くんと親しかった誰かの犯行だとお考えですか」

絵麻が核心を突くと、三輪は虚を衝かれたような顔した。立場上、生徒への疑いを認めることには躊躇いがあるのだろう。逃げ場所を探るような、歯切れの悪い口調になる。

「真田の自殺は事件とは関係ない……理事長はそういっています」

「理事長の考えをうかがっているのではありません」

視線を泳がせる三輪を、絵麻は追及した。

「バレー部の顧問の先生だけでなく、学校ぐるみで体罰問題を隠蔽しようとした先生方全員が標的だった。つまり三輪先生ご自身も、標的の一部だった。そうお考えなんですね。恨まれて当然のことをしていると」

「私は体育祭の日、ずっと西通用口のところに立っていました。生徒の父兄が持参する入場許可証をチェックする係をしていたんです。ほかの先生方と一緒だったわけではありません」

「犯人がその事実を把握した上で、犯行に及んだとでも？」

三輪は気まずそうに黙り込んだ。

三輪のいう通り、犯人に標的となる人物が存在したのならば、筋が通る部分がある。

爆弾はアメリカのテロ事件で使用されたものと基本的には同じ構造だが、異なる部分もあったという。黒色火薬に釘やパチンコ玉が混ぜられていなかったらしいのだ。

釘やパチンコ玉は、爆弾の殺傷力を高めるために使用される。圧力鍋爆弾の製造法を紹介するインターネットサイトの多くにも、釘やパチンコ玉を使用することは記されていたので、犯人が知らなかったとは考えにくい。比較的入手が容易にもかかわらず、それらが使用されていなかった事実からは、爆弾の殺傷力を弱めようという犯人の意図が感じられなくもない。

そして予告なしに爆破すればより被害が拡大しただろうに、犯人はわざわざ事前に脅迫状を送りつけている。体育祭の一般公開を中止させることで、無関係の人間を巻き込む事態を避けたのかもしれない。

「ですが犯人の狙いが先生方であったと決めつけるのは、早計かもしれません」

少し厳しくいい過ぎたと思い、絵麻は口調を和らげた。

「どういうことでしょう」

顔を上げた三輪は、すがるような眼差しをしている。

「爆弾と教員用テントの位置関係です。あの爆弾では、一五mも離れた教員用テントまでじゅうぶんな威力が及びません。実際に、今回の爆発では負傷者こそあれど、死者はゼロです。もちろん、犯人に人命を奪うつもりはなく、たんなる愉快犯だった、という可能性も残りますが、それにしては手がこんだ犯行という印象を受けます。警察としては愉快犯の可能性も残しつつ、怨恨の線も探っていくつもりです。ただし、犯人が恨んでいた相手が、つまり爆破の標的が、先生方だったとは限りません。ほかの先生方から捜査員がうかがった話によると、爆弾が置かれていた校舎の壁際には、生徒さんたちの荷物が集められていたとか」

「ええ。棒倒しの後はすぐに閉会式の予定でした。会場の撤収作業を終えるとそのまま部活動に入る生徒もいますから、鞄やらバッグやらが持ち込まれていたようです。その荷物に紛れていたせいで、爆弾が発見できなかったんだと」

「警察としても、爆弾が生徒さんの荷物に偽装されていたと考えています。犯行に使用された爆弾は、二〇cm四方の圧力鍋を利用した小さなものだったようですから、部活動のボストンバッグなどに収まります。爆発の大きさから見ても、爆弾はせいぜい二kg程度の重量だったという話なので、持ち運びも簡単です」

「あっ……」

三輪がなにかに気づいたようだった。

「爆弾は最初、別の場所にあって、移動されたのかもしれません」

絵麻は頷いた。

「何人かの生徒さんの話によると、自分たちの荷物が、棒倒しの最中に校舎の壁際に移動されていたとか。爆発のあった場所の近くに置いたわけではないのに、自分のバッグが爆風で吹き飛ばされていたという生徒さんもいました」

「そういうことなら、たぶん牛島《うしじま》先生です。高等部の生活指導をなさっている先生ですが、生徒の荷物を脇に寄せているのを、見かけた記憶があります」

やはりそうか。おそらく当初、爆弾は犯人の狙う標的の至近に置かれていたのだ。だが会場が散らかるのを嫌った牛島教諭の手によって移動された。牛島教諭に話を聞くことで、標的に見当がつくかもしれない。

隣で西野が慌ただしく手帳をめくった後、顔を上げた。

「牛島先生は現在、豊島《としま》区内の病院に入院中のようです」

「誰か話を訊きに行ったのかしら」

「誰も行っていないことはないと思いますが、捜査会議ではとくになんの報告もありませんでした」

「そんな重要な事実を聞き出せてないなんて、いったいなにやってるの」

「僕に怒らないでくださいよ」

西野が手帳を立てる防衛行動を見せたとき、三輪が口を挟んだ。

「あの……お言葉ですが、牛島先生から話を聞くのは難しいと思います」

「なぜですか」

絵麻は西野と目配せを交わした。

「牛島先生は怪我の程度も比較的軽症で、容態も安定しているようですが」

「覚えていないらしいんです。私は直接会っていませんが、昨日、同僚が見舞いに行って、そういう話を聞いたらしくて。なんでも入院先で意識を取り戻した牛島先生が開口一番、医師にいったのが、明日の体育祭までに退院できるのか、ということだったようです。事件の日の記憶が、丸々なくなっているらしいんです。牛島先生が荷物を移動したことについて警察の方が知らないのも、そのせいでしょう」

事件のストレスにより、短期記憶障害に陥っているということか。

「三輪先生は、覚えていらっしゃいませんか。牛島先生が、会場のどのあたりから荷物を移動していたのか」

絵麻は訊いた。しばらく記憶を辿る表情をした三輪が、顔を横に振る。

「申し訳ありません。私はずっと通用門のところに立っていて、ときおり中を覗く程度だったものですから……」

三輪はその後も、自分はほかの教師と距離を置いている、ということを強調し続けた。標的の中に自分が含まれていた事実を認めたくない心理の表れだろうが、そのことが逆に、犯人の狙いが教員たちであったという、三輪の見解を強く裏づけていた。

「三輪のいう通り、体罰問題と今回の爆破事件は、関係しているんでしょうか」

夜道を駅へと歩きながら、西野がいった。

「調べてみる価値はありそうね。ただ事実関係はともかく、三輪の話を鵜呑《うの》みにするのはどうかと思う」

「三輪が嘘をついている、ってことですか」

「そうじゃない。もともと嘘の上手い人間ではないし、だからこそ、私も目をつけたんだし。でも三輪にとっての事実が、客観的な事実とは異なる可能性もあるってこと」

きょとんとする西野に説明した。

「職員室で理事長の神谷から話を聞いたとき、三輪は神谷からもっとも遠い場所に立っていた。ほかの職員との位置関係も、比較的離れていた」

「ええ。だからこそ、話を引き出せる可能性が高いと踏んだんですよね。職場で孤立しているってことで」

「どうして孤立していると思う？」

しばらく虚空を見つめた後で、西野が答えた。

「真面目《まじめ》すぎるから、ってことでしょうか」

「それじゃあ、あの学校のほかの先生は、みんな不真面目ってことでしょう。単純に仕事ができないのよ。たぶん、不器用で世渡り下手《べた》な性格のせいで、叱られ役になっているんでしょうね。いつも恫喝されているから、自然と神谷から距離をとってしまう」

毎日、判で押したように同じ時間に帰宅する行動や、磨き抜かれた革靴の光沢は几《き》帳面《ちょうめん》さの表れだが、それは融通の利かない性格の裏返しでもある。さらに伸びきった髪の後れ毛や短すぎるスラックスの丈からは、隙の多さも垣間見えた。声は比較的大きめな上、早口なので、口は軽くおしゃべり好き。思ったことをすぐに口にしてしまうタイプだ。

三輪の立ち姿の歩幅の狭さは、従順な性格を表していた。にもかかわらず疎まれてしまうのは、つい余計な一言を発してしまう思慮の浅さのせいだろう。

「三輪なりに真面目に仕事に取り組んではいるけれども、いっこうに周囲からの評価はえられない。三輪自身には原因がわからず、なぜ自分の頑張りが評価されないのかと、鬱憤《うっぷん》を溜め込む。犯人が教師連中を狙ったという見方には、もちろん神谷が敷いた箝口令の影響もあるでしょうけど、多分に三輪の願望も含まれていると考えるべきね。自分を不当に低く評価する同僚たちは罰せられるべきだ、という」

「なるほど。なら体罰問題は無関係という可能性もあるんですね」

「だからといって、捨ててはおけない事実だけど。でも、三輪の考えに引きずられ過ぎるのも考えものってことよ。バレー部顧問の坂上の名前を挙げるとき、固有名詞を濁そうとしなかったことからも、三輪が坂上を好ましくないと感じていたのがわかる。神谷が箝口令を敷いたのは、自らの保身のためというのが一番でしょうけど、坂上をかわいがっていたという理由も、あるんじゃないかしら。自分を認めてくれない神谷を嫌う三輪にとって、神谷子飼いの坂上は嫉妬の対象だったでしょうね」

「そうかあ。なんか人間関係が面倒くさそうな職場ですね」

「警察もおんなじじゃない」

絵麻の脳裏には、筒井の意地悪な笑顔が浮かんでいた。

電車に十分ほど揺られ、捜査本部の置かれた石神井公園署に戻った。

五階の会議室に入ると、捜査員たちが色めき立っている。若手の所轄署員を捕まえて、なにが起こっているのかを訊いた。

「事件前にホームセンターで圧力鍋を購入していた人物が見つかったんです。それがどうやら、明月学園の生徒らしくて」

絵麻と西野は顔を見合わせた。

5

ホームセンターで圧力鍋を購入していたのは、東村歩《ひがしむらあゆむ》という明月学園中等部の二年生だった。

土曜日の午前十一時。捜査本部は東村の身柄確保のため、捜査員を東村邸に派遣した。前の晩から張り込んでいた捜査員により、東村の在宅は確認されていた。だがいざ踏み込もうとしたところで、大失態を犯してしまう。

東村は母屋とは別に、勉強部屋として離れのプレハブ小屋を与えられていた。そのことを確認していなかったため、捜査員が母屋を訪ねている隙に、自転車での逃走を許したのだ。

一帯に緊急配備が敷かれ、身柄確保に至ったのは一時間後のことだ。場所は東村の自宅から二㎞ほど離れた公園だった。東村を発見した交番勤務の警察官によると、ベンチで所在なさげにしていた少年に近づくと、逃げ出そうともせずに両手首を差し出したという。本人も犯行を認め、家宅捜索ではプレハブ小屋から爆弾の材料と思われる被覆線や微量の黒色火薬などが発見されたために、正式な逮捕に踏み切った。

「ごめんなさい」

絵麻が取調室に入るなり、東村は変声期特有のハスキーな声で謝罪した。まだ喉仏も膨らみ切っておらず、頬には無数のにきびが浮いている。細い肩をさらにすぼめて不安げにする様子はいかにも頼りなげで、爆弾を製造して多くの人命を脅かしたようには見えない。

絵麻は拍子抜けしながら、少年ににっこりと微笑みかけた。

「これからきみの取り調べを担当します、楯岡絵麻です。最初にこのお兄ちゃんが入ってきたとき、怖かったでしょう」

ちょうど茶を運んできた西野を顎でしゃくる。今回もいつものように、西野を先に入室させていた。

東村がおどおどと西野を見上げた。湯呑みを置きながら、西野が精一杯の微笑みで応える。

「そんなことないよな。このおばさんのほうが――」

パンプスの爪先ですねを蹴り上げてやると、濁った悲鳴が上がった。

「とにかくよろしくね」

右手を差し出して、握手を要求する。応じる東村の握手は、思いのほかしっかりとしていた。手の平も湿っておらず、比較的温度も高い。緊張のせいで挙動不審気味になってはいるが、普段は外交的な性格らしい。

握手一つでも、相手の性格を推し量ることができる。強く握手すれば積極的な性格。手の平が乾いていれば、外交的で誘いに応じやすい。手の平の温度が高ければ、人付き合いを好む、という具合だ。

取り調べに臨む前、絵麻は東村の担任教師に連絡をとり、普段の様子を聞き出していた。けっして目立つタイプではないが、利発で成績優秀というのが、担任教師の弁だった。学校に脅迫状を送り、体育祭の会場に爆弾を仕掛けたなど信じられないという。

絵麻が椅子を引くと、東村は申し訳なさそうに目を伏せた。

「あんなに大きな爆発になるとは、思っていなかったんです」

「そんなことないでしょう。きみが作った爆弾は、アメリカの爆弾テロ事件で使用されたのとほぼ同じ構造だった。テロ事件の報道を目にしたなら、爆弾の威力の大きさは想像がつくはずじゃない」

「たしかに、僕はあの事件のニュースを参考に、ネットとかでも情報を集めて爆弾を作りました。だけどしょせんは素人の真似事だから、あれほどの威力になるとは思わなかったんだ……」

東村が声を詰まらせる。

「だけど、僕がやったことに間違いはありません。たくさんの人を傷つけてしまったのだから、どんな罰でも受けるべきだと思います」

「どうして、あんなことをしたの」

「最初は、脅迫状だけのつもりだったんです。勉強しろ勉強しろって親からうるさくいわれてむしゃくしゃしていたし、クラスのほかのやつらが楽しそうに体育祭の準備をしているのを見ていたら、なんだか僕だけが不幸に思えてきて……だから、その楽しみをぶち壊してやろうと思いました。だけど、体育祭は中止にならなかった」

「だから、爆弾を作ったの」

「僕のことを無視したらどうなるか、思い知らせてやりたかったんです」

嘘だと直感した。供述があまりによどみなさ過ぎる。だが、口にはしなかった。まだ取り調べは始まったばかりで、サンプリングもできていない。

この子、意外に難物かも。絵麻は気持ちを引き締め直しつつ、質問を続けた。

「爆弾の材料は、どこから入手したの」

「圧力鍋は近所のホームセンターで買って、あとはネットです。木炭と硫黄、硝酸カリウム」

「木炭はともかく、硫黄や硝酸カリウムなんて簡単に売ってもらえないでしょう」

「そんなことありません。おばさんは知らないかもしれないけど、ネットで探せばだいたいのものは手に入ります」

「おばっ……」

おばさん――？

瞬時に血液が沸騰した。背後で聞こえる西野のくすくすという笑い声が、さらに血をたぎらせる。卒倒しそうな自分を懸命に立て直した。

「つまり、違法に販売しているサイトがあるということね」

「そうです」

東村はいくつかのサイトの名前を挙げた。そして爆弾の製造法を説明する。

「あのアメリカのテロ事件をニュースでやっていたとき、ネットで調べれば簡単に作り方がわかるといっていたのを思い出して、検索してみました。すると本当に詳しいやり方が載っていて。それを参考に、木炭と硫黄と硝酸カリウムを混ぜて、黒色火薬を作りました。時限装置には、目覚まし時計を利用しました。ゲーセンのクレーンゲームとかで取れるような、すごく安いやつ」

「すごく安いやつ、とはいうけど、圧力鍋やら化学物質まで揃《そろ》えるのには、けっこうお金かかったんじゃないの」

「たいした金額じゃありません。爆弾一個につき一万円ちょっとですから」

「一万円ねえ……」

中学二年生にはじゅうぶんに大金だと思うが。いや、「最近の」中学二年生にはそうでもないのかもしれない。指摘しないことにした。そもそも明月学園に通う生徒は、経済的に恵まれた家庭の子供が多い。東村の父親も、貿易会社を経営しているという話だった。

「爆弾はどうやって校内に持ち込んだの」

「ボストンバッグに入れて、隙間にタオルを詰めて、見た目ではわからないようにしました」

「それで、どこに置いたの」

　東村の目が泳いだ。

「置いた場所はわかっているんでしょう」

「念のために確認してるの。校内のどこらへんに置いたの」

「はっきりとは覚えていません。爆発したあたりです」

「それはおかしいわね。自分が爆弾を設置した場所を覚えてないなんて。そんなことある？」

　疑わしげに目を細めると、東村はむきになったようだった。

「でも、覚えていないものは覚えていないんだ」

「黒色火薬の中に、釘やパチンコ玉を混ぜ込んでいなかった理由は」

「そんなものを混ぜ込む方法があるなんて、知りませんでした」

「嘘」

　絵麻が指差すと、両肩がかすかに跳ねた。

「知らないはずがないじゃないの。きみは爆弾の製造法をインターネットで調べたといった。『圧力鍋爆弾』で検索すれば、火薬に釘やパチンコ玉を混ぜて殺傷力を増す方法は、すぐに出てくるわ。わざと爆弾の威力を弱めようとしたのね」

絵麻の指先を見つめていた視線が逸れる。

「誰を狙っていたの」

「誰のことも、狙ってなんかいません。むしろ誰かが巻き込まれることのないように、釘やパチンコ玉を使わなかった。それだけです」

「さっきといい分が変わったわね。正確には『標的以外の』誰かが巻き込まれることのないように、じゃないかしら」

絵麻は髪をかき上げると、デスクに肘をついた。

「爆弾が爆発したのは午後三時二十分。校庭では、ちょうど棒倒しが行われている時間だった。明月学園体育祭の棒倒しというのは、近隣ではけっこう有名らしいわね。ケーブルテレビが取材することもあったとか。だからほかの競技よりも、観客が席を立つ確率が低い。ということは、標的を爆弾で狙いやすくなるということよね。威力を弱めた爆弾でも、至近距離で爆発させれば標的を死に至らしめることができる」

「標的なんて、ない」

「事前に脅迫状を送りつけたのも、そのためなんでしょう。ネットの得意なきみの真似をして、『体育祭　脅迫状』というワードで検索してみたの。都内の私立校に、体育祭を中止しなければ生徒を殺害するという内容の脅迫状が送付された事件がヒットしたわ。その学校は一般公開を中止し、生徒の家族のみに入場を許可する措置をとって、体育祭を実施していた。きみは体育祭が中止になることなど、最初から期待していなかった。一般公開中止という対応は、まさしく望むところだったのよ。入場者を制限して、無関係の人間が爆発に巻き込まれないようにするために」

「違います」

絵麻は奇妙な違和感を抱いていた。

なぜ素直に犯行を認めながらも、標的の存在だけは頑《かたく》なに認めないのか。誰かを狙っていたと明らかになったところで、罪の重さが変わるわけではない。標的が誰か判明することで、不利になる要素があるとでもいうのか。

まさか。

雷に打たれたような衝撃が、全身を駆け抜けた。

大きな間違いを犯してしまったのか。被疑者が十四歳の少年、しかも素直に自供を始めているのに油断して、取り返しのつかないミスをしてしまったのか——。

絵麻が息を飲んだそのとき、背後でノックの音がした。振り返ると、開いた扉の隙間から筒井が覗いていた。その表情にはいつもの攻撃的な色も、絵麻の失態を手ぐすね引いて待つような意地悪さもない。その事実が、不穏な予感にくっきりとした輪郭を与えるようだった。

席を外し、部屋の外に出る。絵麻が扉を閉めるのを確認すると、筒井は部屋の様子を気にするようにしながら数歩後ずさった。ひそめた声でいう。

「まずいぞ。鑑識によると、明月学園で爆発した圧力鍋は、あのガキがホームセンターで購入したのとはメーカーが同じでも、型が違うらしい」

やはりそうだった。だから東村は、標的の存在を認めなかったのだ。

筒井が重々しく頷く。

「どうやら爆弾は、もう一個ある。ガキがホームセンターで購入したはずの圧力鍋が、見つからないらしいんだ」

6

絵麻は取調室の扉を開けた。

不安げな西野に頷き、東村に歩み寄る。右手をデスクについて、左腕に巻いた腕時計の文字盤を突きつけた。時計の針は、午後二時を指している。

「何時間後なの？　それともあと何十分？　もしかして、あと何分しかないのかしら」

「なんの話、ですか」

東村が怯《おび》えたように身を引く。

「とぼけないで。さっさと教えなさい。時限装置は何時間後にセットされているの」

激しく椅子を引く音は、西野が驚いて振り向いたのだろう。

迂闊《うかつ》だった。爆弾製造に投じた金額について話すとき、東村は「爆弾一個につき一万円ちょっと、といっていた。振り返ってみれば、それ以外にもサインはいくつも発信されていた。注意深く観察していれば、もっと早くに気づくことができたはずだ。

上体を仰け反らせていた東村の頬がふいに緩み、唇の両端が持ち上がる。

「無理だよ。もう遅い。止められるはずがない」

「どうも気持ち悪いと思ってたのよ、やたらと素直に犯行を自供するきみの態度が。きみが口にした反省の言葉は、ぜんぶ嘘だった。あらかじめ用意した懺悔《ざんげ》の台詞を、繰り返し練習した演技を交えて披露しながら、実際には新たな犠牲者が生まれるのを今か今かと待っていた」

「すっかり騙されたでしょう。びっくりした？　お・ね・え・さ・ん」

「大人をなめると痛い目見るわよ。とくに大人の女はね。このク・ソ・ガ・キ」

「痛い目ってなに。僕を拷問したりするわけ？　それって問題でしょう」

「拷問なんて必要ない。きみの嘘なんてとっくにお見通しだから」

サンプリングはじゅうぶんとはいえない。だが、やるしかない。時限装置の設定時刻まで、一刻の猶予もないかもしれないのだ。

「さあ、教えてちょうだい。爆破まであと何時間あるの」

「素直に教えると思う？」

「きみに訊いてるんじゃない。私はきみの大脳辺縁系に質問しているの」

眉を歪めた東村が、挑戦的に首を突き出す。絵麻はかまわず続けた。

「一時間後……二時間後……三時間後……四時間後……五時間後……」

「四時間後」というところでわずかに瞬きが長くなる。だが気のせいかもしれない。「十時間後」まで続けて、ふたたび最初からやり直した。二周目でも「四時間後」に反応があった。もう一周、さらにもう一周と繰り返して、ようやく確信した。

「四時間後ということは、午後六時ごろね。六時ちょうどなの？　それとも、六時五分……十分……十五分……二十分……」

「なにいってるの。ぜんぜん違うよ」

無視して続けた。慎重になだめ行動を見極めながら、真実を探る。

「午後六時ちょうどに爆発するのね」

残り四時間——と時計に目を落とすと、真上を指していたはずの長針は、すでに大きく傾いている。思ったより時間がかかったらしい。歯噛みする思いで、東村を睨みつける。

「次は場所。場所はどこ。どこに仕掛けたのか教えなさい」

爆破時刻をいい当てられて呆然としていた東村が、我に返ったように大きくかぶりを振る。

「爆弾がどこにあるのかなんて、僕にはわからないよ」

なだめ行動もマイクロジェスチャーも見つからない。サンプリングが足りな過ぎる。

住宅地図を広げ、一軒一軒指差しながら反応をうかがう戦法をとろうか考えたが、やめた。

おそらく東村は警察の手を逃れ、身柄を拘束されるまでの一時間で、どこかに爆弾を仕掛けた。移動手段は自転車なので平均時速は一二㎞ほどだが、必死で漕《こ》げば一五㎞近くにはなる。東村の自宅を出発し、最終的に東村が身柄を拘束された公園に至る範囲の一五㎞圏内をしらみつぶしとなると、時間がかかり過ぎる。

「誰を狙っているの」

やはりそこから絞り込んでいくしかない。誰を狙っているのかがわかれば、おのずと爆弾の在り処《あか》も見えてくるはずだ。

「ヒントをあげようか。僕が殺したいのは、大人」

暗い笑みが、絵麻に向けられた。

「ちっともおもしろくない。お勉強はできるのかもしれないけど、ユーモアのセンスはゼロね。そんなんじゃ社会に出てもモテないわよ」

「別にモテたくなんかないさ。自分の好きな人にだけ好かれればそれでいい。運命の人は、一人いればいいんだ」

「青臭いこといっちゃって。これだから中坊は。その運命の人を見つけるために、いろんな人と出会うことが必要なんでしょう。比較の対象がなければ、客観的な判断を下すこともできないんだから」

「でも、比較ばかりしていると、どれがいいのかわからなくなって、決断を下すのが逆に難しくなるんじゃない」

耳の痛い台詞だ。思わず顔を歪めると、東村がにやりと片頰を吊り上げた。

「図星、みたいだね」

「耳年増《みみどしま》のガキに講釈たれられる筋合いはないわ」

「そう思う？　僕がたんなる耳年増だって」

ぴんときた。もしかしたら——。

「きみ、いっちょまえに彼女とかいるわけ？」

もしそうならば、交際相手が犯行に加担している可能性もある。

しかしかぶりを振る東村に、なだめ行動はなかった。

「今はいない」

「今は、ということは、前はいたの」

「いないよ。なにいってるの」

どうやら嘘ではない。それともサンプリングが不完全なせいで、なだめ行動を見落としているだけか。

「爆弾はどこにあるの」

「わからない」なだめ行動なし。

「共犯者がいて、そいつに爆弾を託した、とか」

「そんな人いないいってば」

やはりなだめ行動はなかった。

どういうことだ。東村自身が爆弾の在り処を把握していない？　共犯者も存在しないというのに。そんなことがありえるのだろうか。

どうやら決定的にサンプリングが不足しているらしい。ふうと息をついて心を鎮め、あらためて被疑者に向き合ったとき、背後で扉がノックされた。

筒井だった。絵麻は取調室の外に出た。

「どうなっている。爆弾の在り処はわかったのか」

筒井はしきりに顎をかく、ストレス軽減のなだめ行動を見せていた。

「いえ、まだです。ですが時限装置の設定時刻がわかりました。午後六時ちょうどです」

筒井は腕時計に目をやり、鼻に皺を寄せる。

「やばいじゃないか。本当に大丈夫なんだろうな」

「ええ、たぶん」

「たぶんって……おまえ」

気色ばむ筒井を諫《いさ》めるように、語気を強める。

「全力は尽くします。ですから筒井さんのほうでも、よろしくお願いします」

「当たり前だ。二度までもやられてたまるか。で、ほかになにかわかったことは」

「被疑者には交際中の女性がいるかもしれません」

「本当か」

「確信がある、とまではいえませんが、口ぶりからしてもそうではないかと」

「なんだ。歯切れが悪いな」

廊下に舌打ちが響いた。

「すみません。ですが今いえるのはそれだけです。その線で急いで被疑者の人間関係を洗うよう、捜査本部に伝えてください。もしも被疑者に交際中の女性がいれば、被疑者に協力している可能性がありますし、そうでなくとも、被疑者から重要な秘密を聞かされているかもしれません。あとは――」

「わかってる。体罰問題のほうだろう。いま事実関係を洗っているところだ」

「お願いします」

絵麻は腕時計の文字盤に視線を落とした。

7

取調室に戻ると、絵麻は腕時計を確認した。針は午後三時を指している。

「お待たせ。とんだ邪魔が入ったわね」

「別に待ってないけど」

東村はつまらなそうに鼻を鳴らした。

「あのおじさん、だいぶ焦ってたみたいだね」

「楽しい？　自分が仕掛けた爆弾で、大の大人が右往左往するのを見るのって」

絵麻は眼差しを鋭くした。東村の視線が腕時計の文字盤に注がれているのに気づいて、さりげなく手首を隠す。

「別に普通。あんま興味ないしさ」

「じゃあなにに興味があるの。今どきの中学二年生って、なにに興味があるのか知りたいわね」

「なにそれ、急にご機嫌をとろうっていうの。そんなことをしても、僕は喋らないよ」

もちろんご機嫌うかがいをするつもりはない。どうにかサンプリングを試みようという誘導だった。

だが東村は雑談にこそ応じるものの、警戒を解く気配はなかった。爆弾の在り処を悟られまいとしているのだから当然だ。いつまで経ってもサンプリングが完成しない。それでも辛抱強く会話を続け、普段からの癖となだめ行動を選り分ける努力を続けた。

そろそろか。完全ではないにしろ、攻勢に転じる目途がついたとき、ふたたび筒井が取調室の扉を叩いた。

絵麻が外に出ると、筒井はつんのめるように顔を近づけてきた。かなりストレスを溜め込んでいるらしく、息が臭う。

「わかったのか、爆弾の在り処は」

「まだです。これから訊き出そうとしていたところです」

「これからって、おまえな――」

苛立ちの矛先を逸らすように、質問をかぶせる。

「お願いしていた件については、調べてもらえましたか」

むすっとしながらも、筒井は答えた。

「大至急あたっているが、まだ被疑者が女と交際していたという事実は掴めていない。クラスメイトに訊いてみても、そんな話を聞かされたというやつはいない。中一のときにバレー部を辞めてからは――」

「バレー部？　被疑者はバレー部に所属していたんですか」

「そうだ。繋がったな。だが半年で辞めている。被疑者の父親によると、勉強に集中させるためだそうだ」

絵麻は口もとを覆い、考え込んだ。顔を上げ、話を促す。

「すみません。続けてください」

「ああ、バレー部を辞めてから、登下校時には毎日、車での送り迎えがついていたから、女と付き合うような時間はなかったんじゃないか、という証言もあったらしい。男子校だから交際相手がいたとしても、外部の人間ということになるしな」

「たとえば相手が教師だった、という可能性は？」

「当然その線でも聞き込みを続けているが、まだ情報は挙がっていないようだ」

筒井は廊下を蹴る動きをした。

「それで、体罰問題のほうの事実関係は」

「それが、どいつもこいつも口が堅いらしくてな。関係者の誰も事実を認めようとしない」

「しかし実際に、体罰は存在したはずですよね。遺書で告発して自殺した少年まで存在するんですから」

「だがな」

筒井は自分の顔を摑むような仕草を見せた。

「おかしなことに、自殺した真田の両親ですら、いじめの事実を認めないらしい。肝心の遺書も、存在しなかったといい張っているようだ」

「そんな馬鹿な」

絵麻の苛立ちが移ったように、筒井の声も尖った。

「それはこっちの台詞だ。学校からの口止め料についても、受け取っていないという話だった。考えてみれば真田の父親はデカい銀行の役員をやっているから、少々の金で口を噤むとは考えにくい。負債を抱えている事実もなさそうだしな……楯岡、こんなんで本当に大丈夫なんだろうな」

筒井の瞳に疑念が宿った。

「ねえ、ちょっと疲れたんだけど。休憩させてくれない」

東村が椅子にしなだれかかるようにしながら、だらけた声を出した。リラックスしているように見えるが、指先に力が入っているのがわかる。自分を大きく見せようという虚勢だ。

「きみが爆弾の在り処を喋ったら、好きなだけ休ませてあげるわ。ただし、拘置施設のベッドは硬いわよ。過保護に育てられたきみみたいな子には、安眠できないかもね。覚悟しなさい」

「僕は未成年だよ。未成年に長時間取り調べを続けるのって、法律的にどうなのかな」

東村は椅子の背もたれをばしばしと叩いた。

「口だけは達者ね。大人でも子供でも、私にとってはただの被疑者よ。差別も区別もしない」

「マジかよぉ。いつまでここにいなきゃいけないのさ。いま何時だっけ」

東村が腕時計を覗き込む仕草をしたので、絵麻はとっさに手をデスクの下に潜《くぐ》らせた。東村はくくっと笑いながら、肩を揺らす。

「見なくてもわかるよ。たぶん四時ぐらいだよね」

「ぜんぜん違う」

絵麻は腕時計を外しながら、背後に告げた。

「西野。あんたも腕時計外しときなさい。この部屋、覗き魔が出るみたいだから」

「あ……はい」

西野がかちゃかちゃとベルトを外す音がする。絵麻は外した腕時計を、ジャケットのポケットに突っ込んだ。

「だから腕時計なんて見なくてもわかるってば。最初にあのいかついおっさんが来て、お姉さんが僕に時計を見せたときが二時。二度目におっさんが来たのが三時。たぶん、一時間ごとに様子を見に来てるんじゃないの。だから今は四時さ」

「きみ、自分が頭いいと思ってるでしょう。プライドが高く、自分以外の価値観を認めようとしない。物事を決めつけてしまう傾向が強く、思うようにならないことがあると激昂《げっこう》する」

「そんなことはない。僕は我慢強いほうだと思うよ」

「なにを我慢していたの」

答える素振りを見せた東村がふいに顎を引き、にやりと笑う。

「答えると思った？」

「思わない」

「あと二時間しかないから、焦るよね」

「それはきみの思い込み」

「なら時計見せてよ。お姉さんが嘘ついてないっていうんなら、見せられるはずでしょう」

「見せない」

ポケットの上に手をあてると、東村は勝ち誇ったように笑った。

「共犯者はいるの」

東村が人差し指を唇に当て、虚空に視線を彷徨《さまよ》わせた。

「いるいる。同じクラスに町山《まちやま》っていうやつがいるんだけど、そいつが共犯。あいつを捕まえなよ」

明らかな嘘だ。埒《らち》が明かない。絵麻は背後に右手を伸ばした。足もとのバッグを探った西野が、絵麻の手に冊子を載せる。東京二十三区の住宅地図だった。

東村の自宅が記載されているページを開き、人差し指を載せる。

「ここがきみの家。午前十一時に警察の手を逃れたきみは、まず南東方向へと自転車を走らせた」

東村の自宅から南東方向に伸びた道路に沿って、指先を動かす。交差点に達したところで、指の動きを止めた。

「ここできみはどっちに行ったの。右？　左？　それとも真《ま》っ直《す》ぐ？」

「覚えてないし」

かぶりを振る東村が、直前に頷きのマイクロジェスチャーを見せる。

「嘘」

「嘘じゃない」

「いいから黙ってて。右なの？」

舌で唇を舐める仕草。これはおそらくただの癖。

「左なの？」

瞬きが長い。現実を見たくないというようなだめ行動か。それとも取り調べを受けることにたいするストレスの表れか。

「真っ直ぐなの？」

顔をしかめ、鼻の下を指で擦《こす》る仕草。慢性的に鼻炎気味のため、染みついた癖だろう。

ということは、左折か。同じ質問を何度か繰り返したところで、絵麻はようやく「左」という判断をした。大脳辺縁系の道案内に従い、指先を動かす。

「次のT字路は右折？　それとも直進？」

「知らなあい」

両手を後頭部に添えた東村が、口笛を吹く真似をする。

「右なの？」

いちかばちかで始めてみたが、やはり気の遠くなる作業だった。時間ばかりが無益に過ぎていく。

しばらくすると、急かすようなノックが聞こえた。

「いま手が離せないから、お願い」

西野が席を立ち、取調室を出ていく。ほどなく、筒井の怒声が聞こえた。

「まだわからないってどういうことだ！　栖岡はなにやってる！　あと一時間しかないんだぞ！」

被疑者の眼がにんまりと細まる。

「あと一時間だって。やばいんじゃない？」

「じゅうぶんよ」

「そうかなあ。だといいけど」

地図上で絵麻の指先が指しているのは、東村の自宅からわずか数百m離れた位置だった。

8

いい争う声がやみ、背後の扉が開いた。西野が椅子を引く音がする。

異様な緊張が張る中で、絵麻は東村と見つめ合っていた。

「ここは右？」

「お姉さんすごいね。なにもいってないのに、僕がどういうルートで動いたかわかるなんて。だけどさ、もう諦めたほうがいいって。だってタイムリミットまで、もう一時間もないんだ」

「左？」

「今から爆弾を見つけたところで、下手に近づくとまた警察の人が巻き込まれることになるよ」

「真っ直ぐ？」

「ねえ、聞いてる？　僕は忠告してあげてるんだよ。これはやさしさだ。僕はできるなら余計な人を巻き込みたくないと思ってる。この世の中はどいつもこいつも屑《くず》ばかりだけど、僕が本当に殺してやりたいと思っている人間は、一人だけさ。そいつさえ消せれば、満足なんだ」

「真っ直ぐなのね」

指先を動かすが、すぐにまた分岐点に行き当たる。

「ここは右？」

「いい加減にしなって。疲れてきたよ」

椅子にふんぞり返った東村が、自分を扇《あお》ぐ真似をする。

「なら教えなさい。爆弾はどこ？　きみはいったい、誰を狙っているの」

眉間に力をこめるが、返ってきたのは馬鹿にしたような笑みだった。

「六時を過ぎたら、いくらでも話してあげるよ」

「それじゃ遅い」

「いいじゃん。少しぐらい遅れたって。頑張ったけど駄目でしたって報告すれば。大人の世界ってそんなものでしょう。なんでもなあなあで済ませるんだ」

「経験したこともないくせに、知ったふうな口を利かないで」

「経験しなくたってわかるし、経験したくもないね」

そのとき椅子の脚が床を擦る、悲鳴のような摩擦音がした。絵麻の横をつかつかと通過した西野が、東村の胸ぐらを摑む。

「きさまっ！　なめたことといってんじゃないぞ！　さっさと吐けよ！　爆弾はどこなんだ！　え！」

「西野、やめなさい」

絵麻に肩を摑まれても、西野は止まらない。

「人の命をなんだと思ってる！　きさまなんかに、他人の命を奪う権利があるとでも思ってんのか！　思い上がりもいい加減にしろ！」

「ほら、そうやってすぐに暴力に訴えようとする。僕をぶん殴ったって、表沙汰にはせずに揉み消すんだろう。いいさ、殴ればいいじゃん。でも僕はぜったいに口を割らないよ、たとえ殺されてもね」

「おお、わかった。おまえがどこまで痛みに耐えられっか、試してやろうじゃないか」

こぶしを振り上げる西野を、絵麻は突き飛ばした。

「やめなさいってば！」

壁に激突した西野が、二の腕を押さえて不満げな顔をする。

「戻りなさい」

定位置を指差しても、西野は従おうとしない。顔のパーツを中心に集めて威嚇すると、ようやくのそのそと動き出した。

絵麻は腰を落とし、東村に正対する。

「きみはやっぱり、自殺した真田宏樹くんのために復讐しようとしていたのね」

東村はぴくりと眉を上げたが、顔を背けて答えようとしなかった。

「真田くんはバレー部顧問の坂上先生から酷い体罰を受けていた。自殺は真田くんにとって、命を賭した告発だった。にもかかわらず、学校は問題を揉み消した。真田くんのご両親も、告訴を取りやめた。日常的に体罰を繰り返していた顧問の坂上にはなんら処分が下されることもなく、それどころか学校は実態を調査することすらせずに、真相は闇に葬られた。きみは真田くんの無念を晴らすために、復讐を決意した……そうなのね」

　東村の頬が小刻みに痙攣し始める。取り調べ開始以来、もっとも大きな感情の揺らぎだった。

「きみは真田くんと、友人以上の関係だったのね」

　東村の眼の中で、瞳孔が収縮した。

「彼女がいるのか」という質問に否定で答える東村に、なだめ行動はなかった。だが口ぶりからすると、交際相手がいたような雰囲気だった。サンプリングが未完成なせいで、なだめ行動を見落としていたかと思ったが、違った。東村の交際相手は「彼女」ではなかったのだ。

「真田くんのご両親は当初、学校への告訴を検討しながら断念した。それはおそらく、遺書にいじめの事実とともに、きみとの関係について記されていたからじゃないかしら。告訴するなら、証拠として遺書の開示が必要になる。真田くんのご両親は、息子が同性愛者であることが公になるのを恐れた。だから告訴を取りやめて、遺書すら処分した」

　東村がゆるゆるとかぶりを振る。しかしその直前に一瞬、頷きのマイクロジェスチャーを見せていた。

「違う……」

「きみは入部後わずか半年で、バレー部を退部している。表向きは学業に専念するためということになっているけど、きみの成績は部活を辞めさせられるほどに悪くなかった。たぶんきみは、きみと真田くんの関係を知ったお父さんから、部活を辞めるように強要されたんじゃないの。お父さんは登下校時に送り迎えをつけてまで、きみと真田くんの関係を引き裂こうとした」

否定する気力もなくしたように、東村の顔の動きが止まった。

「きみは真田くんと距離を置き、お父さんの望む人間になろうとした。『普通の』人間になろうと努力した。その結果、真田くんの悩みを共有することができずに、彼を追い込んでしまった。真田くんの自殺によってそのことに気づいたきみは、贖罪《しょくざい》を決意した。彼を追い詰めた人間をこの世から抹殺することで、自らの罪を償おうとした」

少年の頬を涙の筋が伝った。

「誰か一人が悪いわけじゃない。真田くんを追い詰めた原因はたくさんあるし、追い詰めた人間もたくさんいる。きみだって、そのうちの一人なのよ」

「そんなことはない！　あいつさえいなければ、宏樹は死なずに済んだんだ！」

東村が立ち上がる。同時に、背後で西野が椅子を引く音がした。

絵麻は右手で西野の動きを制しながら、東村を見上げた。

「誰が狙いなの」

「いうかよっ!」

「真田くんに体罰を加えていた坂上?」

真っ直ぐに睨んでくる東村の視線にぶれはない。違う。

「体罰問題を揉み消した理事長の神谷?」

反応はない。違う。

「告訴を取りやめた真田くんのご両親?」

これも違う。

「きみと真田くんの関係を引き裂こうとした、きみのお父さん?」

どれも違うようだった。東村になだめ行動はない。絵麻を貫く眼差しの鋭さは衰えない。

「どこなの。どこに仕掛けたの」

絵麻は捜査資料のファイルから、明月学園校舎の見取り図を取り出した。

まずは教員用テントの位置を指差すが、なだめ行動はない。次に隣の来賓用テントを指差したが、これにも反応はなかった。トラックを取り囲むテントを一つひとつ、指し示していく。やがて人差し指は、最初の教員用テントに戻った。

「どこなの！　早く！　教えなさい！」

絵麻は見取り図をデスクに叩きつけ、立ち上がった。だが東村の涙に濡れた瞳は微動だにせず、目の前の女刑事を捉え続けている。

高揚を鎮めるように長い息を吐き、腰を落とそうとしたそのとき、時間切れを告げるノックが響いた。

9

取調室に戻ると、東村は表情に脱力感を湛《たた》えていた。

後ろ手に扉を閉めながら、絵麻は眉間に皺を寄せた。

「満足なの。これが、きみの望んだ結果なの」

デスクまで歩いて、被疑者を見下ろす。

「きみの勝ちよ」

「じゃあ……あいつは……」

「死んだわ。きみが殺したの」

椅子に座り、肘をついてデスクに身体を引き寄せる。東村は今さらながらことの重大さに気づいたという感じの、魂の抜けたような表情をしていた。罪の重みに、頭が落ちていく。

「顔を上げなさい。自分でやったことよ。きみには私にすべてを話す責任があるし、罪を償う義務がある」

だが東村はうなだれたままだった。口の中でなにごとかをぶつぶつと呟いている。

「顔を上げなさい！」

強い口調で叱責すると、両肩がびくんと跳ねた。

「どうしてあの人だったの」

しばしの沈黙を挟んで、東村が言葉を零《こぼ》した。

「あいつのせいで、宏樹と僕の――僕らの関係が壊れたんだ……」

「どういうこと？」

「あいつに見られたんだ。部室に僕らが二人きりのとき、扉の鍵は締めていたんだけど、いきなり窓を開けて覗き込んできて……あれ以来、坂上につらくあたられるようになった。坂上がうちの親にもチクッたらしくて、うちの親からも部活を辞めるようにいわれた。全部ぜんぶ、あいつが原因だったんだ。僕らが悪いのなら、僕らに直接いってくれればよかったのに、あいつは坂上にチクりやがった」

「きみたちは、悪いことをしていたわけではないと思うわよ」

「悪くないならどうして……」

　東村の声がうねった。

「どうしてみんな、あんな態度をとるんだよ！　僕がバレー部を辞めても、宏樹と話さないようにしても、いつまでも許してくれなかった！　わかんないよ！」

「そうね。世の中には理不尽が溢《あふ》れている。だけど、どんな理不尽も人を殺していい理由にはならない」

「どうすればよかったっていうのさ！」

　絵麻は答えず、代わりに学校の見取り図を差し出した。

「最初の爆弾は、どこに仕掛けていたの」

　東村の遠くを見るような眼差しが図面の上を動き、やがてデスクの下から右手が現れた。軽く曲げた人差し指の指先が、ある一点の上に置かれる。

　それは校庭に通じる西通用門のあたりだった。

　絵麻は被疑者の指先から顔へと、視線を上げた。

「三輪先生がこの出入り口の担当になることは、知っていたの」

東村はかぶりを振った。

「知らない。だけど、四か所ある出入り口のうち、どこかの担当になるとは思っていた。あいつは担任のクラスを持っていなかったし、あまり上のやつらに気に入られてもいなかったから、たぶん、そういう役割を押しつけられるだろうと思った」

「棒倒しが行われている時間なら学校に出入りする人間は少なく、この西通用門の付近にいるのは、三輪先生一人になる確率が高い。威力を弱めた爆弾ならば、彼以外の人間に被害が及ぶ可能性も少ない。そう思ったのね」

東村がうなだれる。

「でも、きみが西通用門のそばに置いた爆弾は、ほかの先生によって回収され、校舎の近くに移動された」

「あいつ以外を傷つけるつもりなんてなかったんだ」

「だけど結果的に、きみはたくさんの人間を傷つけた」

東村が目を閉じる。現実から目を逸らそうという仕草だ。しばらくして、思い出したように顔を上げる。

「死んだのは、あいつだけなの」

絵麻は怪訝そうに目を細めた。

「どういうこと?」

「巻き込まれた人は、いなかったのかって……」

「いないと思う?」

東村が両手で顔を覆った。

「警察から逃走したとき、きみは爆弾を持っていたのね」

顎を引く仕草が返ってくる。

「爆弾はバッグかなにかに入れていたの」

「ボストンバッグに……」

「バッグのメーカーや色は」

「アディダスのバッグで、色は赤と黒のツートン。バッグの真ん中に、縦の白いラインが三本入ったやつ」

「それを、三輪先生の……自宅に?」

探るような口調になった。

東村の自宅から三輪の住む所沢まで、二〇㎞近く離れている。自動車や電車を利用しても、片道三十分はかかる距離だ。自転車で逃走した東村が、警察から逃亡する一時間のうちに爆弾を設置して戻ってくるのは不可能だったはずだ。どのようにして爆弾を設置したのか。

「宅配便で、発送した」

そういうことか。配送中の荷物がどこにあるかはわからない。だから「爆弾がどこにあるかわからない」というとき、東村になだめ行動が見られなかった。

絵麻はデスクの上に広げていた住宅地図に目を落とした。途中まで明らかになっていた東村の逃走経路から数百m先に、宅配便の集配センターが記載されていた。

「シロクマ急便ね」

東村は頷いた。

「つまりきみは爆弾の入った荷物を、シロクマ急便のサービスセンターから、所沢にある三輪先生の自宅宛てに発送した。爆破時刻の午後六時というのは」

「当日便で指定できる最速の配達時間。シロクマ急便では、正午までに荷物を持ち込めば、その日のうちに配達してくれるサービスをやってる。あいつは仕事が終わるといつも真っ直ぐ家に帰っているみたいだったから、その時間には家にいるだろうと思って……あいつだけ消せればよかったんだ。あいつの家族まで、巻き込むつもりはなかった。体育祭で上手くやれていれば、こんなことにはならなかった」

東村は泣きながら、自分の顔を手の平で叩いた。

　絵麻は肩を上下させ、長い息を吐いた。そして右手を上げ、背後に合図を出す。

「西野。本部に伝えて至急爆弾処理班を向かわせて。あと二時間半しかないわ。急いで」

「了解！」

　席を立った西野が、勢いよく取調室を飛び出していく。

「えっ……」

　大きく見開いた目で西野の行方を追っていた東村が、激しく扉の閉まる音でびくんと肩を跳ね上げる。狐《きつね》につままれたような表情が、やがてこちらを向いた。

　絵麻はスマートフォンを取り出し、待ち受け画面を見せた。

「どうして……」

　東村が呆然と呟く。

　画面に表示された時刻はまだ、三時半をまわったところだった。

「だからいったでしょう。大人の女をなめると痛い目見るって」

　スマートフォンをしまいながら、絵麻はにこりと微笑んだ。


　二時間半前。

「どうやら爆弾は、もう一個ある。ガキがホームセンターで購入したはずの圧力鍋が、見つからないらしいんだ」

筒井がいった。絵麻はすぐさま腕時計で時刻を確認する。午後一時半だった。

「わかりました」

文字盤の横のねじをまわし、時刻を三十分進めた。

「なにを……」

絵麻に人差し指を立てられ、筒井が声を落とす。

「なにやってる」

「筒井さん、お願いがあります。これから三十分ごとに取調室に来て、私を呼び出してもらえますか。ただし、被疑者にとって三十分は三十分ではありません。一時間です。筒井さんから呼び出してもらうたびに、こうして時計の針を三十分ずつ進めます」

「あ?」

わけがわからないという感じに、筒井が顔を歪めた。

「楽しい時間はあっという間に過ぎるのに、嫌なことや退屈な時間は長く感じる、という感覚を経験したことはありますか」

「当たり前だ。誰だってあるだろう。それがどうした」

「被疑者にとって、閉鎖された空間で犯した罪を追及されている今は、とてつもなく時間が長く感じられているはずなんです。殊勝に取り調べに応じるように見せかけているのは、爆弾が爆発するまでの時間稼ぎでしょう。だから、実際よりも早く時間を進めてやって、目的を遂げたと思い込ませるんです」

「アホかおまえ、そんな方法で騙されるやつがいるか」

「なぜ時間の経過を長く感じたり、短く感じたりするのかについてはさまざまな要因がありますが、一つには代謝の関係が大きいといわれています。代謝が激しいときには時間が長く、代謝が落ちているときには時間が短く感じられるんです。私たちにとっては日常になっている取調室も、一般市民にとっては非日常の空間です。緊張のため、代謝は激しくなります。おまけに窓もなく日差しが差し込まないため、時間の感覚は狂います。どれぐらい時間が経過したのか、正確に把握することはできないはずです。私はこれからできる限り厳しい取り調べをして、被疑者の代謝を上げるように努めます」

「それで口を割らせることができるってのか」

「できます。爆破が成功したと思えば、被疑者には供述を拒否する理由がなくなります」

筒井は腕組みで唸った。

「たとえば……もしも時限装置が十五分後にセットされていたら、どうする」

「まずは時限装置が何時間後にセットされているのか、聞き出すことを最優先にします。ですが、五分後や十五分後など、すでにセットされている時刻が迫っているようなら、どちらにしろ解除は間に合わないでしょう。ただし、その可能性は低いと思います。もしもそうなら、協力的な態度を演じて時間稼ぎをする理由がありませんから」

血走った眼を、絵麻は見つめ返した。時間の経過を長く感じられる今こそが、代謝が激しくなっている瞬間だ。

「今日のところはおまえを信じるしかなさそうだな」

「ありがとうございます」

「礼なんかいうな。おまえのためじゃない。市民のためだ」

筒井が居心地悪そうに顔をしかめる。

「まずはタイムリミットまでどれだけ猶予があるのか、それを聞き出すことを最優先にしろ。三十分後にもう一度来るが、リミットまで三十分もないようなら――」

「すぐに報告します」

10

「そうですか。よかったです。いえ、とんでもありません。はい……はい……では、お大事に」

絵麻が電話を切ると、ジョッキを持った西野が顔を近づけてきた。

「南田巡査の奥さんからだったわ。退院したって」

西野の表情がぱっと明るくなる。

「そうですか。よかったです。じゃあ、事件解決に加えて南田巡査の退院祝いも兼ねて」

突き出されたジョッキに、絵麻はジョッキをぶつけた。

新橋ガード下の居酒屋での、恒例の祝勝会だ。二人はカウンターに肩を並べている。

美味そうに喉仏を上下させていた西野が、ふいに絵麻を向いた。

「そういえば南田巡査と奥さんに、ちゃんと謝ってないんじゃないですか」

「なにをよ」

「南田巡査を勝手に下半身不随にしたことですよ」

「私が下半身不随なんて、いった？」

「いいましたよ。下半身が動かないって」

「そりゃ動かないでしょうよ。だって脚を骨折して、ギプスで固定しているわけだから。火傷《やけど》と骨折で重傷を負った。現在は下半身が動かない。職場復帰には時間がかかる。私がいったのはそれだけよ。下半身不随なんて、一言もいってないじゃない」

「そうきましたか」

「手持ちの情報のうち、相手になにを伝えて、なにを伝えないのか。取捨選択することが重要なのよ。良い刑事になりたかったら、あんたもよく覚えておくことね」

「良い刑事っていうより、詐欺師になりそうですけど」

「刑事なんだから、詐欺師に負けない智恵は必要でしょう」

「ものはいいようだな」

西野が肩をすくめる。絵麻はジョッキを傾けて、喉を滑り降りる炭酸の感触を楽しんだ。

明月学園の爆破事件で負傷した被害者たちは、幸いなことに全員が順調に回復しているようだ。東村が宅配便で送った二つ目の爆弾についても、配送途中の荷物を押さえた爆弾処理班が無事に時限装置を解除した。

「でもあれっすね。三輪のやつにはあきれました。自分は間違ったことをしていない、の一点張りで」

自らが標的であったと聞かされた三輪は、愕然《がくぜん》とした様子だった。以前に運動部の部室付近に煙草の吸い殻が落ちているのを発見したため、生徒の喫煙現場を押さえようと、抜き打ち検査をしていたらしい。理事長にたいする点数稼ぎの意図があったようだが、バレーボール部の部室の裏側から窓を開けた三輪が目にした光景は、予想とは違うものだった。

「いるのよね。ああいうタイプ。たいした人生経験も積んでないくせに、自分の物差しにはぜったいの自信を持っているやつ。ああいうのに限って妙に自己評価が高いから、始末に負えないわ。自信満々で余計なことばかりやって、その結果、周囲を傷つけているのにも無自覚で。結果よりも過程を評価することを周囲に要求する。出世しないタイプの典型ね」

「そうですよねえ。僕もそう思います」

こめかみに視線を感じたらしく、頷いていた横顔がふいに動きを止める。

「な……なんですか？」

「いや、痛くないかなあと思って」

「どこが」

「耳が」

「僕、そんなこといってましたっけ？　中耳炎になりかけているとか」

「馬鹿じゃないの」

絵麻は鼻で笑った。

「僕らが介入したことで、少しは真田くんの供養になりましたかね」

「そんなに単純な問題じゃないと思うけど、そうなるといいわね」

東村の自供によって体罰問題が明るみになった明月学園は、現在、世間からの猛バッシングに晒されている。学校が開いた謝罪会見のニュース映像では、理事長の神谷が汗だくになりながら報道陣からの集中砲火に耐えていた。あの男が改心するとは思えないが、今後の体罰への抑止力ぐらいにはなるだろう。

「それにしても驚きましたよ。楯岡さんが筒井と協力するなんて。よくあいつが楯岡さんのいいなりになりましたね」

西野が牛バラ串と格闘しながらいう。筋が入っていたらしく、なかなか嚙み切れないようだ。

「あいつだって腐っても刑事ってことでしょ。爆弾が今にも爆発するっていうのに、放っておけるはずがない」

「そうですけど。取調室の外で筒井に説明されたときには、さすがに驚きました。あと一時間しかないんだぞって、演技してるあいつを見て、笑っちゃいそうでしたよ」

「なかなか真に迫る演技だったじゃない」

ジョッキを両手で持ちながら、絵麻はにんまりとした。

「僕の演技はどうでしたか」

「まあまあ。あんたにしては、よくやったほうじゃないの」

「その程度ですか。突き飛ばされたとき、本気で痛かったんですけど」

西野が思い出したように自分の二の腕をさする。

「大事なのは結果。駄目なやつほど、過程の評価を要求する」

西野は不満げに唇を曲げた。空にしたジョッキを掲げてお代わりを要求しながら、ふと思い出したようにこちらを見る。

「そういえば、あれはどうなったんですか？　トロイの木馬」

裕子殺害犯の協力者のことをいっているらしい。

「いまのところ調査中」

「僕にできることがあったら、なんでもいってくださいね」

「ない」

即答すると、西野の顔にわかりやすい落胆が表れた。

「嘘うそ冗談よ。今は下馬事件の現場に出入りした女性警官に一人ずつ接触してみてるの。手伝って欲しいことができたら頼むから」

西野は疑わしげだ。

「本当ですかあ？　そういっていつも一人で動くんだから。青木に接見したことだって教えてくれなかったし」

「あんた意外と根に持つタイプよねえ。モテないわよ」

「別にモテなくていいですし。運命の人が一人いれば」

「すごいわね。三十路《みそじ》を目前にして中学二年生と同じこといってる」

そのとき、絵麻のスマートフォンが振動した。通話ボタンを押して、電話を顔にあてる。

「どうもお疲れ様。楯岡です。元気にしてる？」

三分ほど会話して、電話を切った。

「誰ですか」

「鑑識の武藤恵子ちゃん」

「武藤？　僕、同期ですけど。楯岡さん、武藤と仲良かったんですか……あっ」

西野は気づいたようだった。絵麻はビールを喉に流し込みながら頷く。ジョッキを口から離してから、いった。

「そう。下馬事件の現場に出入りしていた女性のうちの一人。今度お茶でもしましょうって、留守電残しておいたの。来週なら空いてるって返事だった」

「まさか、武藤が……」

深刻そうにする西野に、ひらひらと手を振った。

「まだそうと決まったわけじゃないから。とりあえず会って、もちろん事件のことなんて直接訊けないから、プライベートな話とかしながら様子見て……って感じ」

「あの、僕も同席していいですか」

「馬鹿。なんで女子会に割り込んでこようとするのよ」

「ぜったいに、邪魔はしません」

「いるだけで邪魔なの」

悲しそうに眉を下げる西野を視界から外して、絵麻はビールを飲み干した。

武藤恵子は通話を終えると、スマートフォンをサイドボードに置いた。

「どうだった」

背後で男の声がした。何度聞いても、耳にするだけで全身がとろけそうになる声だ。

「うん。来週会うことにした」

ベッドに潜り込み、裸の男の胸にしがみつく。ほのかに鼻孔をかすめる柑橘系《かんきつけい》の香りは、アザロのクロームだった。ぴったりの匂いだと、恵子は思う。休日の百貨店で三時間もいろいろ試した甲斐があった。

「そうか。楽しみだね」

男は柔らかく目を細めた。笑った瞬間に吐き出された細い息に頬を撫でられただけで、うっとりと夢見心地になる。

「楽しみ、というほどでもないよ。だって楯岡さんって、警視庁では知らない人はいないってぐらい有名だけど、別に私はそれほど仲がいいわけでもないし。なんでいきなり誘われたのか、いまだによくわからないし」

「そうなのかい」

「うん。すごく不思議。なんでだろう」

「なんでだろうね。恵子と仲良くなりたいんじゃないのかい」

「そうなのかな。別に私は、どうでもいいんだけど」

女刑事と会う時間があるぐらいなら、むしろこの人と少しでも長く過ごしたい。ただでさえお互い忙しくて、なかなか会えないのだ。楯岡からの留守電にも、男に強く勧められなければ折り返すつもりはなかった。

「やっぱりキャンセルしようかな」

「どうして」

男の穏やかな眼差しに、かすかな軽蔑が宿った。恵子の背筋を、恐怖が撫でる。愛を失うことへの恐怖だった。

「その人はすごく有名な刑事なんだろう。どうしてキャンセルなんてするんだい。僕なら、ぜひ仲良くなりたいと思うだろうな」

嫉妬でちくりと胸の奥が痛んだ。恵子はできることなら誰にも邪魔されない二人だけの世界で、死ぬまで一緒に過ごしたいと願っていた。

「恵子の代わりに、僕が行こうかな。すごく美人だという話だったよね」

「駄目っ！」

冗談でも、そんなことをいって欲しくない。恵子は男に抱きついた。べったりと絡めた腕に力をこめて密着し、この感触を肉体に刻みつけようと思った。

column 2

効果的に気持ちを伝える！　行動心理学講座

信用されよう

話し方によって相手に与える印象は異なり、例えば、早口は説得力や躍動感、威圧感を与えやすくなります。反対にゆったり話すと安心感を与えることができますが、消極的で暗い印象に。ただでさえ日本語の会話は母音で終わることが多いので、小声になりやすく、信頼感を低下させます。説得力をもたせたいときは、普段よりもハキハキと大きな声で話すことを意識しましょう。また、満腹や美味しさなどという、欲求が満たされると相手の要請を受け入れやすくなるので、大事な依頼ごとのときは、食事に誘うのが効果的かもしれません。最近は電話やメールが多用されますが、マーケティング学者レビットによれば、電話では「喜び」は伝わりにくいそう。感謝の気持ちは、直接あるいは手紙で伝えることが効果的かもしれません。

※監修：杉若弘子教授（同志社大学心理学部）

第四話

エンマ様の敗北

1

「ごめんなさい。お待たせしちゃって」

慌ただしい足音に、楯岡絵麻はスマートフォンの液晶画面から顔を上げた。

合掌した武藤恵子が、申し訳なさそうに肩をすくめている。カシミヤのニットワンピースはエルメス、パールの三連ネックレスとピアスはディオールと全身ハイブランドで固め、妙に気合いが入っている。

出勤時に見かける恵子はファストファッションを身に着けていることが多く、洋服選びはとにかく実用性重視だとばかり思っていたのだが。

「いいのよ。私もいま来たばかりだし」

微妙な違和感を覚えつつ、絵麻は椅子を勧めた。

「日比谷線が止まってたみたいで。間に合うように寮を出たんですけど」

「ぜんぜん平気。こちらこそ、非番に呼び出して悪かったわね」

「いいえ、とんでもないです。私のほうこそ、ゆっくり時間が取れなくて申し訳ありません。それより――」

　恵子が口に手を添え、声をひそめる。

「ここ、高いんじゃないですか」

「夜はね」

　絵麻は手を上げて店員を呼んだ。

　銀座にある割烹《かっぽう》料理店は、ミシュランにも掲載された有名店らしい。ディナータイムはとても手が出ない値段設定だが、ランチメニューは千五百円程度で提供している。予約できたのは、直前にキャンセルが出たという幸運があったからだ。

　注文を終えて視線を正面に戻すと、恵子は物珍しそうに白木の壁を見つめていた。

「楯岡さん。よく来るんですか」

「まさか。ネットで見つけて、一度来てみたいと思ってたの」

　ふうん、と恵子が湯呑みに手を伸ばす。絵麻も同時に湯呑みを手にとり、唇を潤した。ミラーリングと呼ばれる模倣行動には、相手との心理的距離を縮める効果がある。

「今日は、何時ごろまで大丈夫なの」

　恵子が腕時計に視線を落とすそぶりを見せた。

「夕方六時からは、人と会う予定があるんですけど」

「予定って、どこで?」

「池袋です」

「ここから池袋なら、三十分も見積もっておけばじゅうぶんかしら。よかった。デザートまでは平気ね」

屈託のない笑顔が返ってきて、絵麻は内心、軽い落胆を覚えた。恵子の態度には、後ろめたさの欠片もない。もしも呼び出された理由に心当たりがあるのならば、捜査一課の刑事を前にこれほど堂々と振る舞えるだろうか。

裕子殺害犯の協力者は女性である可能性が高いと、絵麻は考えていた。

裕子に性的暴行を行ったことから、犯人は異性愛者という推測が成り立つ。その犯人に警察の内部情報を提供し、さらには遺留品の偽装にまで及んだのだから、並大抵の信頼関係ではない。犯人は人心掌握に長け、友人も少なくはないだろうが、いくら親しくとも友人程度の関係では、遺留品の偽装を行うほど献身的にはなれない。たんなる友人にそのような不法行為を依頼するのは、犯人にとってもリスクが大きいはずだ。

つまり、協力者は犯人の恋人――女性だ。

下馬事件の現場に出入りしたと思われる女性の警察関係者は、全部で四人。うち三人とはすでに面会し、小平事件とは無関係であろう確信をえている。今回も空振りなら、絵麻の仮説はたんなる思い過ごしだったことになり、捜査は振り出しに戻る。

絵麻は心で舌打ちをしながら、会話を続けた。

「それにしても恵子ちゃん、仕事のときとはぜんぜん印象が違うのね」

「そうですか？　そうかなあ」

「うん。そんなお嬢さまっぽい服を着るイメージなかったもん。ジーンズとか穿いて、男っぽい感じだと思ってた」

恵子は笑った。

「私ももうすぐ三十路ですからね。お姉さまキャラに路線変更しようと思って頑張ってるんです」

「そうなんだ。それで髪型も変えたのね。いいじゃない」

「そ、そうですか？」

恵子がわずかに頬を強張らせた。

「うん。髪型ひとつでだいぶ印象違うものね。評判いいんじゃないの」

以前の恵子は、富士額を顕《あら》わにした、いかにも利発で気の強そうな髪型だった。ところが現在の恵子は、眉のあたりまで前髪を垂らしたボブスタイルだ。濃い目に載せたチークと相まって、少し幼くなった印象だった。

恵子はぶんぶんとかぶりを振った。

「いえ。誰にもそんなこといわれないです」

「そんなわけないじゃない。ずいぶん変わったわよ」

「だけど、鑑識の同僚なんておじさんばかりだから……私の髪型なんて、あまり関心がないんじゃないですか」

「そうはいっても、ここまで変わって気づかないものかしら」

「ですよね。だけど、本当に同僚の誰からも指摘されたことはないです」

頷く恵子から、マイクロジェスチャーが表れることはなかった。

「まったく無神経な連中ね。そんなんじゃお洒落する甲斐もないじゃない」

恵子が肩をすくめ、苦笑する。

絵麻はあっ、そうかと人差し指を立てた。

「だけど、恵子ちゃんは、別に同僚に気づいて欲しくてお洒落してるわけじゃないものね」

「ええ、まあ」

「彼氏はなんていってるの」

「えっ……」

恵子が絶句した。指先が唇に触れたのは、余計なことを口走らないようにと警戒したためだ。

絵麻はにやにやと勘繰りの上目遣いになる。

「エンマ様に嘘が通用すると思っているの。前とはキャラが激変してるから、怪しいと思ったのよ。今日の夕方の用事も、王子様とのデートなんでしょう」

「違います」

恵子はかぶりを振ったが、その直前に頷きのマイクロジェスチャーを伴っていた。

「どんな人？」

「彼氏なんていません」

「本当にぃ？」

「本当ですってば」

今度は頷く直前に、顎を左右に振るマイクロジェスチャー。恋人がいるのは間違いない。

なぜ認めないのか。

これまでに面会した三人の女性のうち、恋人がいるのは二人だった。絵麻が水を向けると、二人とも嬉々《きき》として恋人のことを話したものだ。一人は付き合い始めたばかりでのろけ話、もう一人は長い交際で倦怠期《けんたいき》に入ったらしく、恋人への愚痴と、話題の方向こそ違えど、恋人の存在を隠すようなことはなかった。

「いいたくないならいいんだけど」

「本当にいないんです」

料理が運ばれてきて会話が中断する。今後は食事の快楽が相手への好感に結びつく『ランチョン・テクニック』により、話を引き出しやすくなるはずだ。

「とにかく食べて」

恵子は箸を手にすると、小鉢に盛られたごま豆腐を口にした。

「美味《おい》しい」

表情にかすかな喜色が差すのを見計らって、絵麻はふうとため息をついた。

「どこかにいい男、いないかしら」

「楯岡さんならよりどりみどりじゃないですか」

「そんなことないわよ。仕事は忙しくて出会いがないし、たまに出会っても、変な男ばかりなのよね。男運がないのかな」

自己開示しながら、心理的距離を詰めていく。

「相手の嘘を見破っちゃうから、どんな人も『変な男』になっちゃうんじゃないですか」

「それもあるかも。隠し事のない男なんていないものね」

微笑で応える恵子の視線が、一瞬だけ逸れる。恋人との関係で、なんらかの悩みを抱えているらしい。その事情のせいで、交際の事実を認めるわけにはいかないということか。

絵麻は恋人の素性を探ってみることにした。しばらく雑談を続けて遠回りしてから、切り出した。

「実は私さ、上司に報告できない男と付き合ったことあるんだ」

自己開示で鎌をかけてみると、恵子の目が大きく見開かれた。どうやら恵子の恋人も、上司に報告して身辺調査をされたら、別れを勧められるような男らしい。

「どんな男の人だったんですか？　まさか、暴力団員とか？」

冗談めかして笑いながらも、恵子は興味津々の様子だった。上体が前のめりになっている。

自分が暴力団員と交際していたならわざわざ例として挙げないだろうから、これで恵子の恋人が暴力団員である可能性は消えた。

「まさか。ありえないし」

絵麻は手をひらひらとさせ、含みのある笑顔で恵子を見つめた。

「たぶん、恵子ちゃんと同じじゃないかな」

「私と同じって……さっきもいいましたけど、私、彼氏いませんし」

恵子は困惑した様子で、かぶりを振る。だがやはり、直前に頷きのマイクロジェスチャーがあった。

警察官の交際相手として、相応《ふさわ》しくない素性……。

前科持ち、公安がマークするような特定反体制政党の党員、新興宗教の信者。

あるいは。

「結婚してる……」

もっともありがちな例を挙げると、恵子の瞬きが激しくなった。正解。既婚者で間違いない。

「やっぱり。大変よね、不倫って。変に情報が洩れたら困るから、おちおち同僚にも相談できないじゃない」

はずれていたらたんなる雑談として流し、当たっていたらさも最初から知っていたように振る舞う『コールド・リーディング』のテクニックだった。自分のことをいい当てられたと錯覚した相手は、急激に心を開くようになる。

恵子もそうだった。テーブルの下で爪先がこちらを向く。

「あの……私の上司に報告したりとか、しないでくださいね」

「わかってる」

「ぜったいですよ」

「大丈夫。私も同じ立場で苦しんだことがあるんだもの」

恵子はなおも躊躇《ちゅうちょ》している様子だったが、しばらくすると思い詰めた表情で顎を引いた。

「実は、そうなんです。私、結婚している人と付き合っています。正直、悩んでいます。どうしたらいいのかわからなくて……」

「わかる。恵子ちゃんって気が強くてしっかり者に見られがちだけど、内面はすごく女性的だもの。辛いわね」

断定的な言葉で二面性を指摘された人間は、自分の内面を見透かされたと錯覚してしまう『フォアラー効果』を利用した。さらに励ますように恵子の手を握り、自然な動きでパーソナルスペースに侵入することで親密さを演出する。

「私でよければ相談に乗るわよ」

恵子の手がほんのりと温かくなり、心が開いていくのが実感できる。

「相手の男って、なにしてる人なの」

「お医者さんです。葛飾区の病院に勤務しています」

「あら高級物件。どうやって知り合ったの」

「非番の日、友達に連れられて六本木のバーに行ったんです。本当はあまりそういうところは好きじゃないんですけど、その友達の誘いはそれまでに何度か断っていたから、さすがに断りきれなくて。その友達の友達が、そこのお店のバーテンをしているという話で、それなら安心かなとも思ったし。そのとき、お店に茂さんも来ていたんです」

「茂さんというのが、彼氏の名前なのね」

「そうです」

「苗字は」

「マミヅカです」

「変わった苗字ね」

馬を見る塚、くさかんむりの茂、と恵子は漢字を説明した。

馬見塚《まみづか》茂。頭の中で名前を復唱しながら、絵麻は質問を続けた。

「で、そのとき茂さんにナンパされたの」

「その日のうちに口説かれて、ついていったわけじゃありません」

それほど身持ちの悪い女ではないといいたいのか。恵子は心外そうに口を尖らせた。

「その日は少しお話しして、感じのいい人だな、ぐらいの印象でした。だけどその後、しばらく期間を空けて二回そのお店に行ったんですけど、二回とも茂さんが来たんです。そこの常連さんなのかと思ったけど、そうじゃなくて、茂さんも久しぶりに来たという話でした。本当にたまたまだったんです。三回お店に行って、三回とも偶然同じ人に会うなんて、すごい確率じゃないですか？」

「そうね。たしかに運命的だと思う」

馬見塚は恵子に近づくため、単純接触効果を利用したらしい。

単純接触効果とは、繰り返し接触する相手には好意が高まるという心理効果のことだ。アメリカの心理学者、ロバート・ザイアンスが論文にまとめたため、広く知られるようになった。ザイアンスは記憶の実験と称して、二秒ごとに映し出される八十六枚の成人男性の顔写真のスライドを、数人の学生に見せた。だが実際には、十二人ぶんの顔写真をランダムに八十六回見せていただけだった。すると顔の魅力に関係なく、登場した回数の多い人物のほうが、少ない人物よりも好感度が高いという結果が出たという。

さらに恵子の場合には、認知的整合性理論による合理化も起こっているようだ。認知的整合性理論は、知識や信念などの認知的要素に非一貫性があると不快に感じるという考え方だ。合理化とはそれぞれの認知的要素を、脳が関連づけるプロセスを指す。恵子の場合は、三度にわたる偶然の出会いを、たんなる偶然と片づけずに運命と捉えてしまったのだ。

「結婚してるっていうのは、知らなかったんです。だって彼、最初に会ったとき私に、結婚してくれっていったんですよ。冗談だと思って、よく知らない人とは結婚できないって断ったんです。そしたら、これからお互いをよく知ろう。そのために電話番号を教えてくれって、いってきて」

「電話番号を交換したのね」

恵子は頷いた。

『ドア・イン・ザ・フェイス』テクニック。最初にあえて大きな要求を突きつけて断らせ、その後小さな要求に切り替えて承諾させる交渉術だ。いったん断った負い目があるため、小さな要求には応じやすくなる。

「彼が既婚者であることを知ったのは、いつなの」

「バーで三回会った後、二人で横浜に夜景を見に行きました。そのとき告白されたんですけど、その直後です。付き合ってくれっていわれて、私がオーケーしたら、彼が、実は話しておきたいことがある……って」

『ロー・ボール』テクニック。相手にいったん承諾させた後でデメリットを伝えると、受け入れられやすくなる。既婚者であることを隠して交際を承諾させ、その後事実を伝えるというのは、客観的に見れば卑怯《ひきょう》きわまりない手だ。だが実際に断りにくくはなる。ずるい男のほうがモテるというのは、心理学的に裏付けられた厳然たる事実でもある。

「だけど彼、本当は奥さんと別れたいらしいんです。以前から夫婦関係は冷え切っていて、ずっと別れ話をしているらしいんですけど、どうしても承諾してもらえないらしくて」

『ロミオとジュリエット効果』。特定の目的にたいして、なんらかの障害があったほうが、障害を乗り越えて目的を達成しようとする気持ちが高まる。

馬見塚という男は、心理操作に長けているらしい。見事に恵子の心を摑んでいる。馬見塚の存在に依存する恵子を、どこまでこちら側に引き寄せられるか。

絵麻は見えない相手と綱引きする心境だった。

2

武藤恵子がJR池袋駅の東口を出ると、すでに空は暗くなっていた。

時計を確認すると、待ち合わせ時刻が迫っている。思いのほか話が弾んで、銀座を出るのが遅くなった。それでも余裕をもって到着できるはずが、丸ノ内線に遅延が出た。誰かが線路に物を落としたらしい。発車を待ちながら、電車を遅らせたどこかの間抜けの横っ面を叩いてやりたい気分だった。

雑踏をかき分けながら小走りで進むと、目の前にニットキャップの若い男が立ちはだかる。ナンパか、スカウトか。なんであろうと関係ない。どんな男も眼中になかった。ぎろりと睨むと、男は怯んだように道を空けた。

パルコの前を通過し、西武百貨店一階に入ったルイ・ヴィトンを目指す。明治通りに面したショーウィンドウの前が、指定された待ち合わせ場所だった。

自分のほうが先に着いたらしく、まだ馬見塚の姿はなかった。恵子は安堵と落胆を覚えながら、人待ち顔の群れに加わった。

ショーウィンドウを背にして、夕闇の街並みを見渡す。できれば向こうよりも先に、こっちが見つけたい。周囲にアンテナを張り巡らせていると、突然、視界が真っ暗になった。

「だーれだ？」

耳慣れた男の声とともに、背後からアザロのクロームがほんのりと香った。全身からうっとりと力が抜ける。

「茂さん！」

遊びに付き合うより、早く顔を見たいという気持ちが勝った。目を覆う手を握りながら、恵子は振り返った。

馬見塚茂が、穏やかな笑みを湛えていた。すらっとした痩軀《そうく》を、高級そうなスーツが引き立てている。

「早く着いたから、店の中を見ていたんだ」

馬見塚はルイ・ヴィトンの店内をちらりと見てから、小さな紙袋を差し出した。中にはリボンをかけた箱が入っている。

「なにこれ。いいの？」

「もちろんだよ。恵子に似合うだろうと思って買ったんだ」

「でもヴィトンなんて……高いよね。いつも私ばかりもらっちゃって」

恵子はワンピースの胸もとをつまんだ。先月、馬見塚から交際四か月記念として贈られたものだった。生地の手触りがいいので安くはないだろうと思ったが、タグを見て驚いた。エルメスだった。これまでに贈られたプレゼントの総額はいくらになるのだろう。考えるのも怖い。

「いいんだ。僕は恵子が綺麗になっていくのを見るのが、なによりも嬉しいんだから。それが僕にとっての一番のプレゼントだよ」

それから二人は、馬見塚が予約していたステーキダイニングを訪れた。中心にあるワインセラーを取り囲むように円形のカウンターが並ぶ、お洒落な造りだった。ほかの客の身なりや店内の雰囲気からも、相当な高級店であることは想像がつく。金目当ての交際では、けっしてない。だが未知の世界を覗かせてくれる相手への敬意が、より深い好意に結びついているのも否定はできなかった。

「安月給の公務員がこんな食生活して、なんだか罰が当たりそう」

しみじみ呟くと、隣で馬見塚がメニューから顔を上げた。外食するときのメニュー選びは、いつもお任せだった。遠慮して安いものを注文しがちな恵子を気遣って、馬見塚が選んでくれるようになった。

「恵子が思っているほど、高いお店じゃないよ」

「ここだけじゃないの。今日はお昼も銀座の割烹だったから、贅沢《ぜいたく》な一日だなあと思って」

「そういえば、恵子。たしか今日のお昼は」

「絵麻さんに会ってきたの。ほら、前に一緒にいるとき、私、電話かけてたでしょう。あのときの。捜査一課の楯岡さん。楯岡、絵麻さん」

すっかり意気投合した。呼び方も「楯岡さん」から「絵麻さん」に替わっていた。

「最初は正直、会うの面倒だなって思ってたんだ。絵麻さんのこと、よく知らなかったし。けど、いざ会ってみたらすごく楽しい人でね。いろいろとおもしろい話も聞いちゃった。また今度、会う約束したんだ」

そこまでいってから、慌てて付け加えた。

「あ、でも茂さんが忙しいときだけだからね。茂さんと会えるときには、茂さんを優先するから」

「別にかまわないよ。恵子は好きなときに、好きなことをやればいい」

心にかすかな影が差した。馬見塚はけっして恵子を束縛しない。いつだって尊重してくれる。その寛容さは、自らが恵子を最優先できない後ろめたさに由来するのだろう。卑屈な考えはしたくないが、たぶん事実であるとも思う。

恵子にはすべてを投げ打つ覚悟があった。馬見塚が家族を捨て、恵子は仕事を捨て、二人を知る者のない遠い土地でひっそりと暮らす生活を、しばしば夢想する。馬見塚も同じ気持ちなのか確認したいが、答えを聞くのは怖かった。

「絵麻さんったら、おかしくて。彼氏に会わせなさい、恵子ちゃんに相応しい男か見極めてあげるからって、まるでお母さんみたいなことというの。そこまで私と歳が離れてるわけじゃないのに。たぶん茂さんと同じくらいか、ちょっと下かぐらいだよ」

馬見塚が虚を衝かれたような顔をした。

「恵子。僕らの関係は、同僚の誰にもいってないんじゃないのかい」

「そのつもりだったんだけど、どういうわけかずばりいい当てられちゃって。なにしろ絵麻さんって、被疑者の嘘を見抜いて百発百中で自供させちゃうようなすごい人だから……あ、でも大丈夫。心配しないで。絵麻さんは黙っててくれる。信用できる人だし、なんか、絵麻さんも同じような男の人と付き合ってたことがあるんだって」

「同じような……ああ。結婚している男、ってことか」

馬見塚が居心地悪そうに肩をすくめ、しまった、と思った。

「ごめんなさい」

「どうして恵子が謝るの」

「だって、二人でいるときには考えないようにしているのに、自分でその話をしちゃったから」

「謝ることはないよ。ぜんぶ、僕が悪いんだ。ごめんな。いつも寂しい思いをさせて」

肩を抱き寄せられ、よしよしと頭を撫でられて、泣きそうになった。

ウェイターがワインボトルとグラスを運んできた。馬見塚はメニューを開き、季節のサラダはなにかと確認した後、コースを注文する。ウェイターがメニューを下げると、馬見塚はグラスを手にし、乾杯を促すように小首をかしげた。

「僕が本当に好きなのは、恵子だけだ。それだけは信じて欲しい」

「うん。信じてる」

信じたいし、信じるしかない。すがれるのは馬見塚の言葉だけだ。恵子は懸命に微笑を作り、グラスをぶつけた。ワインを口に含むと、果実にほのかな木の香りが混じったような、まろやかな風味が広がった。馬見塚と付き合ううちに、舌が肥えてきたらしい。今ではボトル千円程度の居酒屋のワインなど、飲む気がしない。

「そういえば、かまわないよ……」

グラスの中でワインを揺らしながら、馬見塚がぽつりと呟いた。

「かまわないって、なにが？」

「さっきの話さ。彼氏に会わせなさいっていう、お母さんみたいだって話。一度その、絵麻さんという女性に会ってみるのも、いいかもしれない」

ワインを口に含み、うっとりと味わうような表情を浮かべた後で、こちらを向いた。

「だって、その女性は嘘を見抜くことができるんだろう？　だったら、僕の恵子にたいする気持ちが本当かどうか、たしかめることもできるじゃないか。その人がお墨付きを与えてくれれば、恵子だって少しは安心できる」

さも名案が浮かんだという調子で、馬見塚はにっこりと笑った。

3

絵麻は冷めたコーヒーを飲み干し、カップをソーサーに置いた。

考えを整理するように、腕組みで瞑目していた山下が頷く。

「つまりおまえはこういいたいわけだ。馬見塚という男が、本庁鑑識の武藤をたぶらかして、自分の髪の毛を下馬の現場に残させた。だが武藤には、遺留品偽装に協力した自覚はない。自分でも知らないうちに、現場に馬見塚の毛髪を持ち込んだ」

「そうです」

二人は日比谷の喫茶店でテーブルを挟んでいた。山下もそのつもりで仕事を片づけていたのか。恵子と別れた後で連絡すると、勤務先の小平からものの一時間ほどで飛んで来た。なにしろ下馬事件の現場に出入りした四人の女性警察関係者のうち、最後の一人だ。少なからず成果を期待していたのだろう。だが絵麻の話を聞きながら、山下の眉間の皺は深くなった。いまも懐疑的な姿勢が崩れる気配はない。

「そんなことが可能なのか」

「そう考えるしかないんですから、可能なんでしょう」

恵子の態度に怪しい点が見られない以上は、それしか考えられなかった。恵子は遺留品偽装に協力した自覚がないのだ。

「どうやった？　どうやって、現場に毛髪を残させた」

「それは、まだわかりません」

絵麻がかぶりを振ると、山下の態度はさらに硬化した。

「わからないならどうにもならないじゃないか」

「ですが、三度訪れた店で三度とも同じ男に会うなんて、不自然だとは思いませんか。男のほうだって、その店の常連というわけではなかったんです」

「たしかにそうだが」

「私には、恵子ちゃんと親しくなるための、馬見塚の作為が働いていたように思えてなりません」

「だったらなんだ」

山下は鼻に皺を寄せた。

「女を口説くために男が偶然を装うなんて、とくにおかしなことでもない」

「それだけではありません。馬見塚は『ドア・イン・ザ・フェイス』テクニックを駆使して、恵子ちゃんから電話番号を聞き出しました。そして、自分が既婚者であるという不利な条件を呑ませたのは『ロー・ボール』テクニックです。既婚者であることを伝えたのは『ロミオとジュリエット効果』で恋愛感情を高めると同時に、恵子ちゃんが上司に交際を報告できない状況を作り出す狙いもあったと思います。それに既婚者とわかった上での交際なら、恵子ちゃんが馬見塚の自宅を訪れたいといい出すおそれもありません。恵子ちゃんには馬見塚の話がどこまで本当なのか、たしかめることができないんです。そうやって自分の正体を探られないようにして、私だけにメッセージを送ることのできる環境を――」

山下が低い声で遮った。

「おれが聞きたいのは、そんなことじゃない。かりに馬見塚という男がホシだったとしよう。そして武藤を利用して、下馬の現場に自分の毛髪を残させたとしよう。馬見塚に協力している自覚がない武藤に、どうやってそんなことをさせた」

「なんとでもなります。たとえば恵子ちゃんの衣服に、毛髪を付着させていたとか」

「そんな馬鹿な。武藤が自宅から制服で出勤していたとでもいうのか」

「自宅から制服で出勤しないでも、なんらかの方法で制服に毛髪を付着させておけば……」

「そんなことをしても、職場に着くまでに落ちてしまう。制服に着替えた武藤自身が、毛髪を払い落とす可能性もある。糊《のり》や接着剤のようなものを使用すればなんとかなるだろうが、少なくとも、下馬の現場から発見された毛髪からは、そのようなものは検出されていない」

「なら……クリーニング業者かもしれません。制服は持ち帰って自分で洗濯することも、カイシャでクリーニングに出すこともできます。恵子ちゃんは制服をクリーニングに出していた。馬見塚がクリーニング業者になんらかの働きかけをしていたとすれば……」

話の途中から、山下は顔を左右に振っていた。

「おれがホシなら、そんな危険な真似はしない。クリーニングした警官の制服に毛髪を紛れ込ませてくれなんて、そんなおかしな要求をされて不審に思わないやつはいないだろうからな。それこそ武藤だけでなく、クリーニング業者の中にもたらし込んだ女がいれば、なんとかなるかもしれないが」

「きっとそうです。馬見塚は心理操作に長けています。警察に出入りするクリーニング業者の中にも女が――」

「楯岡」

山下は語調を強めた。

「おまえらしくもない。少し冷静になれ」

「私はいたって冷静です」

「どこが冷静なんだ。いいか。おれはなにも、おまえの揚げ足を取ろうとしてるわけじゃない。できる限りおまえのことを信じようとしている。わかっているよな」

諭すような山下の眼を、絵麻は無言で見つめ返した。

「そんなおれでも、今回のおまえの話は、結論ありきの強引な論理展開にしか思えない。おまえがこうあって欲しいと願う、結論に向けてのな。だってそうだろう。かりにホシがクリーニング業者と繋がっていて、そっちのほうで制服に毛髪を付着させるような仕掛けができるとすれば、なにも武藤に接触する必要はない。クリーニングに出されたどの制服にだって、細工することができる。武藤を選ぶ必然性がないんだ」

硬い視線の応酬の後、山下が唇を歪めた。

「おまえの気持ちはわかる。十五年ぶりにやっと摑んだ、ホシへの手がかりだ。だがな、先入観は視野を狭めるだけだぞ。おまえのいうように、馬見塚という男は武藤と交際するために、なんらかの策を弄したかもしれない。だがそこまでだ。それ以上はおまえの推測……いや憶測だ。おまえは事実を、あるべき結論に向かって歪めようとしている」

「そうじゃありません」

「なぜそういい切れる。おまえはおれにいったよな。警察内部に小平のホシの協力者がいて、そいつが下馬の現場に毛髪を残したんだと。その時点では、あたかも協力者が自発的に動いたような口ぶりだった。それが、下馬の現場に出入りしていた四人の女との面会を終えると、協力者に遺留品偽装を行った自覚はないという話になった。馬見塚という男が、巧みな心理操作で鑑識の武藤に接近し、自覚なく遺留品の偽装を行わせたといい出した。そもそもの前提が変わっている。それでも自信を持って馬見塚がホシといえる根拠はなんだ？　武藤が不倫しているせいで、交際の事実を上司に報告できないでいることか。馬見塚という男が武藤を口説くために、偶然を装って何度か接触していることか」

「そうです。いくらなんでもでき過ぎています」

「おれにはそうは思えない。たんにおまえの予想が外れた、そして武藤が、面倒くさい色恋沙汰に巻き込まれているだけのようにしか解釈できない」

裕子殺害犯は自分に向けてメッセージを発信しているのだという確信が、絵麻にはあった。犯人はあえてヒントを与えて絵麻を誘い、導こうとしている。ここで道が途絶えることはないはずだ。だが感覚的なものだけに、山下が納得できるように説明するのは難しい。

「山下さんには、これ以上ご迷惑をかけません」

「待て」

席を立とうとする絵麻を、山下は止めた。

「おれは十五年以上、小平のホシだけを追い続けてきた」

知っている。事件にのめり込むあまり、山下は病床の妻の死を看取ることすらできなかったという。一つの事件が多くの運命の歯車を狂わせた。ある意味では絵麻も、そして山下も、被害者といえるのかもしれない。

「捜査本部の立ち上げからずっと事件にかかわっているのは、おれ一人だ。そういう意味では、おまえよりも事件へのかかわりは深い。ガイシャと面識があったわけじゃないが、ガイシャの痛みを自分のものとして、家族と思って、なんとしてもガイシャの無念を晴らしてやろうとホシを追ってきたつもりだ」

「感謝しています」

「ガイシャと親しかったおまえにとっては、小平事件の捜査をおれから手助けしてもらっているという認識かもしれない。だがおれにいわせれば、それは逆だ。たとえ時効になっても、これはおれのヤマだ。おれ自身が、真相を知りたい。司法の裁きを下すことができないとしても、おれは犯人を知りたい。どうしても決着をつけたいんだ。ほかの事件の片手間に捜査しているおまえなんかよりも、ずっとな。だから勝手な真似は許さない」

山下はテーブルの上で、こぶしを反対の手の平で包み込んだ。瞼を閉じ静かに息を吐く。

「なにをすればいい」

絵麻ははっとなった。

「捜一のデカには、裏取りする暇なんてないだろう。無駄足には慣れてる」

4

戻ってきた恵子からは、ほんのりとフローラルの香りがした。

「あれ……この匂いって」

絵麻は鼻をひくつかせた。トイレに立つまでの匂いとは、少し変わっている。

「ああ。静電気防止用のスプレーです」

「そうなんだ。さっきまではイヴ・サンローランの――」

「ベビードール！」

目を丸くした恵子が、口を手で覆う。

「やだ絵麻さん。鼻も利くんだ」

「まあね。個人的に好きっていうのもあるけど、嘘を見抜くにはにおいも重要だから。たとえばストレスを感じた人間は汗をかいて体臭がきつくなるし、口が渇いて口臭が強くなる」

「すごいなあ。私の口も臭います？」

恵子が顔を近づけ、はあっと息を吐く。

「いまのところ大丈夫」

「うん。いまのところって、微妙な評価じゃないですかあ」

恵子は叩く真似をしてから笑った。二人で会うのはまだ二度目だが、すっかり心を許してくれたらしい。

原宿のカフェだった。パンケーキが美味しいと評判の店らしく、恵子のほうから行きませんかと提案された。

「そうそう。話の途中でしたよね。どこまで話しましたっけ」

恵子が椅子を引きながら、手をひらひらとさせる。

「エルメスのワンピースをもらったって話」

「ああ、そうでした。会うたびにいろいろプレゼントしてくれるんです。きみに似合うと思うからって。エルメスをもらったのは一か月ぐらい前だったんですけど――」

馬見塚ののろけ話は続いた。相談相手がいなかったせいか、わざわざ話を引き出そうとしなくとも恵子は饒舌《じょうぜつ》だった。

「この前も池袋で待ち合わせてたら、先に着いた彼がプレゼントを買ってくれていて」

「もしかして、そのピアスがそう？」

「そうなんです。よくわかりましたね」

恵子の耳にはヴィトンのピアスが輝いている。この後も馬見塚と会う約束だという
から、身に着けているところを見せたいのだろう。
恵子の話によると、馬見塚茂は葛飾区の総合病院勤務、専門は内科、三十六歳、大
分県出身、品川区南品川のマンションで妻と二人暮らし。
だが、おそらくはほとんどが嘘だ。
ことによると、その男は馬見塚茂という名前ですらないのかもしれない。
馬見塚茂という男の存在を知ってから、一週間が経過していた。馬見塚の身辺調査
を行った山下からの報告を受けたのは、一昨日《おととい》のことだ。
——おまえに謝らなきゃならないな。
電話を受けるなり、山下は謝罪してきた。葛飾区内すべての病院を調べてみたが、
馬見塚茂なる医師が勤務しているという実態はないというのだ。
現在、山下は範囲を都内全域に広げて独自の捜査を継続中だが、おそらく馬見塚茂
にヒットすることはないだろう。
「彼、奥さんと本当に別れてくれるのかな……ね、絵麻さん、どう思います?」
先ほどまでパンケーキをぱくついていて満面の笑みを浮かべていた恵子が、急に悲しげ
な顔になった。既婚者と付き合っていることで、情緒不安定になっているらしい。

「そうね。私は話を聞いただけだからなんともいえないけど、彼は信じて欲しいっていってくれてるんでしょう？」

「ええ。そうです」

「恵子ちゃんが彼のことを信じたいなら、そうするしかないと思うわよ」

絵麻は当たり障りのない発言に終始した。

恵子は客観的な助言を求めているのではない。受容と肯定を欲している。聞き役が欲しいだけだ。気持ちよく話させさえすれば、自己開示を続ける恵子は勝手に絵麻への好感を高めてくれる。逆にここで馬見塚と別れるべきだと真っ当な助言をすれば、恵子から遠ざけられてしまうおそれがあった。慕ってくれる恵子を利用するのは心苦しいが、唯一の馬見塚への繋がりを断つわけにはいかない。

「やっぱり、絵麻さんに一度彼と会ってもらおうかな。彼も、別にいいよっていってていたし……」

それこそ絵麻の望むところだったが、あえて控えめな返事をした。

「かまわないわよ。もし私で力になれるようなら」

あまりに乗り気だと不審がられる。あくまでも恵子が自主的にそうしようと決断するのを待つべきだ。

それに、馬見塚がもしも小平事件の犯人だとすれば、何度も絵麻と会うようなことはしないだろう。絵麻は犯人の顔を見ている。時間の経過とともに記憶が歪んでいるとはいえ、実際に対面してなお、相手の顔がわからないということは考えにくい。犯人としても、相当のリスクを冒して絵麻に接触するのだ。

チャンスは一度きり。一度でけりをつける。

そのためにはまだ時間が必要だった。

馬見塚を追い詰めるための、武器を揃える時間が――。

三時間ほど一緒に過ごして、恵子を原宿駅まで送った。まだこのあたりをぶらついて帰るといって、改札をくぐる恵子に手を振る。恵子はこれから、恵比寿で馬見塚と会うという。恵子が乗車したはずの渋谷方面行の山手線が出発するまで待ってから、背後に声をかけた。

「下手くそな尾行ね。どういうつもりなの」

柱の陰からひょっこりと西野が顔を覗かせた。照れ臭そうに髪をかきながら歩み寄ってくる。

「バレてました?」

「バレてるなんてもんじゃないわよ。あんたみたいなむさ苦しい男が一人でパンケーキなんて食べてたら、目立ってしょうがないじゃない」

　カフェでの西野は、絵麻から見て正面の壁際に座っていた。背を向けた恵子からは見えない位置だが、一度、トイレから戻ってきた恵子がそちらに注意を向けかけてひやりとした。絵麻は慌てて鼻をひくつかせ、恵子の視線をこちらに戻したのだった。

「いったいどういうつもりなの」

「どういうって、気になるじゃないですか。同期が殺人事件にかかわっているかもしれないんですよ。だから、武藤の様子をこの目で確認しようと思って……なんか、だいぶ印象が変わってましたね。髪型とかも、昔はあんな感じじゃなかったのに」

「男の影響よ」

「馬見塚のですか」

「馬見塚、と名乗ってる男のね。本名かは怪しいものだわ」

　絵麻は腕組みをしたまま顎を突き出した。

「そんなことより、どうだったの」

　どうしても協力させて欲しいと申し出た西野に、絵麻は仕事を頼んでいた。

「ああ。そうだ。その報告もかねて、わざわざ追いかけてきたんですよ」

「わざわざ来ていただかなくても、電話かメールでよかったんだけど」

「そういわないでくださいよ。かわいい後輩の顔を見られたんだから」

嫌みを笑顔で受け流し、西野は懐から手帳を取り出した。

「警視庁の制服をクリーニングしている業者に問い合わせました。鑑識用のSサイズの制服が、週に一度、多いときには二度のペースで定期的にクリーニングに出されています。鑑識課でSサイズを着るような体格は武藤一人しかいませんから、武藤の制服と見て間違いないと思います」

ということは、恵子は制服を自宅に持ち帰って洗濯しているわけではなさそうだ。山下は否定したが、クリーニング業者の内部にも遺留品の偽造に協力した人間がいるのだろうか。

絵麻を先回りするように、西野は手帳を読み上げる。

「業者のクリーニング工場では四十人ほどの従業員が働いているようです。その中で、毛髪を混入させうる検品・袋詰めの作業を担当しているのは五人。そのうち二人は男性ですから除外するとして、残りの三人はパート勤めの主婦みたいです」

「主婦……」

「ええ。だからといっていちがいに馬見塚と恋愛関係にないとはいえませんけど、年齢的にも全員五十歳を超えているということなんで、なんか微妙な感じはしますね」

「そうね」

「話、訊きに行ってみますか？」

覗き込んでくる西野に、絵麻は頷いた。

「もちろん」

5

「結局、クリーニング業者も空振りだったということだな」

絵麻が頷くと、山下は苦々しげに唸った。手にしたカップが空になっていることに気づき、しかめっ面でソーサーに戻す。

「いったい、どうやって毛髪を現場に残したんだ……馬見塚のやつは」

都内の病院に馬見塚茂という医師が存在しないことを確認した時点で、山下は絵麻の仮説を信じることにしたようだった。ロマンスグレーの髪を撫でながら、窓の外に目をやる。ガラス窓にぶつかった水滴が、ぐらぐらとした軌跡を描きながら伝い落ちる。遠くに見える信号機の赤が滲《にじ》んでいた。

絵麻と西野はクリーニング業者の工場を訪れ、検品・袋詰めの作業を担当していた女性たちに聞き込みをした。最近になって辞職したというパートの女性がいたことがわかり、その女性の自宅を訪ねて千葉にまで出向いた。その結果、工場内に馬見塚とかかわりのありそうな女性はいないという感触をえた。

収穫はゼロだ。

違う。ゼロではない。目的地への道が、一本しか存在しないことを悟っただけだ。

「やはり、私が馬見塚に会うしかありません」

直接対決。馬見塚の敷いたレールに沿って進むのが、真相に近づく唯一の方法としか思えなかった。

山下は目を剝いた。

「なにをいっている。馬見塚はおまえを誘い出そうとしている。これは罠だ」

「わかっています」

「だったらなんで……」

「それしか方法がないからです」

絵麻はきっぱりと断言した。

「実際に会えば、馬見塚が小平事件のホシかどうかはすぐにわかります。私は十五年前、ホシと会話しているんですから」

「それはそうだが……そうだ。武藤にホシを呼び出させて、遠くから確認すればいいじゃないか」

　山下は自分の提案に頷いたが、絵麻はかぶりを振った。

「それでは恵子ちゃんに危険が及びます。もしも私と会う約束をしておきながらすっぽかしたら、その時点でホシは恵子ちゃんに利用価値がないと判断するでしょう」

　そうなれば恵子の命はない。

「だが今回の件で、警察として動くことはできない」

「ええ。もちろんです」

　安全確保のためのじゅうぶんな警護をつけることはできないと、山下はいいたいのだ。

「それに、かりに馬見塚がホシと確信したところで、手出しをすることはできない。小平事件は時効だ」

「だから私が会わないといけないんです。前にも話したように、おそらくホシは小平以外にも殺人を重ねています。その中には、まだ時効になっていない事件もあるかも……いや、きっとあります。私に接触しようとするホシの意図は想像もつきませんが、深層心理には、私に犯行を止めて欲しいという願望があるはずです。救いを求めているんです。私がホシの期待に応えられなければ、また新たな被害者が生まれることになります」

「おまえがホシの期待に応えられなければ、おまえだって……」

殺されるかもしれない。いいよどむ山下の語尾を補完して、絵麻はごくりと唾を飲んだ。

「馬見塚は行動心理学を巧みに利用して、恵子ちゃんの心に入り込みました。偶然が重なったように見える恵子ちゃんとの出会いの時点から、馬見塚の作為が働いていたに違いありません。嘘を重ねて恵子ちゃんの気持ちを摑み、思いのままに操縦したんです。出会いの偶然から嘘で、自己申告した身分も嘘となれば、恵子ちゃんから聞く馬見塚の話をもとに、身元を割り出すのはまず不可能です。もたもたしているうちに、馬見塚の消息が途絶えてしまうこともありえます。そうなったら、ふたたび馬見塚を追うのは困難になるでしょう。馬見塚茂は、もはや馬見塚茂ですらない別人となり、殺人を繰り返すんです」

顎を触る山下の指が、皮膚に食い込んでいる。

「少なくとも現時点では、馬見塚は私に接触することを望んでいます。それ以外に小平事件の真相を知るすべはないという状況を作り、私を誘っているんです」

「あえて相手の仕掛けた罠にかかるというのか」

「そうです。ですが、直接対面するのは、馬見塚にとってもリスクの大きい行為です。なにしろ私は、小平事件のホシの顔を知っています。こちらにもメリットはあるんです。まずは馬見塚の顔を確認し、小平事件のホシかどうかをたしかめる。さらに会話して性癖や嗜好を探ることで、現場や手口の共通点――ホシにとっての署名的行動がなにか、見えてくるかもしれません。それを踏まえて過去の未解決事件を洗い直せば、どの事件が小平と同一犯なのか、見当もつくでしょう」

期待が山下の瞳孔を開かせる。だが山下は大きくかぶりを振った。

「やはり危険だ。おまえを行かせるわけにはいかない」

「山下さんは、ホシを取り逃がしてもいいんですか。十五年も追い続けたホシを」

そのとき、絵麻のスマートフォンに着信があった。恵子からだ。

絵麻は山下に液晶画面を見せて発信者を知らせてから、通話ボタンを押した。

「もしもし、絵麻さん？　いま、大丈夫ですか」

「ええ、大丈夫。この前は楽しかったわね」

「そうですね。パンケーキ美味しかった。どうもありがとうございました。ところで、次の女子会なんですけど……」

「来週の金曜日だったわね。どうしたの？　あ、もしかして、彼とのデートの予定が入っちゃったとか」

「いえ、そうじゃないんですけど……あの、女子会じゃなくなっても、大丈夫ですか？」

ぴんときた。望んでいた展開なのに、ぶるりと全身を震えが走る。

「どういうこと？」

とぼけてみせると、恵子は予想通りの提案をした。

「いろいろ考えたんですけど、もしよかったら茂さんも交えて三人で食事とか、どうですか。さっきまで茂さんと一緒だったんですけど、ちらっとそういう話をしたらすごい乗り気で……さすがに急すぎます？　もし絵麻さんがそう思うなら――」

断るわけにはいかない。もしもこの機を逃せば、馬見塚の期待に背くことになる。

「いいじゃない。楽しみね」

懸命に声を弾ませた絵麻の手の平には、汗がべっとりと滲んでいた。

6

カードリーダーにカードを滑らせると、かちゃりと鍵の外れる音がした。

扉を開けて入室する。そこは一畳ほどの狭い空間だった。空調が静かに唸り続けている。

港区芝浦《しばうら》にあるトランクルームだった。

「戦利品」を保管したその場所を、彼は週に二、三度のペースで訪れている。実は昨日も訪れたばかりだったが、帰宅途中に受けた電話の内容があまりに嬉しいものだったので、我慢できずにこの場所へと足を向けてしまった。

部屋の隅には、大きな段ボール箱が二つ積み上げてある。上の段ボール箱はそろそろいっぱいになってきたらしく、中の荷物に蓋が持ち上げられていた。わずかに開いた蓋の隙間から光を放っているのは、ハンドバッグのチェーンだった。半年前に殺した女の持ち物だ。彼にとって、いまのところ最新の獲物だった。

恐怖に歪んだ女の顔と、泣きながら救いを求める声が甦り、興奮に身震いした。しばし恍惚《こうこつ》に浸った後で、彼は我に返った。

上の段ボール箱をどかし、下の段ボール箱を開く。衣類、アクセサリー、ジュエリー、バッグ、財布、化粧品のポーチ、眼鏡。無数の「戦利品」が甘美な記憶を喚起する。それらは女たちの血と涙で彩られた、殺戮《さつりく》の歴史だった。

乱雑に物を詰めた段ボール箱を探り、底のほうから指輪を取り出した。小さなダイヤモンドが一粒あしらわれた、シンプルなデザインだ。イエローゴールドの表面にはわずかな錆《さび》の染みが見えるが、蛍光灯の照明を反射する程度の輝きはまだ保っている。

彼は自分の小指に指輪を嵌《は》めた。本来なら薬指に嵌めるべきものだが、残念なことに女性用の指輪は、彼の薬指には入らない。

スラックスと下着を脱ぎ、下半身を剥き出しにした。すでに硬くなっていた陰茎が勢いよくそり返り、腹を叩く。指輪を嵌めた手を添え、ゆっくりと動かしながら、興奮を高めていった。

吐き出した淡い息が、視界の焦点をぼやけさせる。全身が脱力し、頭がくらくらとなった。彼は立っていられなくなり、壁を背に座り込んだ。口の端から垂れたよだれが、シャツの胸もとに落ちて丸い染みを作る。

彼の意識は過去にあった。「戦利品」によって、彼は遠い過去の「狩り」を追体験することができた。


楯岡絵麻。ショートカットで、ネルシャツにジーンズといういでたちは野暮ったいことこの上ないが、顔立ちの美しさとスタイルの良さは隠せない。まさにダイヤの原石だ。標的は栗原裕子一人のはずだったが、我慢できずに声をかけてしまった。

――どうかしたの。

足音が部屋の前に到達するタイミングを見計らって、偶然を装い、扉を開けた。絵麻は――当時はまだ彼女の名前を知らなかったが――不安げな表情だった。婚約者を見送りに出た裕子がいつまで経っても戻らないので、心細かったのだろう。女の不安げな顔は、いつも彼を欲情させた。保護欲求をかき立てられるわけではない。もっともっと、その顔を醜く歪ませてやりたいと思うのだった。

探してる女なら、この部屋にいるよ。そういったら、どんな顔をするだろう。想像すると愉快すぎて笑いそうだったが、懸命に堪えた。

絵麻は栗原裕子の住む部屋の扉に、ちらりと視線を滑らせた。

――ははあ。あの美人の先生の妹さんかな。

彼は予想を口にした。裕子はワンルームマンションに一人暮らしだった。田舎に住む妹が、姉の部屋を訪ねてきたと思った。

だが予想ははずれていた。

――妹じゃなくて、教え子です。

意外だった。絵麻と裕子の漂わせる雰囲気はよく似ていた。よほど裕子を慕っていたとわかる。

──そうなの。きみもすごく綺麗だから、てっきり妹さんかと思った。

彼は微笑んだ。笑顔が大きな武器であるという自信が、彼にはあった。

ところが絵麻は、警戒を顕わにした。上体を引き、後ずさるような素振りを見せた。

なぜだ。疑問を抱きつつ、彼は会話を続けた。だが絵麻が警戒を解く気配はない。

むしろ頑なになっていく態度に、彼は焦った。

──心配だね。一緒に探してあげようか。

一歩、近づこうとすると、絵麻は同じだけ遠ざかる。

──警察に連絡したほうがいいんじゃない？　よければうちの電話、使うかい。

部屋に招き入れようとしたが、絵麻はさらに後ずさって背中を通路の手すりにぶつけた。

結局彼は、絵麻に触れることすらできなかった。失意のまま部屋に戻った彼に浴びせられたのは、兄の叱責だった。

──なにをしているんだ！　計画にないことはするなといっただろう！

実のところ、絵麻を強引に部屋に引きずり込みたい衝動に駆られていた。すんでのところで踏みとどまったのは、兄を怒らせたくなかったからだ。下手をすれば、今後の「狩り」に協力してもらえなくなる。彼にとっては、もっとも避けたい事態だった。

——顔を見られたたな。おまえは目撃者を作ったんだぞ。

兄のことは好きだった。獲物を見つけてくれるし、警察に捕まらないように、現場に工作を施したり、遺体を処分してくれる。

だが完璧主義な兄の慎重さが、ときおり彼を苛立たせるのもたしかだった。彼は兄とよく口論になった。

——あの程度でびびってるんじゃねえよ。どのみち、この女が発見されるまでには数日かかるんだ。

その部屋は、賃貸契約のない空室だった。合鍵は水道メーターに取りつけられたキーボックスに保管されていた。キーボックスは三桁の数字を暗証番号に合わせるダイヤル式なので、数字を順列に組み合わせていけば開けることができた。

裕子の失踪で事件性を疑った警察は、同じマンションの住人を調べるだろうが、まさか賃貸契約のない空室までも調べるはずがない。遺体が発見されるのは、住人が異臭に気づくか、不動産業者が入居希望者を内見に連れてくるときだ。いずれにせよ、時間がかかる。

栗原裕子を見た。彼女は床にぐったりと仰向けになっていた。すでに何発も殴ったせいで顔は青黒く腫れ上がり、意識が朦朧《もうろう》としているようだった。半開きの瞼からぼんやりと天井を見上げながら、なにやらうわごとを呟いていた。

彼は裕子の口に、耳を近づけた。

――殺さないで……この子だけは……。

頭に血が昇って、靴底で顔を踏みつけてやった。全体重をかけて、何度も、何度も。そのうち裕子は、咳と一緒に血を吐いた。その拍子に、ぱらぱらと破片が床に散らばった。折れた歯だった。

――やめないか。せっかく見つけてやった獲物を、すぐに殺すな。

兄に諫められた。

――兄貴もやれよ。

兄を促しながら、痣になった部分を爪先で小突く。裕子は顔を逸らそうとしたが、もはや寝返りを打つ気力すら残っていないようだった。

――おれはいい。

――なんでだよ。我慢しなくたっていいんだぜ。おれたちは一蓮托生《いちれんたくしょう》だ。

――我慢しているわけじゃない。

兄弟は正反対の性格だった。兄は周到に準備を整えるものの、けっして自ら手を下すことはしない。弟が女を嬲《なぶ》り殺すのを、いつも見ているだけだった。

裕子はなかば意識を失っている様子だったが、なおも腹に手をあてて我が子をかばう素振りを見せていた。その態度が、彼の怒りに火を注いだ。

彼は、裕子の喉の下あたりに軽くナイフを突き立てた。皮膚を切り裂く程度の力加減は、すでに心得ていた。

裕子は小さな呻き声を上げ、わずかに頭を持ち上げた。ひゅうひゅうと雑音混じりの息を吐きながら、弱々しくかぶりを振り続ける。目尻からこぼれた涙が、不規則な軌道を描きながら耳へと流れ落ちた。

皮膚を切り裂きながら、刃を腹のほうへと移動させた。すうっと白く引いた傷口に、じわりと血が滲む。ブラウスのボタンを飛ばしながらブラジャーのベルトまで切り裂くと、白く豊かな乳房が顕わになった。裕子は胸を隠そうとせず、腹に手をあて続けていた。低い嗚咽を漏らし、全身を細かく震わせながら、祈るように目を閉じていた。

彼はナイフの柄を握り直した。裕子の右手小指の付け根に刃を添えて、ぐっと力をこめた。小指がころんと転がり落ちた。

絶叫する裕子の口を手で覆い、後頭部をごりごりと床に押し付けた。裕子は両手をばたつかせた。彼は持ち上がろうとする裕子の頭を押さえた。抵抗の意思が消えるまで、繰り返し後頭部を床に叩きつけた。

――ほら見ろ。これがおまえだ。いざとなったら結局、子供より自分のほうが大切なんだ！

笑いが止まらなくなった。

今度は耳を切り落とした。裕子はえびぞりになって苦悶《くもん》する。もはや腹をかばう余裕はなくなったようだった。

――この子だけは殺さないでっていったよな？　おまえのことは、どれだけ傷つけてもいいってことだろう。なのになぜ自分をかばう！　綺麗ごとばかりいっても、おまえはゴミカスみたいな女なんだよ！

股間が膨らんできて、彼はジーンズのベルトを緩めた。首を絞め、顔を殴り、身体の一部を切り落としながら何度も犯した。

裕子の心臓が止まるころには、空が白み始めていた。青白い朝日の差し込む部屋には、血と尿の臭いが充満し、熱気が結露となって窓を曇らせていた。

遺体の薬指から指輪を抜き取っていると、兄がいった。

――今回の「戦利品」はそれぐらいにしておけ。

――どうしてだよ。

不満だった。本来なら女の肉体の一部を持ち帰りたいぐらいだった。腐ると臭いがするからやめろと兄がいうので、いつも衣類やアクセサリーで我慢しているのだ。

——おまえは顔を見られている。余計な物を持ち歩いているところを、警察に見つかったら終わりだ。

責めるような口ぶりに、彼は顔をしかめた。いつも命令口調で指図されるのは、気に食わない。

——殺せばいいじゃないか、あの女も。

何度も裕子を犯した後なのに、絵麻の顔を思い浮かべただけで下腹部が熱をもった。

裕子の教え子だというから、調べればすぐに身元がわかるはずだった。

だが兄は、提案を即座に却下した。

——駄目だ。許さない。

——なんでだよ。

——あの女は、まだ汚れていない。「条件」を満たさない女は、殺すな。

彼は舌打ちした。兄は弟に、標的となる女の「条件」を課していた。「条件」を満たす女を探してやるから、それ以外の女を殺してはいけないというのだ。

兄のいう「条件」とは、母と同じように汚れた女——結婚前に子を孕んでしまうような、無責任で、だらしない女、というものだった。

――「条件」なんてどうでもいいじゃないか。

しょせん女なんて例外なく汚れているのだから。彼の意見はしかし、兄の理路整然とした話しぶりにいつも封じられた。

――よくない。誰かれかまわず殺すのは獣だ。おまえは獣になり下がるのか。

それでもかまわないというのが、彼の本音だった。だが兄の協力がなくなれば、警察に捕まることなく殺人を続けるのは困難になる。

――わかったよ。

しぶしぶ頷きながらも、彼の脳裏から絵麻の顔が消えることはなかった。


彼は肩で息をしていた。手の平で受け止めた精液が、どろりと床に落ちて糸を引く。普段なら射精とともに気持ちが鎮まるのだが、昂《たかぶ》りはいっこうに収まらなかった。

いよいよあの楯岡絵麻を、手にかけることができる。

彼は裕子を殺した後、独自に絵麻の素性を調べようとしたこともあった。絵麻の高校時代の友人に接触し、絵麻の通う大学を調べ、キャンパスから当時絵麻が一人暮らしをしていたアパートまで尾行したことすらある。だが兄から「狩り」への協力を頑なに拒まれ、断念した経緯があった。

ほかの女を犯しながら、何度絵麻の顔を思い浮かべたかわからない。殺しても殺しても、むしろ、殺すたびに渇いていくような十五年だった。

来週の金曜日、兄は絵麻と会う。兄が交際中の武藤恵子という女が、絵麻を連れてくるらしい。なぜ今になって、兄が絵麻を「狩り」の対象とすることを許可したのか。兄の行動は、ときどき意図が読めない。だがそんなことはたいした問題ではなかった。ようやく十五年越しの念願を叶える機会が巡ってきたのだ。

兄は来るなというが、彼はひそかにその場に行くつもりだった。そこに絵麻がいるのがわかっていながら来るななど、生殺しもいいところだ。

そろそろ独り立ちのタイミングかもしれないな――。

泣き叫ぶ絵麻を想像しながら、彼はふたたび股間に手を伸ばした。

7

そのビルは六本木通りから入った裏道に面していた。

コンクリート打ちっぱなしの三階建てで、一階に下りたシャッターにはテナント募集の貼り紙がしてある。

絵麻と西野は、シャッターの脇にある階段で二階へとのぼった。

扉を開くと、白を基調とした空間が広がっている。間接照明が落ち着いた雰囲気を演出し、大人の隠れ家といった趣だ。

恵子が馬見塚と出会ったというバーだった。

「お洒落ですね。たまには六本木もいいなあ」

緊張感のかけらもなく店内を見回す西野に、小声で釘を刺しておく。

「遊びじゃないんだからね」

「わかってますって。でも、仕事でもありませんよね」

西野は白い歯を見せてにたっと笑った。

けっして広くない店内には、空間を贅沢に使うようにソファーが並べられている。

二人は六本木ヒルズのビル群が見える窓際の席に陣取った。店員が注文を取りに来たので、絵麻はジントニック、西野はエビスビールを頼んだ。

グラスを合わせ、ちびちびと飲みながら店内を観察する。立地もよくはなく、入り口もわかりにくいのに、店は賑《にぎ》わっていた。四十歳ぐらいのバーテンダーと、カウンターを出入りしながらつまみや酒を運ぶ二人の若い女の、三人で切り盛りしているらしい。

絵麻はバーテンダーに焦点を絞り、サンプリングを行った。長めの髪をオールバックに撫でつけたバーテンダーは、カウンターの女性客とときおり会話をしながら、堂に入ったシェイカー捌《さば》きを披露していた。

遠目なのでいつもより時間がかかったが、四十分ほどでサンプリングは完成した。

「行ってくる」

西野を残して席を立ち、カウンターに移動する。四つしかないスツールの左端では、水商売ふうの女が一人で飲んでいた。絵麻が右端のスツールに座ると、バーテンダーが頬を緩めた。こめかみに、水商売ふうの女の視線を感じる。女がバーテンダーに気があるのは、サンプリングの過程でわかっていた。

「ファジーネーブルをお願い」

バーテンダーがシェイカーを振り、鮮やかなオレンジ色のカクテルをグラスに注ぐ。差し出されたグラスに口をつけてから、切り出した。

「素敵なお店ね。聞いてた通り」

「うちの噂を、誰かからお聞きになったんですか」

「友達から。すごくいい雰囲気のお店があるって」

「差支えなければ、そのお友達の名前を教えていただけますか」

「恵子ちゃんっていうんだけど、武藤恵子ちゃん」

バーテンダーが整えた眉を歪め、知らないという表情をした。嘘ではなさそうだ。

「この子なんだけど」

絵麻はスマートフォンを取り出し、液晶画面に恵子とのツーショット写真を表示させた。銀座で食事した際に、記念にと撮影したものだった。

しばらく写真とにらめっこしていたバーテンダーが、相好を崩した。

「ああ、この子か。はいはい。最近いらっしゃってませんね」

「彼氏ができたから」

「そうなんですか。それはよかった」

笑顔の顔面統制が不自然だ。恵子に恋人ができたことを知らないふうを装っているが、嘘だろう。

アメリカの心理学者ポール・エクマンは、表情と感情の関係性においては、顔面統制のタイミングが重要だと提唱した。感情や表情が表出するまでの「開始時間」、表出した表情が、ほかの感情を表す表情に移り変わるまでの「持続時間」、そして相手の話が終わり、表情が消えるまでの「消滅時間」。自然な表情の表出では、これら三つの移行がスムーズに行われる。

だがバーテンダーが浮かべた笑顔の「開始時間」と「消滅時間」は極端に短かった。突然表れた笑顔が、唐突に消える。本来の感情とは異なる表情を作ろうとしたためだ。

やはりこのバーテンダーは、なにかを隠している。

「彼氏のことも、知っているんじゃない。恵子ちゃん、彼氏とはこの店で知り合ったって、いってたから」

馬見塚と恵子の出会いに作為が働いていたとすれば、この店の人間が協力しているはずだった。

馬見塚も同席する恵子との食事会は、三日後に迫っていた。それまでに、どれだけの情報を収集できるか。

しばらく考える表情をしていたバーテンダーが、かぶりを振る。

「いや。心当たりはありませんね。ご友人の女性は、どなたとお付き合いしているんですか」

いい終えた後に唇を内側に巻き込むなだめ行動。嘘だ。

「知っているはずよ。だってあなたは恵子ちゃんにとっての、いわば恋のキューピッドだったんだから」

「どういうことでしょう」

「馬見塚、茂」

バーテンダーは眉根を寄せてぴんと来ない様子だった。なだめ行動もマイクロジェスチャーもなく、顔面統制も自然ということは、馬見塚という名前には本当に聞き覚えがない。だがそもそも、バーテンダーは恵子の名前も覚えていなかった。

「恵子ちゃんは三度この店を訪れて、三回とも馬見塚に出くわしている。馬見塚がもともとこの店の常連だったのか。本当に運命的な偶然だったのか。それとも、馬見塚による運命の演出に、この店の誰かが手を貸しているのかの、どれかよね」

隣から声がした。

「ちょっとあんた、なに馴れ馴れしくしてるのよ」

水商売ふうの女が近づいてきた。近くで見ると意外に歳がいっている。四十過ぎか。シャネルのココマドモアゼルがぷんぷん匂い、鼻が馬鹿になりそうだ。だが絵麻はバーテンダーから視線を逸らさずに、答えを待った。

「マスターが迷惑してるじゃない。そういうことするなら、出ていって」

肩を軽く押された。

「アヤさん、大丈夫だから」

バーテンダーが仲裁しようとする。だがアヤと呼ばれた女は、挑戦的に顎を突き出した。

「なに黙ってるの。なんとかいいなさいよ」

「じゃあいうわ。いいたいことは二つある。一つ。ここはあなたの店じゃない。だからあなたに客を追い出す権利はない。二つ。いくら毎日のように通って色目を使っても無駄。このマスターは、あの従業員の女の子と付き合っているから。以上」

絵麻がソファー席にドリンクを運ぶ女性店員を振り返ると、バーテンダーはぎょっとしてグラスを取り落としそうになった。

「なんですって！　なんであんたにそんなことがわかるのよ！　この店に来るのだって、初めてでしょう」

アヤはこめかみに血管を浮き上がらせた。

「初めてだってわかるわよ。男性客から従業員の女の子が声をかけられたときの、マスターの落ち着きのない目の動き。カウンターに入ったときの女の子が、マスターに注文を伝えるときの距離感。むしろわからないほうがおかしい。恋は盲目とはよくいったものね」

詰問するようなアヤの鋭い視線に、バーテンダーはおろおろと視線を泳がせた。

「どうしたんですか」

背後から西野の声がした。不穏な気配を察したらしい。

絵麻はかまわず続ける。

「一度目は偶然、二度目もたまたま。だけど、三度も偶然が重なるとたんなる偶然とは思えなくなる。恵子ちゃんは、三回しかこの店に来ていない。相手の男も、自己申告を信じれば、この店の常連ではなかった。運命的な繋がりを感じるのも当然よね。だけど、運命は演出することができる。私はこの店の誰かが、恵子ちゃんが来店するたびに、こっそり電話をして相手の男を呼び出したと思っている」

バーテンダーの視線がかすかに動いた。その動きを追うようにスツールを回転させながら、絵麻は警察手帳を取り出した。

「どうしてそんなことをしたのか、話を聞かせてもらえるかしら……アヤさん」

アヤはたっぷりマスカラを載せた瞼を、限界まで開いた。

当初はバーテンダーを疑っていたが、途中から視界の端でしきりになだめ行動を見せるアヤのほうが気になり始めた。たしかに忙しくしている従業員よりも、毎日のように店に出入りしている常連客のほうが小回りが利く。加えてアヤは、絵麻の来店が初めてであることを見抜いた。ほぼ毎日のように店に入り浸っているのだろう。

「なに、警察だったの」

狼狽を隠そうと、アヤが自分を抱くような仕草をした。

「あの男、なにかやらかしたわけ？」

「それはいえない」

「私は捕まるようなこと、なにもしてないわよ」

「わかってる」

アヤは肩をすくめ、顔を左右に振った。

「なんてことないわ。たぶん、あの男が最初に店に来たときなのかな。私がお勘定をして外に出たら、追いかけてきたの。トイレに行くふりをして店を出てきた、好きな女の子をどうしても振り向かせたいから協力して欲しいって、お金を渡されたわ」

「それで恵子ちゃんが来店するたびに、電話して呼び出したのね」

アヤは首肯した。

「よくやるなと思った。いつでもいいから電話して欲しいっていわれてはいたけど、電話したら本当に三十分足らずで店に駆けつけてきたんだもの」

ということは、馬見塚の住まいはこの近所にあるのか。

「電話したということは、当然相手の連絡先を知っているのね」

アヤは先ほどまで座っていたスツールまで戻り、ハンドバッグを持ってきた。中からスマートフォンを取り出し、液晶画面に電話番号を表示させる。

「これよ」

絵麻はスマートフォンを受け取り、画面を凝視した。西野が背後から覗き込みながら、手帳にペンを走らせる。

「ごめんなさい。この番号じゃないみたい」

絵麻が液晶画面を見せると、覗き込むアヤの前髪がふわりと浮いた。ファイバー製の人工毛。遠目でアヤが若く見えたのは、ウィッグのおかげか。

まさか——。

目を見開く絵麻の視線を避けるようにしながら、アヤは浮き上がる髪の毛を撫でつけた。

「この番号よ。間違いない。この期に及んで嘘つく意味ないし」

スマートフォンを押し戻しながら、アヤはいった。

「話を聞いてるときから変だなとは思っていたけど、でも状況からしたら間違いなくあの男のことだと思った。この店で三回も偶然に出会って、その後付き合うようになったカップルがほかにもいるというなら、話は別だけど」

嘘をついてはいないようだ。絵麻はあらためて画面を見つめた。

「これがあなたに、恵子ちゃんへの橋渡しを依頼した男なのね」

「しつこいわね。そうよ。それがその男の名乗った名前。本名かどうかは知らない。証券会社かなにかに勤めているとか、いってたっけ」

馬見塚が恵子に語った素性は、すべてが嘘だったらしい。馬見塚は医者でもなく、そもそも馬見塚という名前ですらない。事実が明らかになるたびに、真相が遠ざかるようだった。

やはり道は一本しか用意されていないのだ。

液晶画面に表示された名前は『ハシモトリュウイチ』だった。

8

ここはどこだ。

目を覚ますとき、彼はいつも軽い混乱に見舞われる。自分がどこにいて、自分が誰なのかを確認する時間が必要だった。その作業は暗闇の中、ぬかるんだ地面の感触を靴底でたしかめるのに似ていた。

「龍一《りゅういち》、大丈夫なの？　龍一」

誰かの手が、彼の肩を揺さぶっている。

「龍一……大丈夫？」

ああ、そうだ。おれは橋本《はしもと》龍一だ。

この女の前では、その名前だった。

彼は探るような動きで女の手を握った。その手は冷たく、指は細く筋張っていて、かすかにハンドクリームのぬるりとした感触があった。手の甲をやさしく愛撫するふりをしながら、ふたしかな自己を確認した。

おれの名は橋本龍一。この女の名は亀井《かめい》美鈴《みすず》。美鈴は不動産の売買で巨額の利益を手にした実業家で、都内にいくつもの不動産を所有している。四十二歳、独身。広尾のマンションに一人暮らし。橋本龍一に与えた六本木のマンションには週に数回訪れ、料理を作り、セックスをして泊まって帰る。

「大丈夫だよ。心配ない」

乱れた呼吸を整えながら、上体を起こそうとする。シーツから背中を剝がすと、ひんやりとした風が滑り込んだ。悪夢のせいで全身が汗まみれだった。

「心配ないっていっても……だいぶうなされていたけど。お水、持ってこようか」

「お願いできるかな」

ベッドから離れた美鈴が「電気、点けるよ」と訊いてきた。

「ああ。頼む」

吊り下げ式のペンダントライトが点灯し、広い寝室の隅々まで光が行きわたる。だがどんな光も、彼が奥底に抱える暗闇までは届かなかった。虚無の存在を浮き上がらせるだけだ。

水の入ったグラスを手に、美鈴が戻ってきた。彼に手渡すと、ガウンの合わせ目を直しながら、ベッドサイドに腰かける。

「最近、あまり眠れていないいんじゃないの」

「そうかもしれない」

最近ではなく、いつもだ。彼は生まれてこのかた、安息を知らなかった。そのほかにも、憎しみや苦しみ以外の感情を知らなかった。当然ながら、愛も知らない。女を喜ばすすべは知っているが、それは愛とは関係なく、金や寝床や食事を手にするための手段として身に付けた技術に過ぎなかった。

「仕事、うまくいっていないの」

「そんなことはないよ」

美鈴にとっての橋本龍一は、都内の私大で研究員をしていることになっている。実業家として成功しながらも、中卒という学歴コンプレックスを抱える美鈴に合わせ、作り上げた人物像だった。

かつて都内の私大で研究員をしていた女と、付き合っていたことがある。がんの遺伝子治療を研究していた女は、いつもノーメイクで眉毛すら整えていなかった。寝物語もDNAについて語るような堅物だったが、もとより彼は女性との会話に楽しみなど求めていない。彼は研究用のDNAサンプルを提供するのと引き換えに、膨大な知識をえた。おかげで西麻布のバーで出会った美鈴は、彼が自称した身分を疑わなかったし、武藤恵子を利用して現場に毛髪を残すというアイデアも浮かんだ。DNA鑑定は、毛根付きの毛髪が一本でもあれば可能らしいのだ。

彼には自己がない。その代わりに、これまでに出会った多くの人間の自己を取り入れ、学習と成長を続けてきた。

彼の人生は嘘にまみれていた。場所や状況に応じて、いくつもの名前とプロフィールを使い分ける。罪悪感はない。人間は相手の肩書きや社会的地位によって態度を変える卑しい生き物だと、これまでの過酷な人生でじゅうぶんに学んだし、そもそも彼には、罪悪感という感情そのものが存在しなかった。言葉では知っているが、体験や経験はない。遠い国の紛争をテレビのニュースで見るような感覚だった。

嘘は彼にとっての、生きる手段だった。

彼の本名は勇《ユン》といった。ただしどの国の戸籍にも、その名は記載されていない。中国から来日して不法就労し、誰の子かわからない赤ん坊をひっそりと産んだ街娼の母から、そう呼ばれていただけのことだ。

幼いころ、彼は母に連れられて住処《すみか》を転々とした。どこも六畳間に何人もの不法就労者が雑魚寝《ざこね》するような劣悪な環境だった。客をとる母の喘ぎ声が子守唄だった。学校に通ったことも、友達と遊んだ記憶すらもない。

弟ができたのは、彼が十一歳のときだった。

当時母は、植草《うえくさ》という男と一緒に暮らしていた。植草は借金を抱えた無職のちんぴらで、酒に酔って暴力を振るうような屑だった。同棲中の女が肉体を売ることになんの抵抗も示さず、むしろ積極的に客を斡旋《あっせん》していた。

その日は、母が仕事に出ていた。当時の住まいだった古い木造アパートには、植草と彼の二人きりだった。

植草はおもむろにズボンを脱ぎ、彼の服も脱がそうとした。なにをされるのか想像もつかなかったが、懸命に抵抗した。だが大人の力には勝てなかった。

そのときのことは、よく覚えていない。気づけば隣には植草がいびきをかいていて、彼の裂けた肛門からはおびただしい量の血が流れていた。

そんなことが何度も続いた。植草がズボンを脱ぎ始めると、きまって彼の記憶は飛んだ。その理由がわかったのは、一年ほど経ったころだった。

――殺してやろうぜ。

どこかから声が聞こえて、彼は周囲を見回した。だが部屋には下半身剝き出しでいびきをかく植草以外に、誰もいなかった。

――おれだよ、おれ。

「誰……?」

――あんたの弟だよ。冷たいな。いつも兄貴の代わりに、この屑の臭いナニをしゃぶってやってるってのにさ。

そのときになってようやく、声は頭の中からだと気づいた。自分の中にあるもう一つの人格を、不思議とすんなり受け入れることができた。

最初の「狩り」は、彼が十三歳のときだった。

いつものように植草がズボンを脱ぎ始め、彼の記憶は飛んだ。だがその後が、いつもと違った。気がついたときには、周囲が血まみれだった。植草に犯された後、彼の肛門からは血が流れたが、そのときの血の量はいつもとは比べ物にならなかった。

彼のそばには陰茎を切り取られ、腹に包丁を突き立てられた植草が横たわっていた。もういびきはかいていなかった。

――なにをしたんだ？

彼は弟に語りかけた。そのころになると、彼は弟と比較的自由に会話ができるようになっていた。

――見ればわかるだろう。ついにやってやった。これで兄貴は自由だ。

自由。それが喜ばしいことなのか、彼にはよくわからなかった。自由をありがたがるのは、人生に夢や希望を抱く人間ではないか。自由を手に入れたとしても、彼にはやりたいことがなかった。暗闇ばかり歩き続けた人間にとって、光は得体の知れない恐怖でしかなかった。彼は途方に暮れた。

二度目の「狩り」は、わずか三時間後だった。

獲物は母だった。

母が帰宅して扉を開けたところまでは覚えている。植草の遺体を見て声を失った驚愕の表情が、彼にとって生きた母の最期の姿だった。

気がつくと、母は死んでいた。母の遺体は全裸だった。膣口《ちつこう》から白い粘液の筋が垂れていて、弟が母を犯したのだとわかった。

——兄貴より先に大人になったぜ。

まだ性交の経験がなかった彼に、弟は得意げに笑っていた。

二つの遺体を風呂場で解体した。台所にあった二本の包丁はすぐに刃が欠けて駄目になったので、最後にはのこぎりを使った。なかなか切断できない骨は、ノミとカナヅチで丹念に砕いた。

母の胴体を切り刻んでいると、腹の中から薄い膜に覆われた物体がにゅるりと滑り出てきた。

一〇cmに満たない大きさで、透明な皮膚からは血管や内臓が透けて見えるが、手足ははっきりと確認できた。

胎児だった。母は妊娠していたのだった。

彼は泣いた。なぜ涙が出るのかもわからぬままに、泣き続けた。その間ずっと、弟は笑い続けていた。自分の嗚咽と弟の高笑いが頭の中で混ざり合った。攪拌《かくはん》された脳みそが耳の穴から溶け出してきそうで、彼は手で耳を覆った。すると不快な不協和音は音量を増して、彼の眼球を頭蓋から押し出そうとした。あのとき、喉の粘膜を焼きながらさかのぼり、口からどぼどぼとこぼれ落ちた酸っぱい臭いの液体が、たぶん心だったのだと彼は思う。勇という名前だったのだと彼は思う。

彼は家に火をつけて逃げた。

電気店のテレビで、植草の死を報じるニュースを見た。母のことは同居していた女性であり、警察が身元の確認中であると伝えられていた。だが彼のことは、いっさい触れられなかった。自分は存在しない人間なのだと、彼は思った。もしかしたら存在してはいけない人間なのかという考えも脳裏をよぎったが、認めなかった。認めない代わりに、憎しみを燃やした。唯一の感情である憎しみで胸をいっぱいにすることで、心が凍えずに済むのだと思った。

憎悪を燃やし続けねば。それは彼にとって空疎な胸の内を埋める、ただ一つの手段だった。


「——龍一？　龍一？」

美鈴の声が、悪夢の反芻《はんすう》から彼を引き戻した。

「やっぱり少し変よ。具合でも、悪いんじゃない」

額に手をあてようと伸びてきた美鈴の手首を、力任せに摑んでいた。美鈴の瞳に怯えが走る。彼ははっとなった。

今の行動は、自分の意思によるものだろうか。

どこまでが自分で、どこまでが弟なのか、彼にはしばしばわからなくなる。

これまで弟とともに「狩り」を続けてきた。それが膨らみ続ける虚無を埋める、唯一の手段だと信じていた。だが、ぽっかりと空いた大きな穴は、底なしだった。なにも埋まらないし、満たされない。なのに弟の欲望は肥大化し続けていた。広がり続ける虚無の隙間を侵食し続けている。いつかきっと、自分はいなくなる。

彼は美鈴のガウンの胸もとを、乱暴に開いた。短い悲鳴を上げた美鈴が、腕で乳房を隠そうとする。彼は美鈴の両手首を摑んで、ベッドに押し倒した。ガウンを剝ぎ取り、放り投げる。

異様なほどに硬くなった陰茎を、まだ濡れていない穴にねじ込んだ。

「痛い……龍一、痛いよ……」

鼓膜に響く美鈴の声が、やがて母の声になった。目の前で顔を歪める女の顔が、母の顔になった。母は快楽に身もだえしていた。想像の産物なのか、弟が見た映像なのかはわからない。いずれにせよ、この上なく醜悪な光景だった。

「なぜ産んだ……」

「なに……」

怯えたような声が聞こえ、母は美鈴に戻った。だが弟の声が、ふたたび美鈴を母に変えた。

──ひゃははは。さすが兄貴だ！　やれよ！　やっちまえよ！

「なぜ産んだ！」

「なにいってるの！　龍一！」

──兄貴はおれだ。おれは兄貴だ。二人で一人！　おれたちは一蓮托生だ！

「おまえのせいだ！　おまえが汚れているせいで、おれが苦しむんだ！」

「やめて龍一！　痛い！」

──殺せ。殺せ。殺せ。

「なぜ守ってくれなかった！　なぜ……」

そこでふと我に返った。彼の両手は、美鈴の首を絞めていた。手を離すと、げほげほと咳込みながら、美鈴がのたうった。

彼は自分の頭を抱えた。指を折り曲げて自分の髪の毛を鷲掴《わしづか》みにした。自ら髪の毛を抜いてしまう抜毛症は強迫神経症と似ていて、多くはストレスが原因だと、かつて付き合っていた研究員の女はいった。どこからか手に入れてきた薬を飲まされたこともあった。だが彼の症状は消えなかった。女のいう通りに抜毛の原因がストレスであるならば、改善するはずもなかった。

彼にとっての悩みの種は、彼自身だからだ。

自らの存在こそが、苦痛そのものだからだ。

彼は頭をかきむしり、ぶちぶちと髪の毛を引き抜いた。

――殺せ。殺せ。殺せ。

鼓膜の奥では、弟が楽しげにはやし立てていた。

9

中目黒駅を出て山手通りを横断した。

ほどなく目黒川の並木通りが見えてくる。小洒落たカフェやレストランが軒を連ねるエリアだった。若いカップルたちが楽しげに闊歩《かっぽ》している。

絵麻はスマートフォンの道案内を頼りに、川沿いの遊歩道を池尻方面へと歩いた。三〇〇mほど進んだところで足を止め、川に面した三階建てのビルを見上げる。一階と二階部分は一面ガラス張りになっている、近代的な造りだった。すでに陽は落ちかけて肌寒いのに、店先のオープンカフェスペースでは、ミニスカート姿の若い女二人がお喋りに興じている。

そのイタリアンダイニングが、恵子の指定した店だった。むろん、馬見塚も一緒にいるはずだ。

絵麻はスマートフォンを取り出し、山下に電話をかけた。店の場所はすでに伝えてある。

「山下さん、着きました」

「ああ。おまえの背中が見えている」

ということは、川を挟んだ対岸のカフェあたりにいるのか。

「ところで、お願いしていた件についてですが」

馬見塚と恵子が出会ったというバーを訪れた後、山下には調査を依頼していた。

「大当たりだった。武藤恵子は江戸川区にある婦人科に通院している。どんな症状で受診しているのかまでは、さすがにわからなかったが……すまない」

「いえ。じゅうぶんです。ありがとうございます」

「なにかあればすぐに駆けつけるからな」

「お願いします」

絵麻は緊張を飲み下し、湿った手の平をハンカチで拭うと、店に入った。店員に予約してある旨を告げると、二階に案内された。

「あ、絵麻さん！」

恵子に声をかけられる前から、全身が粟《あわ》立っていた。

壁際にある丸いテーブルから、恵子が手を振っている。

その隣に、あの男がいた。あの人がそうかい、と恵子に確認するそぶりをしてから、立ち上がる。

細身の身体をダンヒルのスーツで包み、左腕にはパテックフィリップの腕時計。ノータイのワイシャツの第一ボタンを開けて、カジュアルダウンしている。

絵麻は頭の中で、目の前で微笑む男と記憶の面影を重ね合わせた。十五年前にはさらさらの前髪を下ろしていたのが、いまは七三分けになっている。髪型が異なるせいで、似顔絵しか見ていない人間には、それが小平事件の犯人と気づくのは難しいだろう。だが切れ長の目、薄い唇、尖った顎のラインは以前のままだ。首の皺に時間の経過を感じさせるが、体形はあのころから太ってても痩せてもいない。

時間によって歪んでいた記憶が矯正され、かちかちとパズルの嵌まる音がする。脳裏に鮮明な映像が甦る。同時に恐怖が背筋を撫でた。

「はじめまして。馬見塚といいます」

差し出された右手を握り返しながら、絵麻は眼差しに力をこめた。

「恵子ちゃんの同僚の楯岡、絵麻です」

間違いない。この感覚。

こいつが、裕子先生を殺した犯人だ――。

10

彼は絵麻の手をしっかりと握った。

女刑事の握手は力強く、手の平の温度も高いことから、意欲的な行動派ということがわかる。少し湿りがちなのは、普通ならば内向的な性格の表れだが、今回の場合はおそらく、極度の緊張のせいだ。真っ直ぐに見つめてくる目の中で、瞳孔が拡大していることからも、軽い興奮状態にあるのだろう。彼のことを十五年前の小平市女性教師強姦殺人事件の犯人だと、確信したに違いない。

彼は相手の行動から、内心を透かし見る才能を持っていた。生まれついてのものなのか、厳しい人生の荒波に揉まれる過程で培われたのかは、定かではない。おそらくは生まれつき持っていた才能が、人生経験によって磨きをかけられたのだと、彼は自己分析している。その才能のおかげで、いまでは他人を自在に操ることができた。

「どこかでお会いしたことがあるかしら？」

絵麻が軽いジャブを放ってくる。

「それはありえないと思いますよ。もしもどこかでお会いしたのなら、きっと声をかけていたと思いますから」

彼も皮肉で応じた。事情を知らない恵子が、彼の腕を摑む。

「もう、絵麻さんが美人だからって口説かないでね」

「心配ないよ。恵子だって負けないくらい美人だから」

いつものように髪を撫でると、恵子は犬のように目を細めた。

三人は席に着いた。ウェイターが絵麻に水を持ってくる。

「絵麻さん。髪切ったんですか」

「そうじゃないの。これ実はウィッグ」

絵麻が肩までの黒いストレートヘアを撫でた。

「そうなんだ。気づかなかった」

「私も。ぜんぜん気づかなかった」

含みのある物いいに、恵子が首をかしげる。

彼はメニューから顔を上げた。

「三人とも、同じコースでいいですか」

「ええ。かまいません」

店で一番高いコースを注文した。彼はテーブルの上で両手の指先同士を合わせ、笑顔を作る。

「恵子からいろいろと聞いています」

「悪い噂じゃないといいけど」

「どうだろうな」

彼は恵子と微笑み合ってから、絵麻のほうを向いた。

「なんでも楯岡さんは、人の嘘を見破ることができるとか」

絵麻に話を振ったのに、答えたのは恵子だった。

「絵麻さんって本当にすごいんだよ。私も茂さんとのこと、一言もいってないのに当てられちゃったんだもの。超能力があるんじゃないかと思った」

絵麻が水のグラスに手を伸ばしたので、彼もすかさず同じようにグラスを摑んだ。波長の合う者同士は、行動や服装も同じになるらしいことを、いつからか学んだ。彼は相手の心に取り入ろうとするとき、言葉で同調するだけでなく、行動も真似るようにしていた。

「そんなことはないわ。人は嘘をつくけれど、完全に嘘をつききることはできないの。

どこかに必ずボロが出る。それを見逃さなければ、誰だって嘘を見抜くことができるようになる」

恵子に話すようにしながら、絵麻がちらちらと視線を向けてくる。牽制《けんせい》されているのだと、彼は思った。

「誰でもということは、私でも嘘を見抜けるってことですか」

恵子が目を輝かせた。

「もちろん。訓練次第だけど、頬骨が低いぶん、女性のほうが男性よりも視野が広いから、相手のことをよく観察できる。だから、嘘を見破る才能は女のほうがあるの。ほら、女の勘は鋭いっていうじゃない。あれは別に非科学的な第六感の話ではなく、視野の広い女性のほうが、嘘をつくときの男のボロに気づきやすいということなの」

「そうなんだ。それっておもしろぉい」

恵子は素直に感銘を受けた様子だった。絵麻が笑顔で、彼にも目配せしてくる。一見すると穏やかな表情だが、目の奥が笑っていない。挑発されているらしい。

「男としては、なんだか怖い話ですね」

彼はいくつもの表情のストックから、『強張った笑顔』を選んだ。彼には感情がない。だが細かい顔面の筋肉を完全に制御することで、豊かな感情があるかのように振る舞うことができた。偽の表情を見破られたことは、人生で一度もなかった。

「ねえねえ茂さん。なにか、嘘か本当かわからないことをいってみて。私が見破ってみせるから」

　恵子が手招きで要求する。絵麻と一対一でじっくり駆け引きを楽しみたい彼にとって恵子は邪魔でしかなかったが、そんな気持ちはおくびにも出さない。テーブルの上で手を重ね、『困ったような笑顔』を選んだ。

「いきなりそんなことをいわれてもなあ……」

　少し考える間を置いて、彼はいった。

「やっぱり思い浮かばない。ごめん」

「そんなのつまんない。絵麻さん、茂さんって、少しこういうところがあるんですよ。真面目なのはいいけど、ちょっと真面目すぎてノリが悪いっていうか」

「おいおい。本人を目の前にしてそういうことをいわないでくれよ」

「だってぇ……」

　もちろん恵子には、そういう印象を持たれるように振る舞っている。実際には恵子の性格に真面目すぎて融通が利かない部分があり、彼はそれを真似ているだけなのだが、自分のことを客観的に見るのは難しいものだ。

「それなら絵麻さん。私の話を嘘か本当か見抜いてみてくださいよ」

「あまりプライベートではそういうことしたくないんだけど……」

「いいじゃないですか。一回だけ。お願いっ」

恵子が肩をすくめ、絵麻を拝む。彼も加勢してやることにした。

「ぜひ僕も見てみたいな」

お手並み拝見だ。

絵麻がやれやれといった様子で、肩をすくめた。

「わかったわ。一回だけね」

「やった！」

両手を上げた恵子が、すぐさま腕組みをして考え込む。しばらくしてから、いった。

「私は昨日の仕事帰り、新宿のルミネで買い物しました。これは本当でしょうか嘘でしょうか」

簡単すぎる、と彼は拍子抜けした。『ルミネ』が嘘だ。その単語を発する際に、わずかに声がうわずっていた。

絵麻も同じ点に気づいたらしい。

「昨日の仕事帰りに、新宿で買い物したのは本当ね。だけど、その場所はルミネではなかったんじゃない」

「すごい！　当たり！　ルミネじゃなくて高島屋だったんです」

恵子が目を丸くした。彼も『驚き』の表情を選びつつ、訊いた。

「どうしてわかったんですか」

「『ルミネ』というときに、少しだけ声がうわずっていたから」

やはりそうか。彼はほくそ笑んだ。

ところが、絵麻の観察力は彼の想像を超えていた。

「それに、ほんの一瞬だけ目を逸らしたわね。たぶん、自覚はないでしょうし、普通の人が見ても気づかないぐらいの長さだったけど」

彼は自分の瞳孔が開くのがわかった。絵麻が一瞬だけ、にやりとした笑みを向けてくる。珍しく恐怖を感じた彼の肌で、産毛が逆立つ。そして確信した。

この女しかいない。自分の目に狂いはなかった。

楯岡絵麻は、運命の女だったのだと。

11

十五年前に比べ、馬見塚の嘘が上手くなっている。

絵麻は内心、地団駄を踏む思いで会話を続けていた。すでに馬見塚と会ってから、一時間以上が経過している。それなのにまったくなだめ行動やマイクロジェスチャーが見つけられなかった。いや、見つけられないわけではない。正確にいうと、馬見塚はなだめ行動やマイクロジャスチャーを、おそらくは意図的に表出させている。

「ところで、恵子ちゃんのために大事なことを訊いておきたいんだけど」

絵麻のあらたまった物いいに、馬見塚は両肩に力をこめて身構える。

「なにかな……なんて、とぼけてもしょうがないな。どうぞ」

喉もとに触れるストレス軽減のなだめ行動を見せながらも、椅子に座り直して正面を向く。瞬きの回数を増やす。

「馬見塚さん。本当に奥さんと別れる気はあるのかしら」

ちらりと恵子の様子をうかがうようなマイクロジェスチャーには、まるで馬見塚に本当に妻が存在するかのように錯覚させられた。唇を内側に巻き込むなだめ行動に加え、わずかに顔色が白くなっているようにさえ見える。

「もちろんです。妻はどうしても離婚届に判を押さないといっていますが、愛のない結婚に意味はない。そもそも僕は子供を欲しかったのに、妻はそうじゃなかった。僕に内緒でピルを飲み続け、避妊していたんです。僕にいわせれば、最初に裏切ったのはあの女のほうだ」

怒りに奥歯を噛み締めるようなこめかみの動き。膨らむ小鼻。紅潮する顔。最後に「あの女」と突き放した呼称をするときにだけ震える声。

「だけど、客観的に見れば、さらに法的に見ても、裏切ったのはあなたのほうよね。相当な額の慰謝料を請求されるだろうけど、覚悟はあるの」

怯んだように下がる眉尻。しかし自らを叱咤するようにぎゅっと下がる口角。光を宿す瞳。だがテーブルの下では、逃げ出したい心情を反映してそっぽを向く爪先。順に表れる仕草は、見事に男の弱さすらも表現しきり、人間的な魅力を演出することに成功していた。

「絵麻さん。いくらなんでもそんないい方したら……」

口を挟もうとする恵子を、馬見塚は止めた。

「いや、恵子。かまわない。本当は恵子に、ちゃんと話しておかなければいけないことなんだからね」

それから喉仏を上下させ、真っ直ぐに絵麻を見据えていってのける。

ときおり視線を泳がせ、発言とは裏腹な迷いを覗かせながら。

「妻とは必ず離婚します。僕は本気だ。どんな犠牲を払おうと、今後の人生は恵子と一緒に歩んでいきたい。そう決めたんです」

嘘を見破るのが得意な人間ならば、『一見誠実だが、実は妻と不倫相手のどちらを選ぶかすら決断のできない、煮え切らない男』と判断するだろう。まさか『一見誠実だが、妻と不倫相手のどちらを選ぶかすら決断のできない、煮え切らない男』を『演じている男』、とまでは思わない。

それからも馬見塚は、見事な演技を披露し続けた。

明らかな嘘であるはずの医業についての話をするときには、なだめ行動なしに真っ直ぐに相手の目を見つめて使命感を顕わにしたり、また仕事の愚痴を漏らしながら頬を触ったりもした。

完璧だ。完璧に大脳辺縁系を制御しきっている。もしも十五年前に馬見塚の嘘がこれほど巧みだったなら、なんの疑いもなく誘いに応じていたかもしれない。そう考えると、ぞっとした。

こんなことが可能なのか。思考をつかさどる大脳新皮質による偽の表情が、感情をつかさどる大脳辺縁系の反射を超えることなど不可能なはずだ。

不可能ではない。

現に目の前に、完全に偽の表情をコントロールしている人間が存在するのだから。

妄想性障害か。本気で自分が医者であり、妻帯者であり、にもかかわらず恵子と不倫関係を持ってしまった人間だと思い込んでいるのか。

違う。馬見塚は恵子に接触を図る際、『ハシモトリュウイチ』と名乗ってバーの常連客に接触している。意図的にいくつかの名前を使い分けているのは明らかだ。

思い込みなどではなく、明確な意思のもとに、無意識下に思えるような仕草までも制御している。

だが、かすかな違和感は存在する。なだめ行動やマイクロジェスチャーとは異なる次元の違和感だ。それがなんなのかは、見えてこない。

集中しろ、集中しろ。なんとしても、この場で蹴りをつけなければ。

次回はない——。

メインディィッシュのパスタが運ばれてくる。残すはデザートとコーヒーのみだった。

12

もとより美味い料理に感激する感性など持ち合わせてはいなかったが、落胆のせいで、最後のパスタは味がしなかった。ただでさえ緊張のために乾きがちな口から、水分を奪っていっただけだ。

彼は洗面所の鏡の前に立ち、自分と見つめ合っていた。開きっぱなしにした蛇口からは、水が落ち続けている。両手で水をすくって何度か口をゆすぎ、最後に顔をばしゃばしゃと洗った。

鏡の奥の自分は、本当に自分なのだろうか。準備が整うまで出て来るなときつく念を押したものの、ときおり意識が途切れ途切れになる瞬間がある。弟が顔を覗かせているに違いなかった。もしかしたら、兄が妙なことを口走らないよう、監視しているつもりか。なぜ今になって「狩り」が解禁になったのか。弟は不審に思っているだろう。

楯岡絵麻ならば――。

あのときの少女が刑事になっていると知ったとき、彼は期待した。自分を、そして弟を止めてくれるのは、絵麻しかいないと思った。かつて弟があれほど執着した女が刑事になっていたことに、がらにもなく宿命めいた繋がりすら感じた。

だが、思い過ごしだったようだ。

あれは半年前のことだった。

彼は「狩り」の獲物を物色するために、渋谷のクラブを訪れた。産婦人科の看護師と交際したり、地域のコミュニティーに溶け込み、噂話を聞き出したりと、「条件」にあてはまる女を探すために彼が確立した方法は、いくつかある。その中でも若者が集う夜の社交場で情報収集するのは、もっとも手っ取り早い方法だった。クラブに出入りするような若い女は口も尻も軽い。そこらじゅうに「条件」を満たす女が溢れていた。

そのクラブに出入りするときの彼は、金森健司《かなもりけんじ》と名乗っていた。馬見塚茂、橋本龍一、金森健司。思えばずっと以前から、サインを発していた。

どの名前を名乗ろうと、彼には友人が多かった。もっとも、彼は誰にたいしても友情を抱いたことはない。こう振る舞えば他人の心を摑むことができる、思うままに操縦できるという経験則を実践したに過ぎなかった。

渋谷のクラブに出入りする彼の「連れ」は、アキラという男だった。苗字も年齢も、普段なにをして生計を立てているのかすらも知らないが、クラブでは友情というものが成立するらしかった。アキラは彼の笑顔を利用し、彼はアキラの弁舌を利用して、女を口説く。それだけの関係だった。

ある日、アキラはクラブから忽然《こつぜん》と姿を消した。ほかの常連客の話によると、友人ら数人と共謀して女を拉致し、強姦して殺したという話だった。それまではたんなる道具としか思っていなかったが、俄然《がぜん》アキラという人間に興味が湧いた。もしかしたら、アキラは自分と同じかもしれない。胸の内にぽっかり空いた穴を、ひたすら埋めようとしているのかもしれない。じわじわと広がる虚無に支配される予感に、恐怖を感じているのかもしれない。お互い無意識に通ずるものを感じ取ったから、つるむようになったのかもしれない。

彼は東京拘置所にアキラを訪ねた。

結果からいえば、失望した。アキラはつまらない人間だった。あっけらかんと犯行の模様を語る様子に、失望した。空っぽには違いないが、空っぽである自覚すらもない、どちらかといえば彼の弟に近い人間だった。

だがアキラから取り調べを担当したという美貌の女性刑事の話を聞いて、彼は全身に電流が走るような衝撃を覚えた。

楯岡絵麻。

その名はよく覚えていた。かつて暴走した弟が、勝手に「狩り」を行おうと絵麻をつけ狙っていた時期があったからだ。あのときに初めて、自分の肉体が弟に乗っ取られる恐怖を感じ、また、弟は復讐という大義名分など必要としないのだと理解した。たんに欲望に任せて暴走する、獣に過ぎないのだと。

鏡に映る自分の顔が、にやりと唇の端を吊り上げる。だが、彼には笑うつもりなどなかった。彼ではなく、弟が笑っているのだ。意識がふわりと遠のき、肉体の感覚が曖昧になる。そのとたんに、遠くで響く弟の声が近づいてきた。

――殺せ。殺せ。殺せ。殺せ。

鏡の中の自分の瞳に、凶暴な光が宿る。

背後の個室で水の流れる音がした。

彼はかろうじて弟を律した。蛇口を締め、ハンカチで手を拭う。

絵麻の存在を知ってから、肉体を制御できなくなることが増えている。もうこれ以上、弟を制御する自信はなかった。

――殺せ。殺せ。楯岡絵麻を……殺せ。

不快な不協和音が脳みそを攪拌する。

――兄貴はおれだ。おれは兄貴だ。おれは楯岡絵麻を殺したい。皮膚を切り裂いて、内臓をえぐり出しながら、あの女を犯したい。生臭い血の海で泳ぎたい。

眼球が頭蓋から押し出されそうになり、彼は両目を手で覆った。

――兄貴はおれだ。おれは兄貴だ。おれは楯岡絵麻を殺したい。兄貴も楯岡絵麻を殺したい。

フラッシュバックする。

彼の脳裏では、母が喘いでいた。我が子に犯されながら、なまめかしく身をくねらせている。半眼を開けて舌を出しただらしのない表情で、彼を見つめている。

――なぜ産んだ。

なぜ殺した。

――なぜ産んだ。

なぜ殺した。

どちらが自分で、どちらが母の問いかけなのかがわからなくなる。意識が混濁する。めった刺しにされてどす黒い血の海に浮かぶ母の死体。その眼が動き、彼を捉える。

――殺したのは弟じゃない。あんただよ……勇。あんたが私を犯して、殺した。

彼は吐いた。食べたものを全部、洗面台にぶちまけた。

――獣はあんただ。あんたが獣だ。認めろ。認めろ。

口から糸を引く胃液を、手の甲で拭った。顔を上げると、鏡の中の自分は暗くよんだ目をしていた。彼は絶望の中で悟った。

もはや、殺すしかない――。

13

「わかりました。ありがとうございます」

絵麻がちょうど電話を切ったところで、馬見塚がトイレから戻ってきた。

「私もお手洗い」

入れ代わりに恵子が席を立つ。どこにあるの、と馬見塚に確認してから、一階へとおりていった。

「仕事の電話ですか」

「まあ、そんなところ」

「今日はお休みなんでしょう」

「休みなんて、あってないようなものだから」

「大変だなあ」

馬見塚は微笑を浮かべながら椅子を引いた。ソーサーの上でカップを回転させ、左手で持ち手を握ると、飲みかけていたコーヒーを啜った。

「すっかり冷めているな」

苦笑しながらカップを置く。その一連の仕草に、絵麻はまたもかすかな違和感を覚えた。どことなく、トイレに立つまでとは違っている。プロの鑑定士の眼すらも欺くような、精巧な贋作《がんさく》。真贋は誰にも見抜けない。だが断じて本物とは違う。

どこが――？

絵麻はテーブルに肘を載せ、上体を乗り出した。

「今日はお会いできて本当によかったわ」

「僕もです」

顎を引き、上目遣い気味にはにかむ表情。自然だ。

「本当にそう思ってます？　けっこうきついことをいっちゃったけど」

「たしかに少し堪えました。ですが、いわれても当然の立場であることは間違いありませんので、逆に目が覚めました」

テーブルの下で爪先を背け、後頭部をかきながら苦笑する。おかしな点はない。

「しつこいようだけど、最後にもう一度だけ、意思確認させてもらってもいいかしら。馬見塚さん、あなた本当に、奥さんと別れるつもりなの」

怯むように下がる眉尻。しかし自らを叱咤するようにぎゅっと下がる口角。光を宿す瞳。だがテーブルの下で、逃げ出したい心情を反映してそっぽを向く爪先。一連の動作はよどみない。

「もちろんです。今日、楯岡さんとお話しをして、決意を新たにしました。妻とは必ず別れます。そして恵子を、幸せにします」

一見誠実だが、実は妻と不倫相手のどちらを選ぶかすら決断のできない、煮え切らない男。完璧だ。

だがそんなはずがない。どこかが違う。

絵麻はにっこりと微笑んだ。

「そう……それを聞いて安心したわ」

「そういっていただけて、僕も安心しました」

馬見塚の左手がテーブル中央の紙ナプキンを摑み、口もとを拭う。

「よかったら電話番号、交換しておきましょう」

「もちろんかまいませんよ。よかった。これで恵子と喧嘩したときの相談相手ができ

いた。

馬見塚がスマートフォンを取り出そうとしたそのとき、絵麻は違和感の正体に気づた」

「ところであなたは、何人いるの」

両手の指先同士を合わせる『尖塔のポーズ』でにっこりと小首をかしげると、馬見塚――いや、馬見塚を名乗る何者かが、動きを止めた。

「あなた……というか、あなたじゃないほうのあなたは、右利きよね。だけどあなたは左利き。トイレから戻ってきたときにカップの持ち手を左手で持てるように回転させたし、紙ナプキンをとるときも左手だった。最初に会ったときから、どこかおかしいとは思っていたのよ。どうしてそう感じたのかが、いまわかった。あなたはときおり、もう一人のあなたと入れ代わっていたのね。ごく自然に見えるなだめ行動やマイクロジェスチャーを操って見事な演技をしていたけれど、それがしばしば鏡で映したように左右逆になっていた。たとえば、顔をしかめるときの眉の歪め方は癖になっているから、つねに同じほうの眉が持ち上がるもの。ところがあなたは左の眉を持ち上げたり、右の眉を持ち上げたりしていた。仕草自体を点で見れば不自然なところはまったくないかもしれないけど、それらが一連の動作として線になったときに、大きな違和感に繋がる」

「な……なにをおっしゃっているんですか」

「その表情よ。あなたはいま、左の眉を持ち上げた。だけどさっきまでは、右の眉を持ち上げていた」

　馬見塚が絶句する。

　さらに畳み掛けてとどめを刺した。

「それに左利きの人なら、そんなところにスマートフォンしまわないでしょう。取り出しにくいもの」

　馬見塚の左腕は、ジャケットの左胸の内ポケットを探ろうとして窮屈そうに曲がっていた。

14

　トイレから出たとたん、突然背後から抱きつかれ、武藤恵子は悲鳴を上げそうになった。しかし口を手で覆われ、声が出せない。

　じたばたともがいていると、背後から聞き覚えのある声がした。

「静かに！　おれだよ！　西野だよ」

　振り返ると、同期の西野圭介だった。いましめる腕の力が緩んだので、西野の胸を両手で突いた。

「西野くん！　あなたいったいなにやってるのよ！　っていうか、なんでここに――」

　西野が肩をすくめ、懸命な表情で人差し指を立てる。

「頼むから静かにしてくれ」

　両肩を摑まれたので、振り払う。

「触らないで」

「わかったわかった。触らないから、落ち着いておれの話を聞いてくれないか」

　西野はこわごわとした様子で両手を引いた。

「いまじゃなくちゃ駄目なの？　私、人と会ってるんだけど」

「知ってるよ。楯岡さんと馬見塚茂が一緒なんだろ。そのことで話がある。おまえの命にかかわる、大事な話なんだ」

彼はかつて味わったことのない高揚に包まれていた。

これまでの人生で、彼の存在に気づいた者はいなかった。多重人格を指摘されたのは初めてのことだ。

楯岡絵麻は、思った通り運命の相手だった。この女を殺すことができれば、人生が終わってもいいとすら思える。泣き叫ぶ絵麻の顔を想像して、早くも下半身が電気を帯びたようにしびれていた。

「わけがわからないな……大丈夫ですか」

彼は『困惑』を選択し、表出させた。感情表現の方法は、兄を見て学んでいる。

「遊びは終わり。あなたの中には、人格が少なくとも二つある。右利きの人格と、左利きの人格。どちらかが、十五年前に起きた小平市女性教師強姦殺人事件の犯人よ」

「殺人事件？　僕がですか」

自分を指差しながら微笑んでみせると、絵麻は馬鹿にしたように肩を揺すった。

「もう一人のほうに代わってもらったほうがいいんじゃないの。あなたは嘘が下手みたい」

絵麻が自分の言葉でなにかを気づいた様子で、はっとしながら顔を近づけてくる。

「十五年前のあのとき、私が話したのは、あなたのほうなのね。昔に比べたら格段に嘘が上手くなっていると思ったけど、どうやら違ったみたい。さっきまでおもに私と話していたのは、もう一人のあなただった」

「困ったな。できる限りご期待に沿うようにはしたいが、なにを求められているのかすら、理解できない」

「猿芝居はいいから、もう一人のほうを呼んでよ。あなたじゃつまんなくて話にならない」

追い払うように手をひらひらとされて、頭に血が昇った。

「この身体はおれのものだ。兄貴に返すつもりはない」

「認めたわね」

絵麻がにやりと笑う。

「兄貴、ということは、あなたの中には兄弟が共存しているということなの」

「いまはおれ一人だ」

ふうん、と興味なさそうな反応だった。しばらく唇を歪めて思案顔をした後で、絵麻がいう。

「あなたは粗野で凶暴そうね。だけど被害者の身元や行動を調べ上げて、警察に捕まらないような緻密な計画を立てられるようには見えない。計画はお兄さん、実行はあなた、といったところかしら。こういうの、共犯っていっていいのかわからないけど」

ぞっとするほど正確な推理だ。背筋を這い上がる恐怖を、しかし彼は楽しんだ。

「あなたが裕子先生を殺した」

「そうだ。だがもう時効だ。あんたに手出しはできない」

「ほかにもやってるでしょう」

「やっていない」

「嘘ね」

「本当だ。あれから十五年間、おれはずっと苦しんできた。後悔している」

「大嘘ね」

二人の周囲だけ、空気が張り詰める。皮膚の表面を剃刀《かみそり》で撫でるような感覚は、女を犯し、殺すときのそれに似ていた。

絵麻が視線を落とし、ふうと息を吐く。

「なんとなくわかったわ」

「なにがだ」

「あなたたち兄弟の関係性がよ。同じシリアルキラーでも、お兄さんは秩序型、あなたは無秩序型。おそらく、社会との接点を持っているお兄さんだけが、自分の異常性に苦しんでいたのね。だから私に接触しようとした、犯行を止めて欲しくて」

「馬鹿いうな」

兄は「準備」をしただけだ。止めて欲しいなど望んだはずがない。

「馬鹿はあなたよ。お兄さんの真意に気づかずに、のこのこと現れたわけだから」

絵麻は両手の指先を合わせ、自信を覗かせた。

「殺人事件の現場に毛髪を残したのはあなた？　それともお兄さん？」

質問しておきながら答えには興味がないようだった。「どっちでもいいわ」と身を屈め、テーブルの下にある荷物置きのバスケットを引き寄せる。ハンドバッグを開けて、中からスプレー缶を手にした。静電気防止用のスプレーだった。

「どうやって自覚のない恵子ちゃんに協力させたのか、ずっと疑問だったの。これを使ったのよね」

絵麻は自分の髪の毛にスプレーを噴射した。肩まで伸びた黒髪はウィッグであると、たしか最初にいっていた。

はらはらと舞い落ちた数本の髪の毛が、絵麻の肩のあたりに落ちる。

「食事の席ではちょっと不衛生だけど、ごめんなさい」

スプレー缶をバッグにしまいながら、肩を払う。

「恵子ちゃんは日常的にウィッグを身に着けていた」

「なんだって？」

『驚き』の表情で反応すると、絵麻はぷっと噴き出した。

「笑っちゃうからやめて。お腹痛い」

腹を押さえて笑う。やがて笑いを収め、顔を上げた。

「知っていたんでしょう？　恵子ちゃんが急性休止期脱毛症で通院していたこと」

「急性休止期脱毛症？」

「仕事のストレスなんかが原因で、髪の毛が薄くなる病気のことよ。症状が症状だけに、恵子ちゃんは警察病院にかかることはしたくなかった。江戸川区の小さな婦人科医院に通って、ひそかに治療を続けた。そしてウィッグをかぶって出勤してきた恵子ちゃんにたいして、鑑識課の同僚の誰も、髪型の変化を指摘しなかった。しなかったというより、できなかった。どう反応していいのか困ったから。だから恵子ちゃんは現場に出入りするときにも、ウィッグをかぶったままだった。髪の毛が薄くなって悩んでいるのが明らかな女の子にたいして、かつらを外せなんてさすがにいえないものね。恵子ちゃんの同僚の鑑識課員に聞いたわ。ある日急に髪の毛が増えて驚いたけど、本人がなにもいわないからそっとしておくことにした……って」

なにも答えないのに、絵麻は「当たりね」と唇の片端を吊り上げた。

「ウィッグはファイバー製の人工毛でできていた。人工毛のウィッグは帯電して広がりやすい性質を持っているから、あなたが自分の髪の毛を握り込んだ手で、出勤前の恵子ちゃんの髪の毛を撫でてあげれば、静電気によって付着させることができる。恵子ちゃんはそのまま出勤し、制服に着替え、仕事を始める前に、常時持ち歩いている静電気防止用スプレーをひと噴きする。スプレーで湿ったあなたの髪の毛はしばらくウィッグに付着し続けるけど、数分して乾いてきたころに落ちて、恵子ちゃんの制服の肩や背中に落ちる。そのまま恵子ちゃんが現場に出入りすれば、そこにいないはずの人間の毛髪が、遺留品として発見されることになる……どう？　この推理」

見事だ。彼は笑い出したい衝動を抑えるのに必死だった。

「その通りだ。だがなぜそんなことをしたと思う？　悔いていたからだ。おれは人を殺《あや》めたことを、ずっと悔いてきた。あんたに謝りたいと思っていたんだ」

彼の言葉を無視して、絵麻は続ける。

「あなた……じゃなくて、正確にはあなたのお兄さんね。私はあなたのお兄さんと恵子ちゃんが出会ったというバーに行ってみたの。そこで二人は偶然に出会ったのではなく、あなたのお兄さんが、恵子ちゃんとの出会いを仕組んでいたことがわかった」

兄のいつもの手口だ。

「そこで出会いの演出に一役買った女性に話を聞いたんだけど、その女性にたいして、あなたのお兄さんは馬見塚でなく、別の名前を名乗っていた。橋本龍一という名前。それ以前に、葛飾区内に馬見塚茂という医師の勤務実態がないことはわかっていたから、馬見塚が偽名ということには薄々勘付いていたけれど、別の偽名も使っていたことで、偽名自体にもなんらかの意味があるかもしれないと考えた。私にたいするメッセージね。その謎が、ついさっき解けたの」

絵麻はスマートフォンを手にし、軽く振ってみせた。

「さっきの電話。筒井っていう同僚の刑事からだったんだけど、どういう内容だったのか想像がつく？」

わからない。兄はなにをしようとしていたのか。

「馬見塚茂。橋本龍一。係を挙げて、この二つの名前を調べてもらったの。普段は嫌なやつだけど、三日三晩ほとんど寝ずにやってくれたから感謝しないとね。この二つの名前と同姓同名の人物の恋人が、二人とも亡くなっていたわ。一人は大分で、一人は青森で」

言葉を失った。兄の偽名にそんな由来があることなど、彼は考えたこともなかった。獲物にしか興味がないせいで、その恋人の名前など気にしたこともない。

「正確には、一人は電車に飛び込んでの自殺として処理されていて、もう一人は行方不明のまま発見に至っていないんだけどね」

「それなら、たんなる偶然じゃないか」

「これが偶然なら、それこそ運命的よね。だけど、亡くなった二人の女性には……それだけじゃない。あなたが殺した裕子先生も含めた三人には、共通点があった。三人とも、結婚前に妊娠していたの」

彼は無意識に身を引いていた。救いを求めようと兄に呼びかけるが、返事はない。

「当ててあげようか」

絵麻が挑発的に微笑んだ。

「標的を結婚前に妊娠した女性に絞り込んだのは、あなたが同じ境遇の生まれで、しかも自分の不幸な生い立ちの原因をそこに求めているから。おそらく、あなたのお母さんは結婚しないまま、未婚の母としてあなたを育てた。だけどあなたには、育ててもらった感謝はない。どうして産んだのかと、恨んですらいる。なにしろ、あなたは幼少期に別人格を形成して逃避しなければならないほど、つらい経験をした。虐待……多重人格者のほぼ一〇〇％が性的虐待を受けたという調査結果があるから、たぶん義理の父親のような存在から性的虐待を受けていたんでしょう。あなたのお母さんはそのことを知りながら、あなたを救うことはしなかった。だからあなたはお母さんを激しく憎んだ。違う？」

おどけた様子で逆さまに指差しながらの指摘だったが、的のど真ん中を射ている。

彼は答えることができなかった。怒りと恐怖に、ただ唇を震わせた。

「だけど、これだけじゃあなたを逮捕するには不十分なのよね。推測の域を出ないもの。物証がない……あ、ほら、電話鳴ってるんじゃない」

たしかに彼の内ポケットで、スマートフォンが振動していた。

「それも誰からか、当ててあげようか」

絵麻が重ねた手に顎を載せ、にんまりとする。

「亀井美鈴さん」

液晶画面を確認すると、いわれた通りの名前が表示されていた。

「そのスマホ。あなたのお兄さんが付き合っていた……というか、金づるとして利用していた亀井さん名義で契約されたものよね。あなたのお兄さんは、たぶん恵子ちゃんにやったようなのと同じ手口で、亀井さんにも取り入った。実業家として成功していた亀井さんはスポンサーとして、あなたのお兄さんに六本木のマンションや電話、自由に使えるクレジットカードを与えている。たぶん、いまうちの捜査員が亀井さんを訪ねて任意の家宅捜索を求めているでしょうから、亀井さんがあなたに確認しようと電話してるんだと思う。もっとも、マンションの名義人は亀井さんだから、あなたの同意は本来必要ない。しかも亀井さんは、三日前にあなたから首を絞められたと証言しているらしいわね。あなたの態度に不審を抱き始めていて、しかもあなたの名前からなにからすべて嘘だったと警察から伝えられれば、亀井さんが家宅捜索を拒否するかしら」

「き……きさま」

顔が熱くなる。テーブルの下でこぶしを握り締めた。

「だからあなた相手じゃつまらないんだってば。直情的で嘘がすぐばれちゃうんだから。さっさとお兄さん呼んでごらんなさい」

いわれなくとも呼び続けていた。だがいっこうに反応はない。

「お兄さんに見捨てられたのね」

「違う！」

とっさに屈み込もうとして、動きを止める。ビジネスバッグには、刃渡り二五㎝のナイフをしまってあった。だがバッグを収めたバスケットは、いまや絵麻の足もとだ。

今日のところは――。

彼は立ち上がり、階段のほうへ駆け出した。

「西野っ」

絵麻の声が追いかけてくる。前方からはスーツ姿の体格のいい男が、階段を駆け上がってきた。両手を広げて進路を阻みながら近づいてくる。

「馬見塚！　観念しろ！」

彼は踵を返して突進した。今度は絵麻が両手を広げて待ち受けている。

「逃げ場はないわよ！」

かまわずに肩で弾き飛ばした。真っ直ぐ窓のほうに駆ける。

楯岡絵麻、必ずおまえを殺してやる。いつか必ず――。

左腕で頭を覆いながら、彼は身体ごと窓に激突した。

16

ガラスの割れる音がして、あちこちから悲鳴が上がった。

「楯岡さん！　大丈夫ですか！」

絵麻は駆け寄ってきた西野に助け起こされた。背中を椅子の背もたれにぶつけたらしく、激しく痛む。

「ありがとう。そんなことより……」

絵麻は痛みに顔を歪めながら、窓のほうへと駆けた。窓を破って逃げるとは予想もしなかった。対岸のカフェでは山下が見張っていたはずだが、馬見塚を捕らえることはできただろうか。

下の遊歩道から悲鳴が聞こえた。まさか通行人を人質にとられたか。まずい。これ以上、犠牲者を増やすわけにはいかない。

絵麻はガラス片の散乱する窓際から、遊歩道を見下ろした。

するとそこには、予想外の光景があった。

馬見塚は逃げていなかった。人質をとってもいなかった。遊歩道で棒立ちになっている。顔や手の甲に切り傷を負い、スーツも数か所破れてはいたが、動けないわけではなさそうだ。

馬見塚の動きを止めているのは、銃口だった。馬見塚から二mほど離れた位置に立つ、スタジアムジャンパーを着た男が、馬見塚に向かって拳銃をかまえていた。

絵麻の隣で、西野が息を呑む気配があった。

「た……楯岡さん。あれ、誰ですか……」

声が震えている。

「知らない」

絵麻は小声で答え、かぶりを振った。

まったく見ず知らずの男だった。男は拳銃の構えもへっぴり腰で、離れた位置から見てもわかるほど手が震えている。間違っても、警察官ではない。暴力団関係者などでもなさそうだ。それ以上は想像のしようがなかった。

絵麻と西野は、呆然としながら成り行きを見守った。

17

二階から飛び降りるときに口の中を切ったらしい。

彼は両手を上げて銃口と向き合いながら、地面に鉄の味のする唾を吐いた。

銃口の向こう側には、見知らぬ男の顔がある。年齢は三十を過ぎたぐらいか。ぼさぼさ髪のてっぺんが薄くなりかけた、いかにも冴えない風貌をしていた。だが小さな眼の奥には、燃えたぎるような憎しみがゆらめいている。

その眼差しの強さにいったんは怯んだが、大きく震える銃口を確認して彼は安堵した。この小心者に、人を殺す勇気はない。万が一、引き金を引いたとしても、こんなへっぴり腰では弾道が大きく逸れるだろう。

騒ぎを聞きつけたらしく、制服警官が何人かやってきた。

「銃をおろせ！」

拳銃男に銃口を向けながら、じりじりと間合いを詰める。

制服警官の誰も、拳銃男に狙われたほうの男の素性には注意を払っていないようだった。不幸に巻き込まれた、罪のない一市民か。彼はおかしくてたまらなかった。

ちらりと視線を上げると、楯岡絵麻とその同僚らしき大柄な男が、二階から見下ろしていた。先ほど受けた屈辱がふたたび燃え上がった。

そのとき、兄の声がした。

――拳銃を奪え。

なにをいっているんだ。彼は面食らった。拳銃を奪って、どうする。

――殺せ。殺せ。殺せ。

そういうことか。良い考えだと、笑いがこみ上げる。

「な、なにを笑ってる！　こっちを見ろ！」

拳銃男が咆哮《ほうこう》する。その剣幕に、周囲の人垣がおののいたように後ずさった。だが彼だけは、悠然と胸を張って銃口を見つめた。ちらちらと絵麻のほうに視線を動かしながら、拳銃男のほうに踏み出す。

「殺すぞ！」

言葉とは裏腹に、銃口は大きく揺れていた。

「やめるんだ！」

制服警官の一人が叫んだ。警官たちは少しずつ間合いを詰め、いまや拳銃男まで三mと迫っていた。

「来るな！」

拳銃男が振り返ろうとする。そのとき、銃口が逸れた。

今だ——！

彼は拳銃男に飛びかかった。銃把を両手で摑み、膝蹴りをお見舞いする。ふいを衝かれた拳銃男はあっけなく銃把から手を離し、遊歩道に倒れ込んだ。

——殺せ。殺せ。殺せ。

ああ、わかってると、彼は応じた。

——これで終わりだ。

拳銃を両手で握り、絵麻のほうを向いた。かたちのいい目が、恐怖に大きく見開かれるのがはっきりわかる。

引き金に人差し指を添えた。

——撃て！

兄の指示通り、彼は指先に力をこめた。

ぱん、と発砲音が響き渡った。

18

周囲には数秒間の完全な静寂がおりた。

我に返ったように動き出した制服警官たちが、拳銃男に飛びかかる。うつ伏せにされた男は、後ろ手に手錠をかけられた。

「なんで……」

西野の震えた息が、顔にかかる。絵麻は西野の腕の隙間から、遊歩道に横たわる馬見塚の死体を見下ろしていた。なにが起こったのか理解できない。

男から拳銃を奪い取った馬見塚は、絵麻を見上げた。凶暴な光を放つ瞳と、はっきり視線がぶつかった。あの瞬間まで、馬見塚はたしかに絵麻に狙いを定めていたはずだった。足がすくんで動けなかった。西野がかばうように抱きついてきた。

撃たれる――！

そう思ったが、馬見塚は予想外の行動に出た。銃口を自分の口に含み、引き金を引いたのだ。後頭部から血しぶきを噴き上げ、がくんと膝から崩れ落ちる様子がスローモーションで見えたのは、代謝が激しくなっていたせいだろう。

あたりには硝煙の臭いが立ち込めている。鼓膜の奥に、まだ銃声の余韻が残っていた。

最期の瞬間になって、兄のほうが肉体を取り戻したということか。そう解釈する以外に納得する方法はなかった。

「大丈夫ですか」

西野に頷いて、立ち上がる。

階段をおりて店の外に出ると、対岸から山下が橋を渡ってきた。

「なにが起こったんだ」

地面に横たわる死体にむしゃぶりついて泣きじゃくる恵子を、制服警官が引き剥がしている。西野から説明されて避難したものの、つい先ほどまで愛していた男だ。馬見塚茂という男のすべてが嘘だったなど、にわかには信じられないだろう。

「馬見塚が拳銃で自殺したんです」

西野が説明すると、山下はぎょっと目を剝いた。

「自殺だと？　そんな馬鹿な」

「僕もなにが起こったのか、いまだに理解できていないんですが……」

西野は困り果てたように頭をかいた。

すぐに機動捜査隊が駆けつけ、現場一帯には規制テープが張られた。

絵麻は慌ただしく動き回る制服警官の一人を捕まえ、手帳を見せて訊いた。

「あの男は、いったい何者なの？」

騒動を起こした拳銃男は、パトカーの後部座席で悄然としている。

「詳しいことはまだこれからですが、所持していた身分証によると、馬見塚茂、大分県佐伯《さいき》市在住の三十三歳。職業については勤務先にまだ確認していませんが、本人は板金工といっています」

「馬見塚？」

絵麻が大きな声を出したので、制服警官は両肩を跳ね上げた。

「馬見塚茂って……つまり、本物の馬見塚茂が、偽物の馬見塚茂を殺そうとしたってことですかね」

西野は混乱した様子だ。

だが絵麻は、すでに真相に辿り着いていた。

周囲を見回し、規制テープの外から見守っていた山下に駆け寄る。

「山下さん。いつ気づいたんですか」

声が震えた。

山下は悟ったような穏やかな表情をしていた。覚悟はできているらしい。

「おれはもう、警察の人間じゃない。今朝、辞表を出してきた」

「そういう問題じゃありません。なんでこんなことを……」

訊くまでもなかった。山下の選択が悔しくて、絵麻は声を詰まらせた。

これが十五年の決着か。

ともに戦ってきた男は、これが正しいと思ったのか。

歯を食いしばって涙を堪え、絵麻はいった。

「山下さん。自首してください」

19

「山下さん。自首してください」

背後から追いかけてきた西野の足音が止まった。

山下はゆっくりとかぶりを振った。

「自首はしない。ワッパはおまえの手でかけてくれ」

差し出された二つの握りこぶしが、涙で滲んだ。

「自首してください」

「嫌だ。おれは悪いことをしたとは思っていない」

「山下さんのしたことは、れっきとした犯罪です。殺人の教唆です」

「わかっている。何年刑事やってると思ってるんだ」

馬見塚茂という名前が、殺された女性の恋人だと絵麻が知ったのは、ついさっきのことだった。西野も前後して、筒井からの電話を受けたはずだ。だとすれば山下しかいない。

自殺だと？　そんな馬鹿な――。

馬見塚が自殺したと聞いたときの山下の反応は、つまりそういうことだ。偽者の馬見塚が殺された、あるいは本物の馬見塚が殺したということはあっても、自殺は想定していなかったのだろう。最初から逮捕するつもりはなかったのだ。

おそらく山下は独自に捜査を続ける過程で、いち早く犯人が騙った偽名の由来に気づいた。もしかしたら葛飾区に馬見塚茂という医師の勤務実態がないと判明したあたりから、可能性を探り始めたのかもしれない。そして三日前、橋本龍一というもう一つの偽名が浮かび上がった時点で、疑念が確信に変わったのだろう。

だが絵麻には打ち明けず、本物の馬見塚茂のほうに連絡を取った。そうでなければ大分県在住の馬見塚が、中目黒のイタリアンダイニングに恋人の仇《かたき》がいると知りえるはずがない。

「私のことは、信用できませんでしたか」

なぜ最後になって。これまでずっと一緒に戦ってきたのに。それがなによりも悔しい。

「信用していたさ。おまえがあれだけいうんだから、間違いなくそいつが小平のホシだろうと思った。信用していたからこそ、本物の馬見塚を呼んだ。信用していなければ、そんなことはしない」

「生きたままホシを逮捕できなければ、刑事は負けです」

「その通りだ。だからおれは辞めた。自分がやったことは刑事の風上にも置けないことだと、わかっているからな」

山下は寂しげに微笑み、うつむいた。

「すまない」

「すまないじゃ済みません」

「わかってる」

「わかってない！　私なら自供させることができました。事件の全貌を明らかにすることができました」

「それでどうなる。死んだ人間が生き返るっていうのか」

強い意志を宿した眼差しに、絵麻は怯んだ。山下は視線を足もとに落とす。

「ホシが何人殺していたのかは知らない。たぶん、まだ見つかっていないホトケさんもいるんだろう。その点は本当に申し訳ない。だがな、いくらおまえがホシに口を割らせたところで、ガイシャの遺族が納得できる結末にはならないんだ。それが警察と司法の限界なんだよ」

「……刑法三十九条のことですね」

　刑法第三十九条は、『心神喪失者の行為は、罰しない』と定めている。今回の場合は、犯行の異常性が犯人にとって有利に働いた可能性もある。精神疾患の裏づけになるからだ。当然、公判になれば責任能力の有無を争うことになるだろう。かりに犯人の二重人格までが法廷で立証されてしまえば、有罪判決は下らなかったかもしれない。

　だけど……。

「だけどやっぱり、山下さんは間違っています」

「そうかもしれないな」

「納得できようとできまいと、犯人を逮捕し、司法の判断に委ねる。それが私たちの仕事です」

「その通りだ」

「暴力は暴力を、復讐は復讐を招きます。憎しみの連鎖を、誰かが断ち切らないと」

「それは、おまえに任せる」

　ほら、と山下はあらためて手首を差し出した。

「おまえの手で、憎しみの連鎖を断ち切ってくれ」

　我が子の成長を喜ぶような、やさしい眼差しだった。

　こみ上げる感情をぐっと飲み込み、背後の西野を振り返る。

「西野。手錠」

「でも、楯岡さん……」

西野は戸惑った様子だった。

「いいから。持ってきて」

西野が近くにいた制服警官に声をかけ、手錠を手に戻ってくる。手錠を受け取ると、絵麻は腕時計を確認した。

「二十一時十三分。殺人未遂犯の教唆容疑で、逮捕する」

手錠をかけられた山下は、安堵したように静かに目を細めた。

20

日差しは柔らかいのに、吹き抜ける風は冷たかった。

合掌を解き、頬にかかる髪の毛を払う。墓石の前で白くなった線香が、ほろほろと崩れ落ちた。

その霊園は、東京都あきる野市の高台にあった。東京ドームが十個も収まる広大な敷地の一角に、裕子は交通事故で亡くなった両親とともに眠っている。

絵麻がそこを訪れるのは、八か月ぶりだった。月命日には墓参りを欠かさないようにしようと決めていたはずが、仕事に忙殺されるうちに足が遠のくようになっていた。忘れたわけじゃないんだよ、仕事が忙しくてねと、手を合わせながらいい訳がましく繰り返した。

解決した、とは報告できない。悔しさとやるせなさが、絵麻の唇を歪める。

被疑者死亡という結末は、敗北に等しかった。

拳銃自殺した男の身に着けていた財布からは、芝浦にあるトランクルームのカードキーが見つかった。その場所に殺害した女から奪った「戦利品」を保管していたらしい。大きな段ボール二箱が満杯になるほどの量で、現時点で十八人の被害者の身元が判明している。やはり小平事件の犯人は、それ以外にも多くの殺人を行っていたようだ。犯人はあちこちを転々としながら犯行を重ねていたらしく、「戦利品」から浮かび上がる被害者の住所は、全国各地に及んだ。その中には、未解決の殺人事件の被害者もいれば、事故や自殺として処理されていた者、いまだに行方不明として遺体が発見されていない者もいた。

もちろん、これからも新たな被害者の特定はされるだろうが、犯行の全貌が明らかになることはない。

「戦利品」の段ボールの一番奥からは、ミイラ化した胎児が発見された。羊膜に付着した血液の鑑定結果から、二十三年前に足立区で発生した殺人事件とのかかわりが疑われているという。

借家住まいの無職の男と、内縁の妻らしき女が殺害され、ばらばらに解体された挙げ句、放火された事件だった。当時の捜査では、付近の住民の証言から、女のほうが不法滞在の中国人らしいことはわかっている。ＤＮＡ鑑定の結果、馬見塚と名乗っていた男も、胎児も、その女と親子関係にあるらしかった。馬見塚と名乗っていた男が、実の母と内縁の父を殺害し、火を放って逃げたという想像ができる。

亀井美鈴の証言によると、同棲していた男から首を絞められた際、男が「なぜ産んだ」とか「なぜ守ってくれなかった」などと繰り返していたというから、犯人が内縁の父から虐待を受けており、見て見ぬふりをした母への恨みを募らせたために、結婚前に妊娠した女性を標的に選んだという想像もできる。

だがすべては想像の域を出ない。明らかになる事実同士を結び付けたとしても、はたしてそれが正しいのか、被疑者にたしかめるすべはない。

こみ上げる虚しさに、絵麻は唇を嚙み締めた。

本物の馬見塚茂は、銃刀法違反と殺人未遂容疑で現在、取り調べを受けている。拳銃については暴力団員に三十万円を支払って入手し、殺害の意思があったことも素直に認めているようだ。結婚を目前に控えた婚約者が自殺をしたという捜査結果に納得がいかず、再三にわたり警察に再捜査を求めていたらしい。だがなぜ、自分の名前を騙った男を婚約者の仇と判断したのか、そしてなぜ相手の所在を知りえたのかについては、頑なに口を閉ざしているという。山下にたいする義理立てのつもりだろうが、山下自身が殺人の教唆を認めている以上、馬見塚も自白するのは時間の問題だろう。おそらく絵麻の出る幕はない。

そして恵子は警視庁を去った。急性休止期脱毛症を患った事実を同僚に隠しながら懸命に仕事を続けていた恵子にとって、馬見塚の話が嘘であったかどうかは問題でなかったようだ。

――被害者には悪いと思いますが、私にとって茂さんは茂さんです。

筒井の取り調べに、恵子はそういって胸を張ったという話だった。馬見塚と交際するようになってから、恵子の急性休止期脱毛症は回復の兆候を見せていたという。不倫関係に悩んでいたはずが、愛情のほうが勝ったということか。

しばらく墓石と見つめ合っていた絵麻は、背後に声をかけた。

「あんたストーカーなの」

息を飲む気配の後、ややあって足音が近づいてくる。

「そんないい方しなくても、よくないですか」

西野だった。後頭部をかきながら、気まずそうにしている。

「いつからいたの」

「霊園に着いたのは、三十分前です」

「やっぱりストーカーじゃない」

「違いますってば。あまりに墓地が広いから、しばらく迷っていたんです。さっきそこにいたお坊さんに場所を聞いて、ようやく楯岡さんを見つけたんですよ」

「ふうん」

「僕もお参りしていいですか」

絵麻から火の点いた線香を受け取ると、西野はしゃがみ込んだ。広い背中を狭めて合掌する。たっぷり二十秒ほど拝んでから、立ち上がった。

「ずいぶん長いことお参りしてたわね」

「そりゃあ、楯岡さんがお世話になった方ですから、しっかりご挨拶しておかないと」

「別にあんたが挨拶したって、誰かわかんないでしょう。あんたは裕子先生と面識なかったんだから」

「だから自己紹介から始めたんですよ。これからもよろしくお願いしますって、頼んでおきました」

「これからも、って……」

「そう。これからも、です」

「そのことだけど――」

西野に遮られた。

「あるんです」

「なにがよ」

「これからも、は、あるんです。裕子先生は亡くなってしまったけど、僕らにはまだ未来がある。犯罪者と、戦い続けなきゃならない未来が」

馬見塚の一件以後、絵麻がなにを考えているのか、西野にはわかっていたらしい。

「そうはいうけどさ――」

「大事な決断は！」

またも遮られる。

「大事な決断は、もっと時間が経って、冷静になってからするべきじゃないですか。少なくとも、いまはそのときじゃないと思います」

西野は顎を突き出し、仁王立ちになった。

「私が冷静じゃないっていうの」

「そう……思います。僕にいわせればいまの楯岡さんは、一つの考えに捉われて、視野が狭くなってます」

「私の視野が狭い？」

「そうです」

「そんなことないわ」

「どうしてそんなことがいい切れるんですか」

睨み合いながら、絵麻は西野の股間を指差した。

「あんたチャック開いてる」

「いっ……」

ぎょっとした西野が、素早く背を向ける。

「ね。ちゃんと視野を広く観察できてるでしょう」

「そういう問題じゃ……」

スラックスのジッパーを上げた西野が振り向こうとしたそのとき、どこからか低い振動音が聞こえた。

西野が懐に手を突っ込み、スマートフォンを取り出す。電話がかかってきたようだ。

「はい西野です……はい……はい。それで、現場はどこですか」

肩でスマートフォンを挟みながら、手帳にペンを走らせている。やがて通話を終えると、顔を上げた。

「墨田区の荒川河川敷で身元不明の遺体が発見されました」

「わかった」

ひとまず結論は先送りだ。絵麻は西野と霊園の出入り口へと向かった。

「タクシー捕まるかしら」

走りながら背中に声をかける。

「車はあります！」

西野はちらりと振り返って答えた。

「車？」

その問いかけへの答えはなかった。

やがて出口の門が見えてくる。門の向こう側には、たしかに覆面パトカーがアイドリングして待っていた。

助手席の開いた窓から腕を出してこちらを見ているのは、筒井だった。運転席には綿貫も見える。

「なんで筒井さんが」

後部座席に滑り込みながら、絵麻は訊いた。反対側から西野も乗り込んでくる。

「いや。せっかくだから、おまえにサヨナラをいおうと思ってな」

ルームミラー越しの筒井の眼が、いやらしく細まる。

「なんですか、サヨナラって。筒井さん、辞めるんですか」

「おまえがだよ」

「なんで私が」

なにをいったの。西野を睨むと、西野は怯えたようにかぶりを振った。

「あれ、変だな。おまえ辞めないのか」

「辞めません！」

いい終えてからはっとなった。筒井がしてやったりのにんまり顔で振り向く。綿貫が噴き出し、西野も笑っていた。

「そうこなくちゃな」

筒井が運転席のシートをぽんと叩く。

覆面パトカーが現場に向けて走り始めた。

初出
第一話　イヤよイヤよも隙のうち　「『このミステリーがすごい！』大賞作家書き下ろしBOOK vol.3」二〇一三年十一月
第二話　トロイの落馬　「『このミステリーがすごい！』大賞作家書下ろしBOOK vol.4」二〇一四年二月
第三話　アブナい十代　「『このミステリーがすごい！』大賞作家書下ろしBOOK vol.4」二〇一四年二月
第四話　エンマ様の敗北　書き下ろし

宝島社
文庫

ブラック・コール　行動心理捜査官・楯岡絵麻
(ぶらっく・こーる　こうどうしんりそうさかん・たておかえま)

2014年4月18日　第1刷発行
2016年7月7日　第7刷発行

著　者　佐藤青南
発行人　蓮見清一
発行所　株式会社 宝島社
〒102-8388　東京都千代田区一番町25番地
電話：営業 03(3234)4621／編集 03(3239)0599
http://tkj.jp
振替：00170-1-170829(株)宝島社
印刷・製本　中央精版印刷株式会社

ISBN 978-4-8002-2493-4